Sabine Mauer

pínguletta

DRAHTSEILTAKT

Eine bayerische Komödie über exzentrische Rockstars, eigenwillige Rentner und die wirklich wichtigen Entscheidungen im Leben.

Gitarrist Jack Blackbird hätte nicht gedacht, dass ihn die Rückkehr in sein Heimatdorf Katzbrück so aus der Bahn werfen würde. In aller Ruhe das neue Musikalbum produzieren? Keine Chance, wenn Nachbar Sepp ständig ungefragt Ratschläge gibt und Sänger Mike nach einem Zechgelage mit dem örtlichen Burschenverein Jacks Elternhaus in Brand setzt. Ein Drahtseilakt zwischen Hühnerstall, knallharten Vorgaben des Plattenlabels und dem Wiedersehen mit der ersten großen Liebe, bei dem deutlich mehr als nur die Zukunft der Band auf dem Spiel steht ...

DIE MUSIK ZUM BUCH

DIESES BUCH IST ROCK 'N' ROLL!

Das Musikalbum **Black Bird** von Songwriter und Gitarrist Daniel Gumo Reiss wurde eigens für **DrahtseilTakt** komponiert und begleitet den Leser auf seiner emotionalen Reise durch das Buch. Namhafte Sänger verkörpern die Stimmen der Protagonisten in halbakustischer Rock- und Popmusik, die keine Gnade vor dem Ohrwurm kennt.

DIE CD ZUM BUCH!

ANTONIA VITZ

Antonia Vitz wurde 1975 in der Nähe von Regensburg geboren und wuchs in einem kleinen Dorf in der Oberpfalz auf. »Ich beobachte leidenschaftlich gerne die typischen Eigenheiten und Gepflogenheiten der Mitmenschen«, verrät die Autorin. Dabei beweist sie ein besonderes Auge für die kleinen Grotesken des Alltags und den Charme menschlicher Schwächen.

Ihr erster Roman *Nerventee* erschien 2019 und begeisterte die Leser mit Sprachwitz und Humor. Dem #1 Kindle Humor Bestseller folgten *Servus Aleikum - Urlaub mit Sepp* und *Schlamassel in Katzbrück*.

Antonia Vitz ist freiberufliche Autorin und Teil des Videopodcasts *Rock'n'Write*. »Besonders viel Spaß bereiten mir die kurzweiligen, szenischen Lesungen, welche ich zusammen mit Musiker Daniel Gumo Reiss mache.« Dort vereint das sympathische Duo gleichermaßen Humor und Tiefgang – und das in einem äußerst unterhaltsamen Format. »Ich möchte die Menschen zum Lachen bringen, aber auch zum Nachdenken anregen. Das ist mein Anspruch an mich selbst«, so Antonia Vitz. Wer ihre Bücher, Lesungen oder Rock'n'Write kennt, weiß, dass sie diesem Anspruch gerecht wird.

Termine und Informationen gibt es auf www.antoniavitz.de.

DANIEL
GUMO REISS

Der Regensburger Gitarrist und Songwriter startete bereits in jungen Jahren seine musikalische Karriere und feiert mit seiner Thrash Metal-Band »GumoManiacs« internationale Erfolge. Seit 2021 macht er sich auch als Solokünstler einen Namen und zeigt die unglaubliche Bandbreite seines Könnens. Von ihm stammt das zu **DrahtseilTakt** gehörige Album **Black Bird**.

Mehr von Daniel Gumo Reiss auf daniel-gumo-reiss.de

ANTONIA VITZ

DRAHT SEIL TAKT

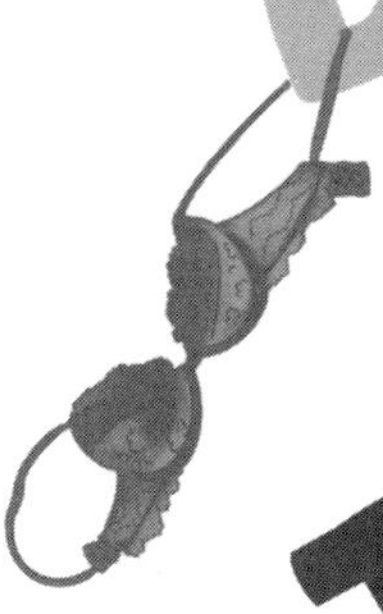

JACK BLACKBIRD IN KATZBRÜCK

ROMAN

DRAHTSEILTAKT

JACK BLACKBIRD IN KATZBRÜCK

ROMAN

ANTONIA VITZ

ISBN 978-3-948063-35-1

1. Auflage 2022
Copyright © 2022 by Antonia Vitz
© 2022 pinguletta® Verlag, Keltern

Cover Artwork & Layout & Illustrationen: © Stephanie Umlauf
steffiumlauf.com
Produktion: Helmut Speer | pinguletta Verlag
Lektorat: Texthüterin Dr. Donata Schäfer

Druck: www.druckterminal.de
KDD Kompetenzzentrum Digital-Druck GmbH
D-90439 Nürnberg * Printed in Germany 2022

www.pinguletta-verlag.de

INHALT

#

Jeder, der schon mal Musik gehört hat, weiß, welchen Einfluss sie auf unser Leben haben kann. Musik erzeugt Emotionen, manchmal sogar mit Gänsehaut oder Tränen in den Augen. Sie gibt uns Trost und Erinnerung an wertvolle Lebensmomente.

Wenn wir Musik hören, die wir noch nicht kennen, belohnt uns das Gehirn mit Dopamin. Wenn wir Musik hören, die uns gefällt, wird die rechte Gehirnhälfte kurzzeitig besser durchblutet – wir können also eine bessere Denkleistung erbringen. Menschen, die im Chor singen, sind nach der Chorprobe erwiesenermaßen glücklicher, haben eine bessere Atmung und mehr Abwehrstoffe in den Schleimhäuten.

Musik erschaffen. In meiner Vorstellung lange Zeit eine kreative, beinahe romantische Sache. Doch wie so oft ist die Realität ganz anders, als man denkt. Durch meine Zusammenarbeit mit dem Gitarristen und Songwriter

Daniel Gumo Reiss im Podcast Rock'n'Write bekam ich einen faszinierenden Einblick hinter die Kulissen der Musikerwelt. Wir alle kennen die fertigen Songs, die wir in unseren Playlists, im Radio oder auf einem Konzert genießen. Doch wie entstehen sie? Was bewegt den Menschen, der dieses Lied komponiert hat? Welchen Businessmechanismen muss sich ein Musiker unterordnen und welche zwischenmenschlichen Dynamiken gibt es innerhalb einer Band?

Viele intensive, teilweise nächtelange Gespräche kreisten um genau diese Fragen und waren die Initialzündung für den Roman **DrahtseilTakt**.

Jack Blackbird ist genau so ein Musiker. Mit Plattenlabel, einem eigenwilligen Sänger, termingetriebenem Produzenten und einem echten, extra für diesen Roman komponierten Musikalbum: **Black Bird**.

INTRO

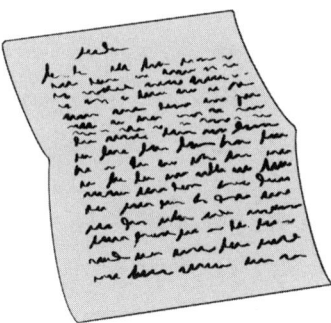

Mein Soulmate,

ich kann es immer noch nicht fassen, welche Wendung mein Leben genommen hat, seit ich bei dir in Katzbrück war. In ein paar Wochen wird mein neues Album, unser Album, veröffentlicht. Mit diesem Brief schicke ich dir eine Vorabpressung. Du sollst die Allererste sein, die Black Bird zu hören bekommt! Ich weiß, dass du den Mut, die Leichtigkeit, aber auch die Ängste, die in der Musik stecken, spüren kannst. Die Songs erzählen eine Geschichte und ein Teil davon ist auch unsere Geschichte. Wie gerne würde ich mit dir wieder die ganze Nacht in Katzbrück am See sitzen, ein paar Bier trinken und über alles reden. Doch wir wissen beide, dass das gefährlich werden könnte ...

Wie ist es dir ergangen, seit ich wieder zurück nach Berlin bin? Hast du dein gewohntes Leben weitergeführt? Bist du glücklich? Deine Stimme, dein Lachen und deine Berührung sind mir so nahe, als wäre es gestern gewesen. Ich hoffe inständig, dass wir uns bald wiedersehen können. Denn auch, wenn ich all unsere schönen Momente in meinem Herzen trage, fehlen sie mir.

Oft denke ich an die Sommertage mit dir zurück! Sie haben etwas in mir verändert. Erinnerst du dich an den wiederkehrenden Traum, von dem ich dir erzählt habe? »How Much Longer«, der erste Song auf dem Album, handelt davon.

Wie geht es Sepp? Hat er alles im Griff? Fairerweise muss ich zugeben: Auch er hat einen Teil dazu beigetragen, dass ich dieses Album schreiben konnte. Hoffentlich ist er nicht enttäuscht, dass ich meinen Akustikgitarren-Rock nicht mit Blasmusik kombiniert habe, so wie er es vorgeschlagen hat. Wir wissen beide, du vermutlich besser als ich, wie einen dieser Mann zur Weißglut bringen kann. Das Seltsame ist, dass man ihm trotz allem nie wirklich böse ist. Eine Kunst, die er bis zur Perfektion beherrscht. Richte ihm bitte Grüße von mir aus. Ich hoffe, dem Huhn Waltraud geht es gut und es hat nach seinem abenteuerlichen Ausflug wieder angefangen, Eier zu legen.

Soulmate, ich komme nun zum Ende, da das, was ich dir wirklich sagen möchte, nicht in einen Brief gehört. Ich wünsche dir viel Spaß beim Hören von Black Bird. Auch wenn die Musik unsere Herzen nicht näher zueinander bringen kann, verbindet sie doch unsere Seelen.

Jakob

ZWEIEINHALB MONATE ZUVOR

WIE LANGE NOCH?

»Eines sag ich dir, Sepp: Wenn du auch nur ansatzweise meinst, du müsstest auffallen, dann kannst du dich auf was gefasst machen. Ich will nichts hören! Keine Besserwisserei, keine Kommentare. Und vor allem kein übertriebenes Gestöhne, wenn es ein wenig anstrengend wird.«

»Anstrengend?« Sepp lacht spöttisch auf, steigt aus und marschiert um das Auto herum, um seine Badesachen aus dem Kofferraum zu holen. »Was soll denn an dem bisschen Geplansche anstrengend sein? Ich fang höchstens an zu frieren, weil ich zu wenig Bewegung habe.«

Geli eilt ihrem Mann alarmiert hinterher.

»Ich gehe seit zwei Jahren hierher. Wir sind eine nette, eingespielte Gruppe.« Sie versucht Blickkontakt herzustellen. »Sepp!«

»Warum schreist jetzt so? Ich bin doch nicht taub.«

»Sag mal, hast du das alte Ding immer noch nicht weggeworfen?« Entsetzt starrt sie auf das abgewetzte Adidastäschchen aus den achtziger Jahren. »Du hast doch so eine schöne neue Sporttasche, warum kommst du jetzt mit der daher?«

»Die ist noch pfenniggut, da kann ich die andere noch lange schonen!« Mit diesem Argument ist für Sepp alles gesagt. Er schließt den Kofferraumdeckel und sucht in seiner Hosentasche nach dem Autoschlüssel, während seine Frau beschließt, das Thema *übertriebener Sparzwang* vorerst ruhen zu lassen. Sie konzentriert sich stattdessen lieber auf die wichtigen Dinge.

»Du kommst heute als Neuling dazu und ich erwarte von dir, dass du dich entsprechend verhältst. Josef Brandl, das ist mir wichtig! Hast du gehört, was ich soeben gesagt habe?«

»Selbstverständlich habe ich das! Ihr seid eine Gruppe«, versucht Sepp das wiederzugeben, was ihm im Gedächtnis geblieben ist. Er sperrt das Auto an der Fahrertür nach altmodischer Art mit dem Schlüssel statt über die Fernbedienung ab und ignoriert das Geplapper seiner Frau. Was die immer hat!

»Du musst das Auto mit dem Schlüssel im Schloss absperren. Die modernen Funksender können mit den einfachsten Mitteln abgehört werden«, doziert er. »Da braucht bloß einer mit einem Peilsender da hinten auf der Parkbank sitzen.«

»Du wirst nicht im Mittelpunkt stehen, hast du mich verstanden? Sonst lasse ich mich morgen von dir scheiden.«

»Ah geh, Gelispatzerl, wieso regst du dich denn so auf? Das ist doch nur Wassergymnastik, was soll da schon groß passieren?«

»Pff!« Geli schnaubt aufgebracht aus, während sie sich auf den Weg zum Eingang des Heidelkirchener Freibads machen. Ihre Bedenken kommen nach über vierzig Jahren Ehe nicht von ungefähr. »Lass einfach das Gscheithaferl daheim und benimm dich einmal in deinem Leben unauffällig«, befiehlt sie mehr, als dass sie bittet, hält ihre Dauerkarte vor den Scanner und passiert das Drehkreuz.

»Und ich?«, plärrt ihr Sepp hinterher.

»Hol dir eine Eintrittskarte aus dem Automaten und komm, der Kurs fängt in zehn Minuten an.«

»Ich kauf mir doch keine Eintrittskarte, wenn wir eine Dauerkarte haben, so weit kommt's noch. Gib sie mal rüber.«

Sepp macht keine Anstalten, den Geldbeutel aus der Tasche zu ziehen. Stattdessen streckt er seinen Arm über das Drehkreuz und sieht Geli auffordernd an. Diese schüttelt vehement den Kopf.

»Die Karte ist nicht übertragbar.«

»Jetzt stell dich nicht so an, es wird keiner arm, wenn da einmal im Jahr zwei Menschen damit durchgehen.«

Geli schiebt ihre Karte demonstrativ in das Seitenfach der Badetasche. »Wenn das jeder machen würde, dann schon.«

»Es macht aber nicht jeder.«

»Zum Glück!« Mit diesen Worten dreht sie sich um und marschiert Richtung Umkleidekabinen.

»... weil sie gemeint hat, dass ich da nicht mithalten könnte, meine Geli. So ein Schmarrn! Ich geh jede Woche ins Fitnessstudio, das bisschen Wassertreten merke ich gar nicht.«

Geli verdreht unwillkürlich die Augen, als sie zum Beckenrand kommt. Was hat sie nur geritten, ihren Mann mit zum Aquajogging zu nehmen? Die anderen legen sich bereits ihre Beinschwimmer und die Aqua-Gürtel um, während sie Sepps Ausführungen lauschen. Auch Geli schnappt sich zwei Sets und reicht eines davon ihrem Mann.

»Was soll ich damit?«, will er stirnrunzelnd wissen. Ihm war nicht klar, dass man für Wassergymnastik eine derart seltsame Ausrüstung benötigt.

»Anziehen.«

»Warum?«

»Das ist eine Auftriebshilfe, damit du im Wasser stehen kannst.«

»Auftriebshilfe?« Sepps Gesichtsausdruck spricht Bände. Er holt bereits Luft, um einen entsprechenden Kommentar à la *ein bisschen anstrengen sollte man sich aber schon noch beim Sport* loszuwerden. Doch als er Gelis warnenden Blick bemerkt, zieht er es vor zu schweigen. Schulterzuckend öffnet er den Klettverschluss der Manschetten und befestigt die Beinschwimmer an den Fußgelenken. Dann würde er eben am Nachmittag noch ins Fitnessstudio fahren, um zumindest ein bisschen Bewegung zu haben.

Frau Kemper-Niederhas, die Trainerin, kommt mit einem strahlenden Lächeln auf die Gruppe zu und platziert ihre Bluetooth Box neben der Sonnenliege. Während sie auf ihrem Handy die entsprechende Playlist aufruft, stehen die Teilnehmer fröhlich schwatzend beieinander. Nur Sepp nicht. Der hat es natürlich besonders wichtig und marschiert als erster Richtung Becken. Geli ignoriert ihn so gut es geht, indem sie ihm den Rücken zudreht. Es dauert nicht lange, bis ein lauter Schrei hinter ihr ertönt, gefolgt von hektischem Geplansche. Ein kalter Schwall Wasser erwischt sie am Oberschenkel, so dass sie mit einem »Huch« reflexartig zur Seite hüpft. Im Becken herrscht ein Wellengang, als wäre Windstärke fünf. Sepp liegt bäuchlings im Wasser und rudert wie wild mit Armen und Beinen. Das Hinterteil und die Füße ragen in die Luft, Oberkörper und Kopf sind unter der Wasseroberfläche, was auch die panischen Bewegungen erklärt.

»Ist das nicht dein Mann?«, will eine Kursteilnehmerin wissen, die genauso entgeistert wie alle anderen auf das Spektakel starrt. Geli schweigt. Was von *nicht im Mittelpunkt stehen* hat er nicht verstanden?

»Sie müssen Ihre Füße nach unten drücken! Hören Sie mich? Hallo?« Frau Kemper-Niederhas, die als Leiterin des Kurses für die Sicherheit der Teilnehmer zuständig ist, schreit wieder und wieder die gleiche Anweisung. Was macht dieser Depp da? Wieso geht er nicht wie alle anderen über die Leiter aufrecht stehend ins Becken? Hat er etwa versucht, vom Rand aus loszuschwimmen? Während Sepp um sein Leben kämpft, atmet Frau Kemper-Niederhas einmal tief durch und lässt sich gekonnt ins Wasser gleiten. Sie nähert sich dem Neuling vorsichtig, stets darauf bedacht, den unkontrollierten Bewegungen auszuweichen. Als sie es schließlich schafft, seinen Hintern mit einer kräftigen Bewegung unter Wasser zu drücken, kommt der Oberkörper langsam in die Aufrechte.

»Füße nach unten!«, herrscht sie Sepp an, während er prustet, hustet und dermaßen theatralisch nach Luft schnappt, dass man meinen könnte, er würde jeden Augenblick einem Herzinfarkt erliegen.

»Geht es Ihnen gut?« Frau Kemper-Niederhas beäugt ihn skeptisch. Hat er wirklich so viel Wasser geschluckt oder ist er nur einer dieser Angeber, die sich immer mal wieder in ihren Kurs verirren? Sie kennt das ja: Männer mit aufgepumpten Muskeln, unbeweglich wie ein Stück Holz, die meinen, sie müssten beweisen, wie unglaublich stark sie sind. Aber körperliche Fitness hat eben nicht nur etwas mit Gewichte stemmen zu tun. Dazu gehören auch Ausdauer, Beweglichkeit und Koordination. Manchmal macht sie sich den Spaß und baut simple Koordinationsbewegungen in ihre Stunden ein, wie zum Beispiel mit der rechten Hand ein Dreieck in die Luft zeichnen und gleichzeitig mit der linken Hand ein Rechteck. Man glaubt nicht, wie viele Menschen an dieser einfachen Aufgabe scheitern.

»Freilich«, presst Sepp hervor, hustet abermals und versucht, sich ein Lächeln abzuringen. »Alles gut.«

»Sie sehen aber nicht danach aus. Wollen Sie sich vielleicht kurz an den Beckenrand setzen und erholen?«

»Mei«, setzt Sepp an, doch Geli, die neben ihm an der Leiter ins Wasser steigt, winkt ab.

»Der schafft das schon. Jede Woche Fitnessstudio, da macht er bei so ein bisschen Wassergymnastik doch nicht schlapp, bevor es überhaupt angefangen hat, oder, Sepp?«

»Das war nur Aufwärmen, mehr nicht«, witzelt Sepp, während die Trainerin grinsend aus dem Becken steigt. Also doch. Ein Muckibudensprücheklopfer, den seine Frau in die Schranken weisen will. Na gut, mal sehen, wie lange er durchhält.

»Auf geht's, wir fangen an!« Frau Kemper-Niederhas klatscht animierend in die Hände und lächelt dabei die Tatsache weg, dass sie die heutige Stunde mit nassem Badeanzug abhalten muss.

»Und? Wie war's beim Aquajogging, Papa?«, will Franzi wissen, als sie am nächsten Tag kurz vor Mittag bei ihren Eltern an der Haustür steht, um sich einen Becher Sahne auszuleihen.

»Ich hab am ganzen Körper Muskelkater! Anstrengend ist das, das kannst du dir gar nicht vorstellen. Sogar schwitzen musste ich! Ich hab mein ganzes Leben noch nicht geschwitzt beim Schwimmen, ich wusste gar nicht, dass sowas überhaupt möglich ist.«

»Ich dachte, du bist durchtrainiert?«

»Wir mussten im Kreis marschieren! Im Wasser! Wie ein Irrer hab ich gestrampelt, aber glaubst du, ich bin vom Fleck gekommen? Eine nach der anderen hat mich überholt. Unterhalten haben die sich sogar dabei, un–ter–hal–ten! Während ich kaum noch Luft bekommen hab vor lauter Anstrengung.«

Franzi kichert. Sie kann sich lebhaft vorstellen, wie sich das für ihren Vater angefühlt haben muss.

»Hier sind zwei Sahne. Die kannst du beide haben.« Geli schiebt sich an ihrem Mann vorbei und drückt ihrer Tochter besagte Becher in die Hand.

»Ich brauche aber nur eine.«

»Die halten noch drei Wochen.«

Für einen Moment ist Franzi versucht, sich auf eine Diskussion einzulassen. Sie entscheidet sich aber dagegen. Das Ergebnis ist so oder so dasselbe: Am Ende wird sie beide Sahne nehmen müssen.

»Und? Hat er dir schon erzählt, wie er sich aufgeführt hat?«, will Geli mit Blick auf ihren Mann wissen.

»Den ganzen Kurs hat er aufgehalten«, fasst Franzi knapp zusammen und kann sich ein breites Grinsen nicht verkneifen.

»Ja, amüsiert euch nur. Ihr wisst ja gar nicht, was ich durchgemacht habe. Ich hab gedacht, das nimmt kein Ende mehr! Eine ganze Stunde! Das ist doch der Wahnsinn!«

»Der Wahnsinn ist eher das, was du vor Beginn des Kurses geliefert hast, mein Lieber.«

»Was denn?« Franzi sollte zwar dringend wieder zurück an den Herd, aber das möchte sie nun doch genauer wissen.

Geli sieht ihre Tochter verschwörerisch an, deutet mit dem Daumen auf ihren Mann und meint:

»Dein Vater, Franzi, wäre beinahe der erste Mensch gewesen, der bei der Wassergymnastik ertrunken ist.«

Während sich Sepp beleidigt in die Werkstatt verzieht – ihn nimmt ja sowieso keiner ernst –, hat Jakob Schwarzvogel im fünfhundert Kilometer entfernten Berlin ganz andere Sorgen: Seine Mutter ist am Telefon.

»Wie stellst du dir das vor, Mama? Ich bin mitten in einer Albumproduktion.« Er klemmt sich das Telefon zwischen Kopf und Schulter und zieht das Klinkenkabel aus dem Verstärker. Seit einer Viertelstunde versucht er, ihre Idee abzuwehren.

»Das bisschen Musik kannst du doch überall aufnehmen. Für was bist du denn Musiker?«

Jakob, der unter dem Namen *Jack Blackbird* mittlerweile ein erfolgreicher Gitarrist und Songwriter ist, könnte das Album tatsächlich überall produzieren. Doch wieso sollte er Berlin verlassen, um in einem kleinen bayerischen Dorf am Arsch der Welt ein Haus samt Garten und Hühnern zu hüten?

»Dann müsste ich das mobile Tonstudio mitnehmen, die Gitarren, das komplette Equipment. Du hast keine Ahnung, was das für ein Aufwand ist!«

»Aha, du hast also ein mobiles Tonstudio?«

Jack presst die Lippen aufeinander. Er könnte sich ohrfeigen, es erwähnt zu haben. »Frag doch deinen Nachbarn, den Brandl Sepp, ob er ab und zu nach dem Rechten schaut«, weicht er aus. »Es muss ja keiner im Haus wohnen, nur weil du ein paar Wochen nicht daheim bist.«

Am anderen Ende der Leitung schnaubt Hedwig Schwarzvogel entrüstet aus. »Das kann auch nur einer sagen, der in Miete lebt! So schnell schaust du gar nicht, wie die kommen und alles ratzeputz leerräumen. Sogar die Steckdosen schrauben die von der Wand ab und verkaufen sie auf eBay.«

»Jetzt übertreib mal nicht. Steckdosen abschrauben, so ein Schmarrn!« Jack verdreht die Augen. Seine Mutter übertreibt wieder maßlos. »Du solltest weniger fernsehschauen, Mama.«

Seufzend blickt er zu seiner Gitarre, die darauf wartet, endlich von ihm gespielt zu werden. Eine rote Gibson Flying V.

»Was glaubst du, wie gut dir das tut, Bub. Drei Monate weg von der stinkigen Großstadt.«

»Als ob es hier um mich gehen würde. Du suchst einfach nur jemanden, der dumm genug ist, den Babysitter für dein Haus zu spielen.«

Stille. Jack überlegt, ob er vielleicht etwas zu weit gegangen ist.

»Da will man nur das Beste für sein Kind«, jammert Hedwig mit weinerlicher Stimme. Man könnte meinen, sie würde jeden Augenblick in Tränen ausbrechen. »Und dann wird einem so etwas unterstellt. Ich sag's ja schon immer: Undank ist der Welt Lohn!«

Jack durchschaut die manipulativen Tricks seiner Mutter mittlerweile. Vor ein paar Jahren wäre er noch darauf eingegangen, hätte ein schlechtes Gewissen bekommen und letztendlich eingelenkt. Doch diese Zeiten sind vorbei. »Schön, dass du meine Entscheidung akzeptierst.«

»Gar nichts akzeptiere ich! Wirst sehen, am Ende bist du froh darüber.«

Bevor er etwas erwidern kann, beginnt sein Handy rhythmisch zu vibrieren. Viselsky! Auch das noch!

»Wir müssen aufhören, Mama. Ich bekomme gerade einen Anruf von Viselsky rein.«

»Viselsky?«

»Mein Labelchef.«

»Dein wer?«

»Der Chef von Platinum Records, meiner Plattenfirma«, erklärt Jack ungeduldig.

»Der Halsabschneider?«

»Ich meld' mich die Tage bei dir, Mama.«

»Mich wundert nicht, dass der mit dir macht, was er will, wenn du immer sofort springst. Lass ihn doch mal ins Leere klingeln. Der ruft schon wieder an.«

Hedwig und ihre Ratschläge!

»Bis dann, wir hören voneinander!« Er drückt seine Mutter weg und nimmt den Anruf entgegen.

»Jack, Viselsky hier«, bellt es sofort aus dem Telefon. »Ich möchte, dass du dich um Mike kümmerst. Keine negative Presse in nächster Zeit.« Wie üblich kommt Robert Viselsky sofort zum Punkt.

»Hallo Rob.« Jack legt seinen Kopf in den Nacken und reibt sich mit Daumen und Zeigefinger die Nasenwurzel. Das hat ihm jetzt gerade noch gefehlt.

»Keine weiteren Eskapaden! Ich möchte bis zum Albumrelease nichts mehr über ihn lesen. Hast du mich verstanden?«

»Sag das Mike, nicht mir!«

»Du bist der Kopf der Band. Du bist verantwortlich für alles, was mit den Black Birds zu tun hat.«

Jack verkneift sich, Viselsky darauf hinzuweisen, dass er es war, der Mike als Sänger in der Band haben wollte.

»Wie soll ich das denn anstellen, Rob? Du weißt genauso gut wie ich, dass Mike nicht unter Kontrolle zu bringen ist.«

»Kümmere dich darum. Ich verlasse mich auf dich!«
Aufgelegt.

Jack starrt ungläubig auf sein Handy. Mike von der Presse fernhalten? Das ist in etwa so, als würde man versuchen, mit einem Tretroller eine Harley Davidson zu überholen. Müde und genervt streift er sich die braunen Biker Boots von den Füßen und lässt sich auf das kleine Zweisitzersofa in der Ecke des Proberaums sinken. Viselsky hat keine Ahnung, was er da verlangt.

Noch am selben Abend werden Jacks Bedenken bestätigt. Mike steht angetrunken am Mikrofon und versucht, einen Song einzusingen.

»Das hat so keinen Wert«, unterbricht ihn Jack gereizt. »Wieviel hast du denn heute schon getankt?«

»Geht eigentlich. Schließlich habe ich nachher noch einiges vor.«

»Das kannst du dir abschminken! Viselsky möchte bis zum Albumrelease keine Schlagzeilen mehr.«

Mike winkt lässig ab und holt eine Dose Whiskey Cola aus seiner Lederjacke. »Der soll sich mal nicht so haben. Sonst kommt es ihm doch auch ganz gelegen, wenn ich hin und wieder etwas Staub aufwirble. Nur keine Presse ist schlechte Presse.« Mit lautem Zischen öffnet er das Getränk und nimmt einen ausgiebigen Schluck. Dabei gibt er den Blick auf sein Markenzeichen frei: Eine tätowierte Kobra, die sich von der Schulter über das Schlüsselbein den Hals hinaufschlängelt. Sobald Mike den Kopf nach hinten legt – und das tut er auf der Bühne nur allzu gerne – präsentiert er das weit aufgerissene Maul mit den zwei großen Giftzähnen.

»Halte dich trotzdem zurück, Mike. Er macht mich dafür verantwortlich, wenn du Mist baust.«

»Habe ich jetzt einen Babysitter oder was?«

Jack überlegt, wie er auf diese Frage reagieren soll und entschließt sich für die Wahrheit.

»Viselsky ist nun mal der Labelchef. Er stellt *mir* Budget zur Verfügung, damit ich *dir* die Songs auf den Leib schneidere. Auch wenn du als Sänger im Vordergrund stehst, hast du dich der Band unterzuordnen, sonst dreht Viselsky den Geldhahn schneller zu, als du bis drei zählen kannst. Du kennst das Business!«

»Nur weil Viselsky einen dicken Geldbeutel hat, kann er mir noch lange nicht vorschreiben, was ich in meiner Freizeit mache. Ohne mich wäre seine Brieftasche nämlich deutlich dünner.« Mike holt einen Joint aus seinem Tabakbeutel und steckt ihn sich in den Mundwinkel. »Ich lasse mir von niemandem sagen, was ich zu tun habe, Jack. Weder von meinem Alten noch von Viselsky oder dir.« Ein süßlicher Geruch breitet sich im Proberaum aus, als er einen ersten tiefen Zug nimmt.

»Sag mal, woher kommt eigentlich diese panische Angst, dich unterzuordnen?« Jack weiß, dass er Mikes harte Schale mit gezielter Provokation am besten knacken kann.

»Angst? Das ist doch Bullshit, Jack. Sieh mich an!« Er breitet die Arme aus und deutet an sich herunter. »Ich bin ein verdammter Promi! Warum sollte ich mich unterordnen? Ich singe Songs, die Viselsky verlangt und beschwere mich nicht, wenn Mauerbach meine Zweitstimmen rausschneidet oder die Chöre ändert. Was willst du noch?«

»Du bist eine Diva!«

»Welcher Sänger ist das nicht? Das gehört nun mal zu meinem Job.« Das diabolische Grinsen in Mikes Gesicht zeigt, wie wohl er sich in seiner Rolle fühlt. »Ich muss weder ein Instrument mit mir herumschleppen noch Verstärker verkabeln. Sobald alles vorbereitet ist, betrete ich die Bühne und *bähm!* Alle Augen sind auf mich gerichtet. Sorry, Kumpel, so ist es nun mal. Vorsicht bei der Berufswahl!«

Jack schüttelt resigniert den Kopf. Es hat keinen Sinn, weiter zu diskutieren. »Halte dich die nächste Zeit einfach mit Skandalen, Schlägereien oder anderen Exzessen, die die Presse interessant finden könnte, zurück.«

»Dann muss ich schon weg aus Berlin, sonst wird das nichts mit dem Raushalten.« Er drückt den Joint auf dem Boden aus und zieht seine schwarze Nietenlederjacke an. »Ich muss dann auch mal. Die Ladies warten.«

Da Jack nicht reagiert, fügt er versöhnlich hinzu: »Entspann dich, Kumpel. Das Leben ist ein Tanz, kein Bittgang.«

Als Mike den Proberaum verlässt, reckt er beide Hände in die Luft und streckt die Finger zum Peace-Zeichen.

In dieser Nacht findet Jack wenig Schlaf. Ruhelos wälzt er sich von einer Seite auf die andere, während seine Gedanken um Mike, Viselsky, seine Mutter und die noch zu produzierenden Songs kreisen. Der Job als Musiker mutiert allmählich zu einer logistischen Herausforderung und Jack muss sich eingestehen, dass er mehr und mehr zur Marionette der großen Bosse wird, seit er bei Platinum Records unter Vertrag ist. *Wer zahlt, schafft an.* Das gilt nicht nur für Mike. Auch er muss sich Viselskys Willen beugen, ob ihm das nun passt oder nicht. Aber wie zur Hölle soll er seinen Sänger im Zaum halten?

Dann muss ich schon weg aus Berlin, sonst wird das nichts mit dem Raushalten, hallen Mikes Worte in seinem Kopf nach, als sich die Stimme seiner Mutter darüber schiebt: *Das Album kannst du überall produzieren.*

Plötzlich ist Jack wie elektrisiert. Die Lösung seiner Probleme lag die ganze Zeit vor ihm, er hat sie nur nicht gesehen! Das Haus im kleinen, beschaulichen Katzbrück. Mitten im bayerischen Nirgendwo, weit weg von Berlin. Wo es weder Boulevardpresse noch Nachtleben gibt! Wenn er mit Mike vorübergehend nach Katzbrück umsiedelt, wären alle zufrieden: seine Mutter, Viselsky und … na ja, Mike vermutlich nicht so wirklich, aber das würde Jack schon irgendwie hinkriegen. Immerhin gibt es eine Dorfkneipe.

Er ahnt zu diesem Zeitpunkt noch nicht, zu welchem Wahnsinn sich seine Idee entpuppen würde.

»Alter, bist du irre? Ich fahr doch nicht nach − wie heißt das Kaff noch mal? Katzenbuckel?«

»Katzbrück.« Jack muss all seine Geduld zusammennehmen. Seit einer halben Stunde redet er wie ein Besessener auf Mike ein. »Es sind doch nur ein paar Tage.«

»No way. Niemals!«

»Mike, ich muss da hin. Ich habe es meiner Mutter versprochen. Sie ist alt und diese letzte Reise ist ihr sehnlichster Wunsch. Ich konnte ihr das nicht abschlagen.« Das ist zwar gelogen, aber egal. »Wir machen uns ein schönes Leben und sobald die Aufnahmen im Kasten sind, verschwindest du wieder.«

»Ein schönes Leben? In Katzbuckel?« Mike zieht kritisch eine Augenbraue nach oben. »Gibt's da wenigstens einen Pool?«

Jack denkt an die hellbraune Badewanne seiner Mutter. »So etwas in der Art.«

»Ich fahr deine Harley, du den Bandbus mit dem Equipment.« Mike streckt ihm kalt lächelnd die Hand entgegen. Doch statt einzuschlagen, starrt ihn Jack nur verwirrt an.

»Hast du dir das Hirn völlig vernebelt letzte Nacht? Kein Mensch außer mir setzt sich auf meine Harley, das weißt du!«

»Tja, sehr schade«, seufzt Mike schulterzuckend und verschränkt die Arme vor der Brust. »Dann bleiben wir wohl hier.«

Verdammt! Jack ringt kurz mit seiner Wut über die unverfrorene Erpressung. Ihm ist klar, dass es Mike nicht um die Harley geht, sondern darum, in Berlin bleiben zu können. »Wenn ich auch nur einen Kratzer an meiner Maschine finde, kannst du dich im Eunuchenchor anmelden.«

Zwei Wochen später biegt Jack mit dem alten, aber noch gut erhaltenen Bandbus in Hedwigs Hofeinfahrt ein. Seine Mutter liegt zu dieser Zeit dreitausend Kilometer entfernt in einem Liegestuhl am Meer und lässt sich die Sonne auf den Bauch scheinen. Dass er nach fünfeinhalb Stunden Autofahrt ein leeres Haus vorfindet, hatte Jack bewusst so geplant. Hedwig war vor ein paar Jahren schon einmal in den Urlaub gefahren. Die sogenannte *Einweisung*, die er über sich ergehen lassen musste, kam ihm damals länger vor als ihre Abwesenheit.

- *Über Mittag die Markise auf der Terrasse ausfahren, um die Fensterrahmen vor der direkten Sonneneinstrahlung zu schützen.*

- *Das Gemüsebeet ausschließlich morgens gießen, am besten eine viertel Stunde vor Sonnenaufgang!*

- *Beim Zähneputzen morgens bloß kein Aronal©, abends aber Elmex© benutzen. Aronal© hat bei Ökotest mit ungenügend abgeschnitten.*[1]

---

[1] https://www.oekotest.de/kosmetik-wellness/Aronal-und-Elmex-im-Test-Krasser-Unterschied-im-Testurteil-_600890_1.html Stand 11.3.2022

- *Wenn Arko in den Garten pinkelt, sofort mit der Gießkanne hinterhergehen. Sonst brennt die Sonne braune Flecken in den Rasen.*

Und so weiter und so fort. Seit es den Hund nicht mehr gibt, hat Hedwig auf Hühner umgesattelt. Nicht auszudenken, was sie nun von ihm verlangen würde!

Dennoch ist Jack schon kurz nach seiner Ankunft nicht mehr alleine – Dorf eben.

»Der Schwarzvogel Jakob, schau an! Dass du dich auch mal wieder in Katzbrück blicken lässt? Gefällt's dir wohl nicht mehr in Berlin?« Josef Brandl grinst von einem Ohr zum anderen. Er scheint sich ehrlich zu freuen, Jack zu sehen.

Mit einem Gitarrenkoffer in der linken und einer Kabeltrommel in der rechten Hand hält Jack auf halbem Weg zur Haustür inne.

»Oh mei, der Brandl Sepp, habe die Ehre!« Er stellt die Kabeltrommel auf den Boden, hebt die Hand zum Gruß und schiebt die verspiegelte Sonnenbrille in seine schulterlangen, dunklen Haare. »Lange nicht mehr gesehen und gleich wiedererkannt.«

»Im Fernsehen schaust du anders aus.« Sepp mustert den mittlerweile über vierzigjährigen Nachbarsjungen ungeniert von oben bis unten. »Schlanker.«

Während Jack im Geiste die zuletzt veröffentlichten Interviews, Liveauftritte und Videos durchgeht und sich zu erinnern versucht, welche Figur er darin macht, wandert Sepps Blick zum offenen Heck des Kleinbusses.

»Bleibst du länger hier?«

Eine durchaus naheliegende Frage. Der Bus ist bis obenhin vollgestopft mit Reisetaschen, verschiedensten technischen Geräten und Unmengen an Kabeln.

»Oder ziehst du am Ende womöglich wieder bei der Mama ein?«

»Einziehen? Ich?« Jack schüttelt vehement den Kopf. »Da muss ich dich leider enttäuschen, Sepp. Ich bin nur vorübergehend hier. Maximal drei Wochen, danach darfst du dich um das Haus kümmern. Das ist doch mit dir abgesprochen, oder?«

»Ich hätte nichts dagegen, wenn du die ganzen drei Monate bleibst. Wo die Hedwig doch so dermaßen pingelig ist mit allem.«

»Das glaube ich dir gern!« Jack schüttelt es innerlich bei der Vorstellung, ein viertel Jahr in Katzbrück festgebunden zu sein. »Auf dem Esstisch liegen unzählige Zettel mit Anweisungen. Die kann ich gerne an dich weitergeben, wenn du magst.«

Sepp winkt ab. »Brauchst du nicht. Ich krieg das auch so hin. Ist ja nicht so, dass ich aus der Stadt kommen würde und keine Ahnung von Haus und Garten hätte.«

Dass Jack nicht darauf antwortet, scheint Sepp nicht weiter aufzufallen. Gedankenverloren kratzt er sich am Kopf.

»Die Hedwig und ihre Weltreise. Ich kann mir das überhaupt nicht vorstellen. Wahrscheinlich hetzt sie von einer Sehenswürdigkeit zur nächsten und sehnt sich insgeheim nach Hause zurück. Hier ist es doch eh viel schöner. Ich versteh nicht, warum sie unbedingt weg muss. Bis nach Japan will sie, hat sie gesagt.«

»Warst du schon mal in Asien, Sepp?«, möchte Jack wissen.

»Um Gottes Willen, was soll ich denn da? Wer fährt denn freiwillig nach Japan, wenn er in Katzbrück sein kann!«

»Ich war vor zwei Jahren dort«, beginnt Jack zu erzählen. Seine Augen leuchten, als er sich an diese Zeit zurückerinnert. »Wir hatten ein Konzert in der Tokyo

International Forum Hall. Die Atmosphäre war phänomenal, damals habe ich mir die Seele aus dem Leib gespielt. Ich weiß noch genau, wie es sich anfühlte, als wir dort ankamen. Der erste Eindruck war überwältigend! Ich hatte …«

»Überwältigend, so ein Schmarrn!«, unterbricht ihn Sepp. »Schau lieber, dass du den Hühnerstall jeden Tag pünktlich ausmistest, sonst wird der Gestank überwältigend, das versprech ich dir!«

»Für empfindliche Nasen wie deine schon«, entgegnet Jack augenzwinkernd und bückt sich nach seiner Kabeltrommel, während er in Gedanken weiter in Japan festhängt. Er will sich jetzt lieber nicht auf eine Diskussion mit seinem Nachbarn einlassen. Aus Erfahrung weiß er, dass diese vom Hundertsten ins Tausendste führen, nur um am Ende wieder am Anfang zu landen. Als er kurz darauf aus dem Haus zurückkommt, um die nächste Ladung zu holen, steht Sepp kopfschüttelnd vor dem Kofferraum.

»Wenn du magst, kannst du gerne mit anpacken, Sepp. Das muss alles ins Haus.«

»Heute noch?«

»Selbstverständlich! Morgen kommt Mike, mein Sänger, da soll die Technik stehen. Wir wollen sofort mit den Aufnahmen anfangen.« Hoffentlich – wenn Mike mitmacht.

»Morgen? Am Sonntag?« Sepp reißt entrüstet seine Augen auf. »Du wirst doch nicht am Sonntag arbeiten! Sonntag ist Ruhetag! Ich hab einmal an einem Sonntag geweißelt, die Farbe ist eine Woche später wieder abgeblättert. Arbeit, die man am Sonntag macht, taugt nichts!«

»Wenn du wüsstest!« Den Rest lässt Jack unausgesprochen. Sepps Alltag ist in keinster Weise mit dem eines Musikers vergleichbar. Jack lebt nicht im Wochentakt. Sein eigener, sich stetig wiederholender Rhythmus besteht aus Albumproduktion, Promo-Phase und Tournee. Der Sonntag ist für ihn nichts weiter als ein leidiges Ärgernis, an dem die Supermärkte geschlossen haben.

»Bist du sicher, dass das alles rein soll?«, will Sepp wissen, als Jack erneut aus dem Haus kommt.

»Bin ich.«

»Du bist doch bloß Musiker. Für was brauchst du denn den ganzen Krempel? Ich dachte, du hast eine Gitarre und fertig.« Sepp, der keine Anstalten macht, beim Ausladen zu helfen, steht mit in die Hüften gestemmten Händen da. »Das schaut ja aus, als ob eine ganze Kapelle umziehen würde.«

»So viel ist das eigentlich gar nicht. Im Prinzip nur das Basisequipment.«

»Kennst du dich da überhaupt aus? Da weiß doch kein Mensch mehr, wo was hingehört, oder?« Sepp blickt weiterhin in den offenen Kofferraum, ohne aus dem Weg zu gehen. »Ich seh' nur lauter Kabel und schwarze Boxen. Das riesige Ding hier zum Beispiel«, er deutet auf einen großen Marshallverstärker, »das können wir doch im Auto lassen.«

»Packst du jetzt mit an?« Jack ignoriert Sepps Vorschlag. »Oder gehst du einen Schritt zur Seite? Ich will nämlich heute noch fertig werden.«

»Immer im Stress, die Stadtleute. Du bist hier auf dem Dorf, da ticken die Uhren anders.«

Ohne darauf einzugehen, schiebt sich Jack an Sepp vorbei und holt das Mischpult aus dem Kofferraum.

»Um Gottes Willen! So viele Knöpfe! Das sind ja mindestens über hundert.«

»Zweihundertvier, um genau zu sein.« Jack hat sie mal gezählt, als er auf Mike warten musste. Er war damals selbst erstaunt, dass es so viele sind.

»Ah geh, das ist doch keine Musik mehr, die du da machst! Das kommt ja alles aus der Steckdose und aus dem Computer.« Sepp trottet Jack mit einem Verstärkerkabel in der Hand hinterher.

»Die Sachen brauche ich hauptsächlich zum Audiosignale abhören.«

»Sag ich doch! Alles aus dem Computer.«

Jack verkneift es sich, die Augen nach oben zu verdrehen. »Das ist bei jeder professionellen Musik so, Sepp.«

»Bei den Oberkrainern nicht!«

»Doch, auch die Oberkrainer nehmen ihre Musik im Studio auf und haben entsprechendes Equipment.«

»Das glaubst du ja selber nicht, dass die so viel Zeug brauchen.«

»Ich glaub das nicht nur, ich weiß es sogar, Sepp.«

»Hast du die schon mal live gehört? Da geht's ab, sag ich dir, da hält sich keiner mehr auf dem Stuhl!«

»Mhm.« Jacks Interesse für Live-Blasmusik hält sich in Grenzen. Er hat gerade andere Dinge im Kopf.

»Ich hab die Oberkrainer gesehen!« Sepp macht eine theatralische Pause. Ganz so, als hätte er soeben verkündet, schon mal ins Weltall geflogen zu sein. »Damals, neunzehnhundertvierundneunzig in der Flatschinger Stadthalle. Sowas hast du noch nicht erlebt. *Das* ist Musik.« Als Sepp beginnt, die Feuerwehr-Polka zu imitieren und mit einer imaginären Trompete in der Hand den Soloteil spielt, weiß Jack, dass er definitiv wieder zu Hause angekommen ist.

Es ist bereits nach neun, als er das leere Auto abschließt und sich ein Bier aus dem Kühlschrank holt. Das erste, was er im Haus eingeräumt hat – gleich nach seiner Gitarre – waren zwei Sixpacks. Anschließend rückt er im Wohnzimmer die Möbel etwas beiseite, um Platz für das mobile Tonstudio zu schaffen. Die zwei tiefen Kratzer, die er beim

Verschieben der klobigen Couch im Parkett hinterlässt, würden später mit etwas Glück von jener wieder verdeckt werden. Der schwere Glasplattenwohnzimmertisch bereitet ihm jedoch Sorgen. Da er sich keine weiteren Schäden im heiligen Parkett seiner Mutter erlauben kann, geht er mit einem resignierten Seufzen in die Knie, packt den Tisch links und rechts und wuchtet ihn hoch. Dabei stößt er an einen kleinen Hocker, der neben der Couch steht, so dass einer der silberfarbenen Kerzenständer darauf umfällt.

»Verdammt!«, flucht Jack. Er steckt die Stabkerze halbherzig zurück in den Ständer, stellt alle fünf Kerzen auf den Glastisch und schiebt den Hocker ebenfalls zur Seite. Dann greift er nach seinem Bier und sieht sich zufrieden im Raum um. Beim Einschalten der Bluetooth Box wird ihm bewusst, dass er keinerlei Rücksicht auf Nachbarn neben, unter oder über sich nehmen muss. Mit voller Lautstärke erfüllt *Bang Down The Door*, ein Song der Band Bonfire von 1993, den Raum. Während er sich daran macht, Mischpult, Mikrofon und Laptop aufzubauen, lässt er die Playlist weiterlaufen und singt lauthals mit, bis ein Brummen eine eingehende WhatsApp-Nachricht ankündigt. Es brummt ein weiteres Mal und dann noch einmal. Jack greift nach seinem Handy und entsperrt den Bildschirm.

Cora: »*Sweetheart, was machst du heute so?*«

Cora: »*Wollen wir uns treffen?*«

Cora: »*Bin einsam!*«

Jack seufzt. Wann kapiert sie endlich, dass er nichts mehr mit ihr zu tun haben möchte?

»*Sorry, keine Zeit.*« Er drückt auf Senden und hofft, dass das Gespräch damit beendet ist. Doch die Antwort lässt nicht lange auf sich warten:

Cora: »*Komm schon, nur was trinken, bisschen quatschen und so …*«

Jack: »*Nein, wirklich nicht.*«

Cora: »*Ich vermisse dich!*«

Jack, der keine große Lust auf die Tipperei hat, drückt kurzerhand die Aufnahmetaste, um eine Sprachnachricht zu versenden.

»*Hey, also, es ist so: Ich bin nicht in Berlin. Für längere Zeit. Und selbst wenn, es wäre keine gute Idee, wenn wir uns treffen würden.*« Jack macht eine kurze Pause, bevor er weiterspricht. Er muss aufpassen, wie er das, was er sagen will, formuliert. Mit sanfter Stimme fährt er fort. »*Du weißt, dass ich dich sehr schätze, aber das zwischen uns hat keine Zukunft. Du bist ein toller Mensch, aber … na ja, du weißt, was ich meine. Das hat nichts mit dir zu tun, es … passt einfach nicht. Ich meld' mich bei Gelegenheit bei dir. Wenn ich wieder in Berlin bin.*«

Im selben Moment, als er seine Nachricht sendet, springen beide Haken auf blau. Oh Mann, wie gerne würde er endlich seine Samthandschuhe ausziehen können und ihr klar und deutlich sagen, dass sie einfach nur nervt!

Cora: »*Wo bist du?*«

Jack schüttelt fassungslos den Kopf, schaltet das Handy auf Flugmodus und macht sich daran, die letzten Geräte zu verkabeln. Diese Frau ist wie ein gut gemeinter Ratschlag, den man nicht hören möchte. Man muss nett sein, obwohl man kotzen könnte.

Es ist bereits nach Mitternacht, als er die Tür des Hühnergeheges schließt. Seine Mutter hat ihm am Telefon mehrmals eingeschärft, den Stall unbedingt schon bei Dämmerung zuzumachen, weil sich sonst ein Fuchs oder Marder die Hühner holen würde. Doch heute scheint alles gut gegangen zu sein, nichts deutet auf ein Blutbad hin. Jack bleibt noch eine Weile auf der Terrasse stehen und betrachtet den sichelförmigen Halbmond, der sich scharf am Himmel abzeichnet. Wie war das? Wenn der Bauch links ist, ist es abnehmender Mond? Er erinnert sich wieder an die Eselsbrücke, die ihm seine erste Freundin verraten hat. Sie lagen am Waldsee auf einer Decke, starrten in den Himmel und hofften auf eine Sternschnuppe.

Stell dir vor, du schreibst ein kleines a. A wie abnehmender Mond. Da ist der Bauch auch links.

Jack lächelt bei dem Gedanken an die unbeschwerte Zeit. Wann hat er zuletzt eine Sternschnuppe gesehen? *Jetzt nur nicht sentimental werden*, ermahnt er sich, strafft seine Schultern und geht zurück ins Haus. Dort lässt er seinen Blick durch das Wohnzimmer schweifen, holt sich dann den Rest des Sixpacks aus dem Kühlschrank und stapft die Treppe nach oben. Gleich wird er einen weiteren Schritt in seine Vergangenheit machen.

Als er die erste Tür rechts öffnet, bleibt er wie immer, wenn er nach langer Zeit nach Hause zurückkommt, an der Schwelle stehen. Seine Mutter hat seit seinem Auszug vor über zwanzig Jahren so gut wie nichts an dem Zimmer verändert. Auch Jack hat es nie für notwendig befunden, es umzugestalten. Alles, was er in Katzbrück braucht, ist ein Bett und eine Steckdose und das gibt es beides hier drin. Im Bücherregal neben dem Schreibtisch stehen gerahmte Bilder von ihm als Jugendlicher. Eines zeigt ihn bei einem Auftritt im Jugendzentrum, auf einem anderen präsentiert er stolz seine erste Gitarre. An der Schrankwand klebt immer noch das Scorpions-Poster, auch wenn es an Farbe verloren hat und an den Rändern langsam vergilbt. Jack betritt den Raum und legt seine rechte Hand auf den *WORLD WIDE LIVE*-Schriftzug des Posters. Genau wie früher.

»Ich werde Musik machen und nichts als Musik!«, flüstert er die magischen Worte. Das Mantra, das ihn

begleitet, seit er mit sechzehn Jahren beschloss, als Gitarrist sein Geld zu verdienen. *»Mein Leben soll eine Melodie sein, auf deren Klang ich bis zum letzten Ton tanzen werde.«*

Er ist felsenfest davon überzeugt, dass dieses seltsame Ritual mit einem Poster einen Teil seiner tiefen inneren Überzeugung ausmacht, dass es keine Alternative für ihn gibt. *Wer einen Plan B hat*, sagte Jack damals zu seiner Freundin, *braucht gar nicht erst anfangen, für Plan A zu kämpfen. Er wird so oder so scheitern.*

Jack hatte niemals einen Plan B.

Am nächsten Tag reißt ihn ein unangenehmes, stets wiederkehrendes Geräusch aus dem Schlaf. Jacks Kopf pocht. Es dauert eine Weile, bis er realisiert, dass er sich nicht in Berlin, sondern in seinem ehemaligen Kinderzimmer in Katzbrück befindet. Die Kopfschmerzen kommen unleugbar von den fünf Bier, die er sich gestern noch gegönnt hat, und der unangenehme Lärm muss wohl der Gockel sein. Er quält sich aus dem Bett, nimmt im Bad einen großen Schluck Wasser direkt aus dem Wasserhahn und schlurft mit Boxershorts und verknittertem T-Shirt in den Garten. Aus dem Hühnerstall dringt aufgeregtes Gackern, Krähen und Scharren. Jack schiebt den Riegel zurück und öffnet die kleine Holztür. Sofort stolziert ein ungeduldiger Hahn ins Freie. Er würdigt den Musiker keines Blickes und lässt eine Henne nach der anderen an sich vorüberziehen. Die letzte von ihnen besteigt er mit großem Gegluckse und Flügelschlagen. Jack staunt nicht schlecht, als er das sieht.

»Notgeiler Sack!« Während er etwas Futter in den Futterautomaten füllt, beobachtet er ein Huhn dabei, wie es einen dicken Käfer verschlingt. Er hatte ganz vergessen, wie aufregend es auf dem Dorf ist. Andere denken bei

dem Wort *Landleben* an Erholung, idyllisches Frosch-
gequake und Romantik. Dabei ist es die rohe Brutalität
des Lebens. Katzen, die zum Vergnügen mit um ihr Leben
ringenden Mäusen spielen. Igel, die nachts durch die Gär-
ten streunen und schmatzend wehrlose Nacktschnecken
verspeisen. Bauern, die zur Zeit des Terrassen-Nachmit-
tagskaffees mit dem Güllewagen die Nachbarswiese dün-
gen und einem damit die Geruchsnerven verätzen.

Eine Weile betrachtet er das hektische Picken und
Scharren, dann dreht er sich um und marschiert zurück
zum Haus. Tagesordnungspunkt Eins wäre erledigt. Jetzt
würde er sich einen Kaffee auf der Terrasse gönnen und
in den ersten Tag seines neuen alten vorübergehenden
Lebens starten.

clouds above
a mighty giant
keeps on tossing from below
oceans of thoughts
I keep on tryin'
as storm waves carry me
where do I go from here

an old compass calls my name
from the corners of my mind
it keeps telling me to leave it all behind
still I don't know
for how much longer
which way to go
I don't know

the endless water
is getting colder
the stars keep watching from above
the outside world
is getting older
brief moments of serenity
a glimpse within a million years

an old compass calls my name
from the corners of my mind
it keeps telling me to leave it all behind
still I don't know
for how much longer
which way to go
I don't know

WIE LANGE NOCH?

Wolken über mir
ein mächtiger Riese
wälzt sich weiter hin und her tief unter mir
Ozeane der Gedanken
ich bin noch immer auf der Suche
während Sturmwellen mich tragen
in welche Richtung soll ich gehen?

ein alter Kompass ruft meinen Namen
aus den Ecken meines Gehirnes
er wird nicht müde mir zu sagen, es alles endlich hinter
mir zu lassen
trotzdem weiß ich noch immer nicht
wie lange noch?
in welche Richtung soll ich gehen?
Ich weiß es nicht

das unendliche Wasser
wird immer kälter
die Sterne beobachten mich noch immer von oben
die Außenwelt wird immer älter
kurze Momente der inneren Ruhe
ein flüchtiger Augenblick in einer Spanne von Millionen
von Jahren

ein alter Kompass ruft meinen Namen
aus den Ecken meines Gehirnes
er wird nicht müde mir zu sagen, es alles endlich hinter
mir zu lassen
trotzdem weiß ich noch immer nicht
wie lange noch?
in welche Richtung soll ich gehen?
ich weiß es nicht

KLEINSTADTREBELL

Das satt knatternde Wummern eines Harley Davidson-Motors lässt Jack vom Gartenstuhl aufspringen. Die Uhr auf seinem Handy zeigt kurz vor zehn. Kann das sein? Als er in die Hofeinfahrt eilt, setzt Mike gerade den Helm ab und schüttelt seine blonde Mähne.

»Alter, was für ein Kuhdorf!« Er klappt den Ständer der Maschine aus und steigt ab. Seine schwarze Lederjacke ist nicht nur das perfekte Bühnenoutfit, sie passt genauso gut auf ein Bike.

»Ich habe in den letzten fünf Minuten zwei Traktoren und einen Rentner auf einem Mofa überholt. Ansonsten ist hier keine Menschenseele unterwegs, die Straßen sind wie ausgestorben. Wird Zeit, dass Katzbuckel ein bisschen aufgemischt wird!«

»Was machst du denn schon hier, Mike?« Jack hält seinem Sänger die Hand entgegen, in die dieser mit lautem Klatschen einschlägt. »Wolltest du nicht gestern ein letztes Mal durch die Clubs ziehen, bevor wir uns hochkonzentriert in die Arbeit stürzen?«

»Bin ich doch.« Mike hängt den Helm an das Lenkrad und sieht sich prüfend um. »Hier also ist der Arsch der Welt, an dem das legendäre Akustikalbum entstehen soll, mit dem wir Musikgeschichte schreiben werden.«

»Wann bist du denn in Berlin losgefahren?« Jacks Besorgnis gilt weniger Mike als vielmehr seiner Harley. Wie konnte dieser Idiot feiern gehen und sich anschließend auf seine Maschine setzen?

»Um fünf.« Mike marschiert Richtung Haus. »Ich muss jetzt erst mal pennen. Wo ist mein Bett?«

»Sag mal Geli, was hältst du eigentlich davon?« Sepp schlurft lautstark an seinem Frühstückskaffee, während er aus dem Küchenfenster schaut.

»Dass du es wohl nie lernen wirst«, antwortet Geli, ohne vom Heidelkirchener Anzeiger aufzusehen.

»Ich mein das mit Hedwig. Dass sie jetzt wirklich auf Weltreise gegangen ist.«

»Und ich mein dich. Dass du es in deinem Alter immer noch nicht schaffst, geräuschlos aus einer Tasse zu trinken.«

»Das ist doch bestimmt teuer.«

»Es ist nervig.«

»Aber sie war ja schon immer ein wenig anders, die Hedwig. Vorne eine blitzsaubere Einfahrt und hinten ein Hühnerstall.«

Geli löst ihren Blick von dem Artikel, den sie zu lesen versucht, und betrachtet ihren Mann von hinten. Er trägt dasselbe graue T-Shirt wie gestern, vorgestern und auch vorvorgestern. Sie muss es heute Abend unbedingt in der Waschküche verschwinden lassen.

»Es ist wie mit jedem anderen Haustier auch: Du bist angehängt mit diesen Viechern«, lamentiert Sepp indes weiter.

»Was hast du jetzt plötzlich gegen die Hühner? Bisher hast du dich auch nicht beschwert, wenn Hedwig hin und wieder eine Schachtel Eier vorbeigebracht hat.«

»Weißt du, was die für Arbeit machen?« Sepp setzt sich an den Tisch und mustert seine Frau. Diese ahnt, worauf ihr Mann hinauswill.

»Du hast gesagt, dass du das bisschen Füttern mit Links machen würdest.«

Sepp schnappt sich Gelis Honigsemmel und will gerade davon abbeißen, als sie ihm zornig aus der Hand gerissen wird.

»Das ist meine Semmel! Wenn du Hunger hast, mach dir selbst eine!«

»Ich will ja nur einen Bissen, mehr nicht.«

»Du hast Hedwig versprochen, dich um die Hühner zu kümmern, also kümmere dich. Es ist schließlich kein ganzer Bauernhof. Morgens füttern, abends Stall schließen. Das wirst du doch hinkriegen, oder?«

»Ich schon. Aber Jakob nicht. Der hat doch keine Ahnung von Tieren.«

»Ach?« Geli ist immer wieder erstaunt, wie schnell ihr Mann von sich ablenken kann.

»Und dieser langzottelige Wilde, der gerade in die Einfahrt gefahren ist, sicher auch nicht. Der schaut aus, als ob er noch nie eine Schaufel in der Hand gehabt hätte.«

Geli schüttelt wortlos den Kopf und vertieft sich wieder in ihre Zeitung. Auf die nachbarschaftliche Ferndiagnose ihres Mannes geht sie besser erst gar nicht ein.

»Ich schau nachher mal rüber«, beschließt Sepp, greift erneut nach Gelis Honigsemmel und beißt genüsslich hinein. Das Blitzen in ihren Augen, als sie in die Küche geht und sich eine neue Semmel schmiert, deutet er als Zeichen der Harmonie ihrer Ehe. Geli hingegen beschließt im selben Moment, dass sie heute Mittag keine Lust zu kochen hat. Eine Maßnahme, die ihren Mann hart treffen wird.

Nachdem Mike geschlafen, zwei Tassen Kaffee getrunken und geduscht hat, arbeiten sie am ersten Song. Sie schaffen es auf Anhieb, mehrere Spuren reibungslos einzusingen. Jack ist mit dem Ergebnis sehr zufrieden und spürt so etwas Ähnliches wie Vorfreude in sich hochkriechen. Ist es möglich, dass dieses Album ausnahmsweise ohne größere Zwischenfälle fertig gestellt wird? Er setzt sich an das Mischpult und hört sich konzentriert die Aufnahmen an. Bis auf ein paar tonale Ausrutscher, die sich durch das Editieren beheben lassen würden, sind sie nahezu perfekt.

»Ich hab Hunger!« Mike streift sich die Kopfhörer ab und marschiert in die Küche. Jacks Blick haftet weiter auf der Audiosoftware. Wenn er Musik macht, verspürt er weder Müdigkeit noch andere körperliche Bedürfnisse.

»Der Kühlschrank ist komplett leer, Alter!« Mikes Stimme klingt leicht entsetzt.

»Ich weiß. Meine Mutter hat alles aufgebraucht, bevor sie gefahren ist.« Jack speichert den aktuellen Stand der Datei ab und marschiert in die Küche. Sein Sänger steht vor dem offenen Eisschrank und hält staunend ein paar Gefriertüten in der Hand.

»Verdammt, was ist das, Jack? Ist deine Mutter ein Freak oder sowas? Kürbiswürfel, Zucchini, Gartenkräuter«, liest er die Beschriftung der einzelnen Beutel vor, bevor er

sie nach und nach wieder zurückstopft und die Tür zu-
knallt. »Ich brauche was, bei dem ich den Pappkarton ab-
machen, die Folie entfernen und das Ding in den Back-
ofen schieben kann. Was will ich mit Gemüsezeug? Ich
habe Hunger!«

Da Jack nicht reagiert, zückt Mike sein Smartphone.
»Ich bestelle uns Pizza. Welche Hausnummer haben
wir?«

»Pizzas werden hier nicht geliefert.«

Ungläubig starrt Mike ihn an. »Willst du mich ver-
arschen?«

»Dorf.«

»Das ist doch jetzt ein Witz, oder?«

»Nein, leider nicht.«

»Lieferando?«

Jack schüttelt belustigt den Kopf.

»Kneipe?«

»Der Hirsch. Aber bei dem gibt es um diese Uhrzeit
auch nichts. Der hat, soweit ich weiß, Mittagstisch und
Abendkarte, aber nachmittags um vier bekommst du dort
höchstens Kuchen.«

»Ich bin ohne Frühstück ins Bett und habe anschließend zwei Stunden am Stück gesungen. Ich brauche jetzt
was Richtiges zu essen, keinen Kuchen! Was ist denn das
für ein hinterwäldlerisches Nest, in das du mich ver-
schleppt hast, Jack?«

»Vielleicht …« Jacks Gesicht hellt sich auf. »Ich habe
eine Idee. Warte!« Er eilt in den Garten und kommt kurz
darauf mit vier Eiern in der Hand zurück. »Omelett!«

»Sag mal«, nuschelt Mike eine viertel Stunde später mit
vollem Mund, »was geht heute Abend ab?«

Jack, der aufgrund der Winzigkeit des Omeletts auf
seinen Anteil verzichtet, spielt gedankenverloren mit

einem Kugelschreiber. »Still I don't know for how much longer which way to go – trotzdem weiß ich noch immer nicht, wie lange noch? In welche Richtung soll ich gehen?«

»Was?«

»Ich denke gerade an den Traum von heute Nacht. Er war wieder da. Der Traum, aus dem *How Much Longer* entstanden ist.«

»Du hast mir nie erzählt, dass der Song auf einem Traum basiert.« Mike mag zwar ein unzuverlässiger Chaot sein, aber sobald es um Songtexte geht, ist er zu hundert Prozent anwesend.

»Ich schwimme in einem Ozean. Egal wohin ich auch blicke, überall Wasser, nichts als Wasser. Unter mir zähnefletschende Haie und ein gigantischer Wal.«

»Wow. Hört sich gruselig an.«

»Ich habe während des gesamten Traums die tiefe Gewissheit, dass mir der Wal nichts tun wird. Im Gegenteil. Es ist schon beinahe beruhigend, ihn unter mir zu wissen. Auch, wenn er etwas sehr Bedrohliches an sich hat.«

»Was hat das mit dem Weg zu tun?«, möchte Mike wissen. Er legt die Gabel auf den leeren Teller und schiebt diesen ein Stück von sich weg.

»Wenn du in allen Richtungen nur Wasser siehst, dann hast du keine Orientierung. Keinen Anhaltspunkt. Man fühlt sich irgendwie so …« Jack sucht nach dem richtigen Wort. »Ich weiß nicht, so verloren.«

»Mann, Alter, was träumst du denn für einen Mist?«

Jack zuckt mit den Schultern. »Ich weiß auch nicht weshalb, aber er begleitet mich seit Jahren.«

»Ich habe auch einen Traum, der immer wieder kommt. Aber darin spielen eher Titten und nackte Frauen eine Rolle.« Mike lacht dreckig auf. »Erst letzte Woche habe ich eine Schnecke mit nach Hause genommen, die der im

Traum ziemlich ähnlich war. Nicht das Gesicht, eher die ...«, er formt beide Hände vor seinem Oberkörper, als würde er eine Frauenbrust umfassen. Eine ziemlich große Frauenbrust. »Vielleicht solltest du auch mal wieder vögeln, statt immer nur mit Viselsky oder Mauerbach rumzulungern.«

»Ich lungere nicht mit Mauerbach rum und mit Viselsky schon gleich dreimal nicht! Da müssen schon Weihnachten und Ostern auf einen Tag fallen, damit der mal einen Termin frei hat.«

Jack wäre froh, wenn er mit Viselsky *rumlungern* könnte, wie Mike es nennt. Er hätte einige Ideen, die er seinem Labelchef gerne vorstellen würde. In einem ausgedehnten Vieraugengespräch, da ist sich Jack sicher, würde er Viselsky von seinen Visionen überzeugen können.

»Kommt Mauerbach auch nach Katzbrück?«

Jack seufzt. Diese Frage hat er befürchtet. Der Produzent Charlie Mauerbach ist ein grandioses, aber eigensinniges Genie, der aus Jacks Songs die sagenumwobenen letzten zehn Prozent herauskitzelt und den Arrangements dadurch einen gewissen X-Faktor verleiht.

»Wir leben im digitalen Zeitalter, Mike. Ich kann unsere Aufnahmen problemlos über das World Wide Web an Charlie schicken, er bearbeitet sie und falls Fragen auftauchen, telefonieren wir. Heutzutage ist sowieso jeder immer und überall erreichbar. Es gibt keinen Grund, weshalb Charlie hierherkommen sollte.«

Als er die letzten Worte ausgesprochen hat, klingelt prompt Jacks Handy. Beim Blick auf das Display verdreht er die Augen. »Mama!«

»Immer und überall erreichbar, die Geißel des modernen Zeitalters.« Mike grinst, steht auf und verschwindet auf die Terrasse, um sich eine Zigarette anzustecken.

»Mama?«

»Jakobschatz! Bist du schon in Katzbrück? Ich hab eine Stunde Aufenthalt und dachte mir, ich sehe mal nach dem Rechten.«

»Alles im grünen Bereich, Mama.«

»Hast du den Hühnern frisches Wasser hingestellt?«

Jack macht sich innerlich eine Notiz, nach dem Telefonat sofort Wasser aufzufüllen. »Klar, Mama. Was denkst du denn?«

»Gut. Ich hab Sepp nämlich gesagt, er muss sich nur dann um sie kümmern, wenn du nicht da bist.«

»Sepp habe ich gestern schon getroffen. Er ist charmant wie eh und je.«

»Was machst du heute noch? Vergiss nicht, den Hühnerstall zuzumachen, wenn es dämmert!«

»Ich nehme Songs auf. Für das neue Album.«

»Du solltest dir eine Pause gönnen. Immer am Arbeiten. Heute ist Sonntag, da genießen andere Leute den Tag.«

»Ich brauche keine Pause, Mama. Ich bin froh, dass es endlich weitergeht.«

»Wenn du einen richtigen Job hättest, hättest du jedes Wochenende frei.«

»Ich habe einen richtigen Job!«

»Du könntest doch mal beim Voss vorbeischauen.«

»Nein!«, unterbricht Jakob seine Mutter barsch. Nicht dieses Thema! Rüdiger Voss und seine Kfz-Werkstatt.

»Aber warum denn nicht? Stell dich doch nicht so an, Jakob. Vielleicht nimmt er dich ja? Sag ihm, dass du an deinem Motorrad immer alles selbst reparierst, dann wird er schon erkennen, was er an dir hat!«

»Ich muss dich jetzt leider abwürgen, Mama. Wir haben noch einiges zu tun.«

Am anderen Ende herrscht Stille in der Leitung.

Scheiße. Verplappert!

»Ähm, also ich. *Ich* habe noch viel zu tun.«

»Hast du eine Frau bei dir? Ist es was Festes?«

Jack antwortet nicht. Dieses Thema regt ihn beinahe noch mehr auf als das Gerede um einen Job. Warum nur macht sich seine Mutter dauernd Sorgen, ihr Sohn könnte übrigbleiben?

»Jetzt fang bitte nicht damit an«, versucht Jack das Thema zu beenden, »das ist meine Privatsache.«

»Nicht, wenn deine Privatsache in meinem Haus stattfindet. Also? Wer ist bei dir?«

»Niemand.«

»Jakob!«

»Niemand, mit dem ich etwas Festes hätte.«

»Aber sie ist doch ein anständiges Mädchen, oder?«

»Mama!«

»Ich hoffe, du stellst sie mir vor, wenn ich wieder zurück bin.«

Jack seufzt. Auch das noch!

Nachdem er seine Mutter erfolgreich verabschiedet hat, macht sich Jack auf den Weg zu den Hühnern. Dort wird er schon sehnsüchtig erwartet. Nicht nur das Wasser fehlt, auch im Futterautomat herrscht gähnende Leere.

»Wer ist denn dieser Typ da?« Mike drückt seine Zigarette im Gras aus und deutet auf einen älteren Herrn, der Jacks Hühnerstallaktivitäten interessiert verfolgt.

»Das ist Sepp, unser Nachbar.«

»Guten Tag, Sepp! Macht Spaß, den anderen beim Arbeiten zuzusehen, nicht wahr?« Mit seiner zerfetzten Jeans, dem Mötley Crüe-Shirt und der verspiegelten Sonnenbrille wirkt Mike leicht deplatziert. Seine langen Haare und das überhebliche Gegrinse machen den Gesamteindruck nicht unbedingt dorftauglicher.

»Servus!«, grüßt Sepp zurück, der nicht im Geringsten von Mikes Erscheinungsbild beeindruckt wirkt. »Noch so ein Langhaariger.«

»Mike Wagner«, stellt sich der Sänger vor und hebt kurz die Hand zum Gruß.

»Ist das wieder so ein Künstlername? Wie heißt du denn richtig?«

»Michael Philipp Wagner. Aber die Welt kennt mich nur als Mike Wagner.« Er reckt seine rechte Hand in die Luft und streckt dabei Zeigefinger und kleinen Finger aus. Die sogenannte Pommesgabel, den Gruß unter den Liebhabern der Metal-Musik.

»Der Wagner Michl also, aha. Du bist aber nicht aus Bayern, oder?«

»Zum Glück nicht«, antwortet Mike, bei dem sofort ein paar typische Klischees über diesen Teil Deutschlands im Kopf aufblitzen:

- Übergewichtige, biertrinkende Trachtler, deren Lieblingsbeschäftigung tagsüber Jodeln und abends Fensterln ist.
- Ein Dialekt, der sich eher nach den Urlauten der menschlichen Entwicklungsgeschichte anhört als nach einer zivilisierten Sprache.
- Konservative Katholiken mit Hang zur politischen Extrawurst.

Sepp scheint die unterschwellige Beleidigung, die in Mikes Antwort mitschwingt, nicht im Geringsten zu tangieren. Mit einem Lächeln und bemüht hochdeutsch antwortet er: »Wenigstens hast du das Glück, jetzt hier zu sein. Das ist auch nicht jedem vergönnt.« Und nach einer kurzen Pause fügt er hinzu: »Landluft hat noch keinem geschadet. Besonders nicht den Stadtleuten.«

»Wir müssen weitermachen, Mike!«, unterbricht Jack ungeduldig das Geplänkel. »Du solltest heute noch ein paar Spuren einsingen.«

»Aha, ein Sänger also.« Sepp freut sich sichtlich über diese Erkenntnis. »Ich war mal im Liederkreis! Das ist vielleicht anspruchsvoll, kann ich dir sagen. Im Chor zu singen, ist was ganz anderes als alleine.«

»Liederkreis. Toll! Aber wir haben wirklich noch einiges zu tun, Sepp.« Jack zuckt entschuldigend mit den Schultern und zieht Mike kurzerhand ins Haus. Das hält man doch im Kopf nicht aus!

»Small Town Rebel«, meint Mike, nachdem er die Terrassentür hinter sich geschlossen hat.

»Kleinstadtrebell? Redest du jetzt über dich oder über Sepp?«

»So könnte der nächste Song heißen.« Mike zuckt mit den Schultern. »Sei doch mal ehrlich. Ich bin ein Großstadtmensch. Und völlig egal, wo ich bisher in meinem Leben war, ich habe überall abgefeiert. Jetzt stehe ich mit alten Männern am Gartenzaun und werde eben hier meinen Spaß haben. Ich werde diesmal nicht die Clubs, sondern das Dorf aufmischen.«

Jack sieht seinen Sänger entgeistert an. Dann setzt er an, als würde er mit einem Dreijährigen sprechen.

»Nein Mike, das wirst du nicht. Wir sind hier, um das Album aufzunehmen, und nicht, um Party zu machen.«

Mike zieht seine Augenbrauen nach oben, als wäre ihm dieser Teil der Abmachung völlig neu. »Solange ich meine Sachen zuverlässig einsinge, kann ich machen, was ich will.«

»Feiern wirst du hier trotzdem nicht.« Jack versucht eine entschuldigende Geste zu machen, indem er beide Handflächen nach oben dreht und gleichzeitig die

Mundwinkel nach unten zieht. »Wirst du nicht können. Katzbrück ist ein Dorf.«

Als Mike ihm später erste Takte von *Small Town Rebel* gesanglich um die Ohren haut, klingen diese fast wie eine Drohung:

> I'm one with danger
> one thing you must know
> it will follow wherever I go
>
> ich bin eins mit der Gefahr
> eine Sache, die ihr wissen müsst
> sie folgt mir, wohin auch immer ich geh

Jack fragt sich, ob Mike seine Songs genauso überzeugend interpretieren würde, wenn er ein anderes, weniger intensives Leben führen würde. Seit Michael Philipp Wagner sich vor ein paar Jahren in Mike Wagner verwandelt hat, kennt er keine Grenzen mehr. *Die Welt gehört mir!* Aber was soll er in Katzbrück schon groß anstellen.

SMALL TOWN REBEL MIKE WAGNER

trail of destruction
across the cities of the world
I've seen it all and so much more
stranded in exile
the handsome rascal you adore
a troublemaker to the core

I'm one with danger
one thing you must know
it will follow wherever I go

(oh oh oh oh
oh oh oh oh oh oh)
now I'm a small town rebel
(oh oh oh oh
oh oh oh oh oh oh)
'cause I got nowhere to go

your town's in trouble
I'm an outlaw on the run
a burning fire in my heart
your life's constructed
upon the stillness of this place
I came to tear it all apart

I will teach you that the world is a stage
your no man's land
my garden of rage

(oh oh oh oh
oh oh oh oh oh oh)
now I'm a small town rebel
(oh oh oh oh
oh oh oh oh oh oh)
'cause I got nowhere to go

KLEINSTADTREBELL

Pfad der Verwüstung
entlang den Städten dieser Welt
ich habe alles gesehen und noch so viel mehr
gestrandet im Exil
der attraktive Schelm, den ihr anhimmelt
ein Unruhestifter durch und durch

ich bin eins mit der Gefahr,
eine Sache, die ihr wissen müsst
sie folgt mir, wohin auch immer ich geh

(oh oh oh oh
oh oh oh oh oh oh)
jetzt bin ich ein Kleinstadtrebell
(oh oh oh oh
oh oh oh oh oh oh)
denn ich kann nirgendwo sonst hingehen

deine Stadt ist in Schwierigkeiten
ich bin ein Gesetzloser auf der Flucht
ein brennendes Feuer in meinem Herzen
eurer Leben wurde erbaut
auf der Stille und Ruhe dieses Ortes
jetzt bin ich da, um alles aufzuwirbeln

ich werde euch lehren, dass die Welt eine Bühne ist
euer Niemandsland
mein Garten der Wut.

(oh oh oh oh
oh oh oh oh oh oh)
jetzt bin ich ein Kleinstadtrebell
(oh oh oh oh
oh oh oh oh oh oh)
denn ich kann nirgendwo sonst hingehen

WIE DER VATER, SO DER SOHN

Gegen neunzehn Uhr klingelt es. Sepp steht an der Haustür.

»Du schon wieder?«, stellt Jack erstaunt fest. »Ist dir daheim langweilig?«

»Hast du eine Ahnung! Ich hab das Auto gewaschen und den Grill geputzt. Dein Bus würde übrigens auch mal wieder eine Wäsche vertragen. Siehst du durch die Scheiben überhaupt noch raus?«

Sepp übertreibt mal wieder maßlos und Jack fühlt sich auf der Stelle um fünfundzwanzig Jahre zurückversetzt. Damals hatte sich Sepp über sein erstes Motorrad ausgelassen: *Ein einziger Schrotthaufen ist das!*

Vielleicht hatte er recht, doch für Jack war die 80er Enduro neben seiner Gitarre das Schönste und Wertvollste, was er je besessen hatte. Sie vermittelte ihm das unbändige Gefühl von Freiheit und Unabhängigkeit. Vielleicht auch, weil er lange auf das Motorrad gespart hatte und seine Ferien am Fließband verbrachte, statt wie die anderen am Badesee zu liegen. Damals nahm er Sepps Kommentare sehr persönlich. Heute lacht er nur darüber.

»Wenn dich die fünf Mücken an der Windschutzscheibe so sehr stören, tu dir keinen Zwang an, Sepp.« Jack zwinkert seinem Nachbarn verschwörerisch zu. Doch der kommt übergangslos zum wahren Grund seines Besuches:

»Geli will heute nicht kochen. Da hab ich mir gedacht, ich grille, dann muss sie nur ein paar Salate machen. Erst wollte sie ja nicht, aber ich finde, es ist unsere Pflicht als Nachbarn, euch zu einem Willkommensessen einzuladen.«

Erst jetzt nimmt Jack den leichten Grillkohlegeruch in der Luft war. Ihm läuft auf der Stelle das Wasser im Mund zusammen.

»Ja freilich, gerne! Sollen wir was mitbringen? Wobei ...« Jack hält inne. »Eigentlich haben wir außer tiefgefrorenem Gemüse nichts daheim, was wir beisteuern könnten.«

»Bringst halt beim nächsten Mal eine Kiste Bier mit.«

Diesen Vorschlag nimmt Jack gerne an. So eine Grilleinladung ist genau das Richtige, um den Kopf frei zu bekommen. Keine halbe Stunde später sitzen er und Mike bei Sepp und Geli auf der Terrasse und stopfen Steaks in sich hinein. Geli ist eine sympathische, herzensgute Frau, die es – wie auch immer – schafft, charmant lächelnd über Sepps Besserwisserei hinwegzusehen. Meistens jedenfalls.

»Jetzt erzähl doch mal, Jakob, wie ist es in Berlin?« Geli ist mit ihren zwei Bratwürsten und der kleine Portion Salat bereits fertig und sieht Jack erwartungsvoll an. Der hat sich jedoch gerade genussvoll eine Gabel Kartoffel-salat in den Mund geschoben und antwortet nicht sofort. Stattdessen übernimmt Sepp für ihn.

»Als ob es in Berlin so schön wäre. Sag mir eine Sache, die dort besser ist als in Katzbrück.«

»Das Nachtleben!« Mike kann nicht anders, als sich einzumischen.

»Nachtleben!«, erwidert Sepp mit spöttischem Unter-ton. »Wart mal ab, bis wir Kirchweih feiern, da brauchst du kein Nachtleben mehr.«

»Wie oft feiert ihr denn Kirchweih?« Mike lässt sich voll auf die Diskussion mit Sepp ein.

»Einmal im Jahr. Dafür aber dann drei Tage durchge-hend.«

»Und den Rest des Jahres?«

»Mei, da geh'n wir zum Hirsch. Oder zum Giovanni.«

Jack, der in Gedanken schon wieder an seinem Misch-pult saß, wird hellhörig. »Wer ist Giovanni?«

»Der Italiener.«

»Katzbrück hat einen Italiener?«

»Selbstverständlich! Was denkst du denn? Dass wir hinterm Mond leben oder was? Wir haben uns weiterent-wickelt. Tourismusgemeinde sag ich nur!« Sepps stolz-geschwellte Brust macht selbst dem Gockel aus Hedwigs Hühnergehege Konkurrenz. »Pizza zum Mit-nehmen, Dienstag bis Sonntag! Da schaust du, nicht wahr?«

Jack blickt tatsächlich ziemlich verwundert drein. Damit hat er nicht gerechnet.

»Seit wann denn das?«

»Nächsten Freitag ist Eröffnung.«

Mike lehnt sich in seinem Stuhl zurück und grinst fröh-lich in die Runde. »Na, da kommen wir ja gerade rechtzei-tig, was?«

Als sie fertig gegessen und noch ein weiteres Bier geleert haben, kommen Sepp, Geli und Jack auf alte Zeiten zu sprechen. Wie schlecht die Schulbusverbindung damals war, dass man keinen Metzger im Ort hatte und wie Jack seine erste Bühnenerfahrung auf der Weihnachtsfeier der Grundschule sammelte.

»Du warst so süß, als du damals auf deinem Stuhl Platz genommen hast«, schwelgt Geli in Erinnerung. »Diese riesige Gitarre und alle Blicke auf dich gerichtet, das muss man erst mal machen als Kind. Aber schön hast du gespielt. So konzentriert, kein einziger Fehler! Was war es gleich noch mal?«

»In der Weihnachtsbäckerei.« Jack weiß noch genau, wie er sich damals fühlte. Aufgeregt, stolz und nervös zugleich. Seine größte Angst war, dass er mit seinen schwitzigen Fingern von den Saiten abrutschen könnte. Aber am Ende ging alles gut und sowohl die Klassenlehrerin als auch die anwesenden Eltern spendeten reichlich Applaus. »Das war der erste Applaus meines Lebens – in der Turnhalle der Grundschule Katzbrück.«

Mike beschließt, dass es für ihn an der Zeit ist, sich zu verabschieden. Er kann sich wahrlich etwas Schöneres vorstellen, als in Jacks Kindheit zu schwelgen. Beim Aufstehen klopft er mit den Fingerknöcheln auf den Tisch.

»So Leute, ich schau mal beim Hirsch vorbei, vielleicht ist da ja was los. Danke für das leckere Essen, die nächste Grillrunde geht auf uns!«

»Ach was, das haben wir doch gern gemacht«, winkt Geli ab und steht auf, um Mike zur Haustür zu begleiten. Sepp blickt ihnen mit gerunzelter Stirn hinterher.

»Geht halt außen rum. Der Michl hat bestimmt dreckige Schuhe!«, mosert er, als beide im Esszimmer verschwinden. Doch weder Geli noch Mike gehen darauf ein. Geli, weil sie es nach all den Jahren gewohnt ist, gewisse Bemerkungen ihres Mannes zu überhören, und Mike, weil er Sepps Dialekt aus der Entfernung schlichtweg nicht versteht.

Sonntagabend auf dem Dorf. Normalerweise nicht die Zeit und der Ort, um Partyanschluss zu finden. Doch Mike hat wie so oft in seinem Leben Glück: Der örtliche Burschenverein hält auf der Sonnenterrasse des *Hotel Gasthof Hirsch* seine monatliche Vereinssitzung ab. Die Versammlung wurde soeben offiziell beendet und die zahlreichen Vereinsmitglieder gehen nahtlos zum gemütlichen Teil über. Für jemanden wie Mike, der die Institution *Burschenverein* nicht kennt, sieht es nach einem Haufen Typen aus, die sich gemeinsam betrinken.

Als Mike die Terrasse betritt, in der Mitte stehenbleibt und sich aufmerksam umsieht, zieht er die Blicke der Gäste auf sich. Ihm ist vollkommen bewusst, dass er hier, anders als in Berlin, auffällt wie ein bunter Hund. Der Sänger genießt seinen Auftritt für einen Moment. Dann schiebt er seine Sonnenbrille lässig ins Haar, lässt seinen Blick auf den Jungs ruhen, die alle ein T-Shirt mit der Aufschrift *Burschenverein Katzbrück* tragen, und zieht einen Mundwinkel zu einem schiefen Lächeln nach oben.

»Ist bei euch noch was frei?« Er deutet mit dem Kinn zu dem vollbesetzten Tisch.

Ein hochgewachsener, schlaksiger Junge mit kurzen dunklen Haaren starrt Mike ungläubig an. »Mike Wagner?«

»Der bin ich.« Mike schnappt sich ohne zu fragen einen Stuhl vom Nachbartisch und deutet an, dass er sich neben den Jungen setzen möchte. Nach kurzem Stühlerücken ist die Lücke groß genug.

»Ich bin Vossi«, stellt sich der Schlaksige vor, ohne seine Augen von Mike loszureißen. »Wahnsinn! Du bist es wirklich, oder?«

»Jep. Und ich bin durstig.«

Keine halbe Stunde später ist er voll in die Runde integriert. Er erzählt Stories über Groupies und andere Eskapaden und bekommt im Gegenzug nicht minder amüsante Geschichten zu hören.

»Damals waren wir zu fünft in Köln«, berichtet ein Bär von Typ mit Bürstenschnitt, der sich als Simon vorgestellt hat. »Wir sind in eine Kneipe, ich hab eine Runde Bier bestellt, und als der Wirt zu uns an den Tisch kommt, stellt er jedem ein größeres Schnapsglas hin. Ich pfeif ihn natürlich sofort zurück und frag *Chef, was ist das?* Darauf er: *Kölsch.* Darauf ich: *Dann bring bitte gleich noch mal fünf. Für jeden.*« Mit einem dröhnenden Lachen signalisiert er, dass die Geschichte beendet ist. Mike, der mittlerweile mitbekommen hat, dass die Trinkgeschwindigkeit hier ähnlich hoch ist wie in Finnland oder Großbritannien, kann sich gut vorstellen, dass die fünf Kölsch pro Person auch nicht sonderlich lange gereicht haben.

»Bei der letzten Kneipe wollte uns der Wirt nichts mehr geben. Sperrstunde«, fährt Simon fort. »Ich habe mich über die Theke gelehnt und ihm tief in die Augen geschaut. *Pass mal auf*, hab ich gesagt, *entweder, wir bekommen hier jetzt alle noch ein Bier, oder wir gehen wieder. Aber dann* – eine spannende Pause entsteht, in der Simon seinen Blick verschwörerisch durch die Runde schweifen lässt, *aber dann nehm' ich die Theke hier mit!*«

»Und? Habt ihr noch ein Bier bekommen?«

»Fünf.«

Wieder polterndes Gelächter am ganzen Tisch.

»Kein Wunder, so wie du aussiehst.« Mike winkelt seinen rechten Arm an, als würde er den Bizeps anspannen. Er trainiert zwar hin und wieder, aber an die Muskelmasse von Simon und seinen Kumpels kommt er nicht heran. »Ziemlich beeindruckend. Wie oft bist du im Studio?«

Simon leert sein halbvolles Glas mit einem Zug und wischt sich mit dem Handrücken quer über den Mund. »Auf dem Dorf braucht man kein Fitnessstudio. Da bekommst du deine natürliche Überzeugungskraft mit in die Wiege gelegt.«

Mike prostet Simon lachend zu und ext sein Bierglas ebenfalls. Mit einem »Ah, das schmeckt gut!« hebt er anschließend die Hand, um die Bedienung auf sich aufmerksam zu machen.

»Hey Lady, ich gebe eine Runde aus!« Mike kreist mit dem Zeigefinger im Uhrzeigersinn über den Tisch, was mit freudigem Gejohle begrüßt wird.

Als sich die Gruppe gegen ein Uhr auflöst, ist Mike für Mittwoch wieder mit den Jungs verabredet. Anscheinend ist es im Burschenverein Tradition, sich zweimal die Woche beim Hirsch zu treffen und die Birne wegzuknallen.

»So übel, wie ich dachte, ist das Dorfleben gar nicht«, resümiert Mike auf dem Nachhauseweg. Vossi neben ihm grummelt etwas, das so ähnlich klingt wie »wenn man nur zu Besuch ist, dann nicht«.

Doch Mike geht nicht weiter darauf ein. Beschwingt vom überraschend positiven Verlauf des Abends legt er seinen Arm um Vossis Schultern.

»Wie ist das so, wenn man hier wohnt? Was macht man da den lieben langen Tag?«

Vossi sieht Mike verständnislos an. »Dasselbe wie alle anderen Menschen auch: arbeiten.«

»Ja klar, arbeiten. Aber sonst? Was hast du noch vor in deinem Leben?«

»Was ich vorhabe?« Vossi lacht auf. »Mei, nichts Wildes. Einfach mal abwarten, was passiert. Bald übernehme ich die Kfz-Werkstatt meines Vaters, dann sehen wir weiter. Vielleicht heirate ich irgendwann, baue ein Haus und bekomme Kinder. Wer weiß?«

Da Mike nicht antwortet, hat Vossi das Gefühl weitersprechen zu müssen. »Ich singe gern. Nicht so wie du, mehr für mich alleine. Aber es macht mir Spaß. Ich kann jeden deiner Songs!«

»Singen ist eine Leidenschaft!«

Vossi nickt, wenn auch etwas verunsichert. »Wenn man das Gejaule im Hobbykeller meiner Eltern als Leidenschaft bezeichnen mag, dann ja.«

»Also willst du auf die Bühne?« Mike zieht Vossi kurz etwas näher an sich heran, als wären sie ab sofort verbrüdert. »Warum auch nicht? Ich habe meine ersten Konzerte auch im Kinderzimmer vor dem Spiegel gegeben. Allerdings war ich da zehn oder zwölf.«

Vossi schüttelt lachend seinen Kopf. »Nein, nein, auf die Bühne ... oh Gott! Das würde ich mich nicht trauen.«

»Hab Mut, Junge! Das ist wie beim Sex: Nach dem ersten Mal weißt du, wie es geht, und je öfter du es machst, desto besser wirst du.«

Vossi holt tief Luft und stößt sie mit einem Seufzer wieder aus. »Da bringt der ganze Mut nichts, Mike. Ich bin Automechaniker, kein Sänger. Auch wenn es anders vielleicht schöner wäre.« Er beäugt Mike von der Seite. »Wie ist das so, ich meine als echter Star?«

Mike geht ein paar Meter, ohne zu reagieren. Der Heimweg zieht sich länger, als er dachte, aber das Gespräch mit dem jungen Burschen bereitet ihm Spaß.

»Du stehst im Mittelpunkt, alle bejubeln dich. Ich kann mir nichts Besseres vorstellen.«

»Wirklich? Aber es gibt doch sicher auch irgendwelche Probleme, mit denen du kämpfen musst, oder?«

»Probleme?« Mike lacht auf. »Viselsky. Mauerbach. Die Presse. Manchmal auch Jack. Gehört zu meinem Job, denen ab und zu Kontra zu geben.«

Vossi hat keine Ahnung, wer Mauerbach oder Viselsky sind. Aus Angst, sich zu blamieren, wagt er es nicht, nachzufragen.

»Wenn ich mich nach meinen Alten gerichtet hätte«, erzählt Mike weiter, »müsste ich mich jetzt mit aufmüpfigen Kindern und Helikoptereltern herumschlagen.«

»Du solltest Lehrer werden?«

»Jep.« Mike bleibt stehen und fuchtelt mit dem Zeigefinger vor Vossis Nase umher. »Lerne was Anständiges, Junge«, doziert er mit tiefem, autoritärem Ton, »das kann dir keiner mehr nehmen.«

»Dein Vater?«

»Ja, ganz genau. Aber ich hab das Studium abgebrochen.«

»Du hast Lehramt studiert?« Vossis Überraschung steht ihm ins Gesicht geschrieben. Er kann sich ein Grinsen nicht verkneifen. Der große Mike Wagner wäre beinahe im Staatsdienst gelandet.

»Zwei Monate.«

»Dann hast du ja relativ schnell festgestellt, dass es nichts für dich ist.«

»Ich habe erkannt, dass Lehrer sein nicht *mein* Ziel ist, sondern das Ziel meines Vaters. Solange ich denken kann, wollte ich Sänger werden. Ich habe mir jedes einzelne Video meiner Idole reingezogen. Ich habe sie studiert. Ihre Kleidung, ihre Attitude, die Art, sich zu bewegen und zu sprechen. Nicht ohne Grund hat mir Viselsky damals das Angebot gemacht, bei einer seiner Bands einzusteigen. Als ich die Anfrage bekommen habe, wusste ich, was zu tun ist. Ich habe meine Sachen gepackt, Uni Uni sein lassen und bin auf die Bühne. Den Rest kennst du.«

»Wie hat dein Vater reagiert?«

»Das war mir zu diesem Zeitpunkt egal. Und ist es auch heute noch. Schließlich ist es mein Leben und nicht seines!

Ich war einfach zu gut, um nur bei einer Hobbyband zu singen. Viselsky hat mich bei den Black Birds untergebracht, und wie es aussieht, ist das noch lange nicht das Ende der Fahnenstange.« Mike bleibt stehen, um sich eine Zigarette zu drehen. »Wenn man etwas wirklich will, dann schafft man das auch!«

Vossi schüttelt vehement den Kopf. »So einfach ist das nicht, glaube ich. Sonst würde jeder, der das gerne möchte, im Rampenlicht stehen. Aber es schafft kaum jemand.«

»Weil es die meisten nicht wirklich aus voller Überzeugung wollen.«

Du hast leicht reden, denkt Vossi. *Stehst auf der Bühne, bist berühmt. Von dieser Position aus kann man leicht Vorträge halten.* Aber das würde er so natürlich nie sagen. Stattdessen überträgt er das theoretische Geplänkel auf sich selbst:

»Da bringt mir die ganze Überzeugung nichts, wenn ich die Kfz-Werkstatt meines Vaters weiterführen soll. So ist das Leben nun mal.«

»So ist das Leben nun mal«, echot Mike.

»Ja, so ist es! Manchmal muss man Dinge tun, weil sie richtig sind.«

Mike zündet sich seine Zigarette an, nimmt einen tiefen Zug und deutet mit der glühenden Spitze auf Vossi. »Jeder kann entscheiden. Oder hinnehmen.«

Vossi hat das ungute Gefühl, sich vor Mike rechtfertigen zu müssen. »Manchmal nimmt man eben den Spatz in der Hand.«

»Meinetwegen. Vielleicht gibt es Menschen, die mit dem Spatz glücklich werden. Der Unterschied ist jedoch …« Mike nimmt einen weiteren Zug, bläst den Rauch in die Nacht und beugt sich näher an Vossi heran. »Wenn *du* dich für den Spatz entscheidest, ist es okay. Wenn aber *dein Vater* für dich entscheidet, nicht.«

Vossi mag die Motoren, die Autos und den Ölgeruch in der Werkstatt. Weshalb hat er jetzt das Gefühl, irgendetwas würde daran nicht stimmen?

Immer, wenn er in der Kfz-Werkstatt steht und sein Vater stolz zu ihm sagt: *Das alles gehört eines Tages mal dir, mein Sohn*, weiß er nie so recht, was er darauf antworten soll. Er ist seinen Eltern dankbar für den finanziell gesunden Kfz-Meisterbetrieb mit großer Stammkundschaft, in den er als Geschäftsführer einsteigen wird. Übernimmt er damit nur eine Rolle, die ihm sein Leben lang zugedacht wurde?

Bewerbungen schreiben, Praktika absolvieren oder Entscheidungen treffen, was seine Zukunft anbelangt, musste er nie. Vossi konnte sich einfach treiben lassen und sich einreden, er hätte Glück gehabt.

»Wenn ich dir einen Tipp geben darf, Junge«, Mike deutet mit dem Zeigefinger auf Vossis Brust. »Lass dir nicht in dein Leben reinreden. Es ist *deines* und nicht das deines Alten.«

»Du verstehst das nicht. Du kommst aus einer anderen Welt. Katzbrück ist nicht Berlin.«

»Dann geh nach Berlin. Oder München. Hamburg. Jack hat das auch gemacht.«

»Und dann? Was soll ich da?«

Mike zuckt mit den Schultern. »Das musst du schon selbst wissen. Aber ...« Wieder bleibt Mike stehen und richtet seinen Zeigefinger auf Vossi. »Wenn du in Katzbrück bleibst, dann, weil *du* es willst. Und nicht, weil dein Vater es will. Wenn ich damals klein beigegeben und das gemacht hätte, was mein Alter von mir erwartet, wäre ich jetzt nicht das, was ich bin.«

Als sie in den Haiderweg einbiegen, deutet Mike auf das Haus von Hedwig Schwarzvogel. »Da vorne bei dem

Hühnerstall muss ich dich alleine lassen. Hier wohne ich die nächste Zeit. Hast du noch weit?«

Vossi kann seine Enttäuschung kaum verbergen. Zu gern wäre er noch auf ein Bier mit reingekommen. Doch Mike macht keine Anstalten, ihn dazu aufzufordern.

»Bin auch bald daheim.« Dass sein Zuhause in der komplett entgegengesetzten Richtung liegt und Vossi ihn nur deshalb begleitet hat, weil er Zeit mit dem großen Mike Wagner verbringen wollte, braucht dieser ja nicht zu wissen.

Mike hebt die Hand zum Gruß, setzt seine Sonnenbrille auf, schlendert leicht schwankend Richtung Haustür und klingelt Sturm. Vossi blickt ihm noch ein paar Sekunden nachdenklich hinterher, bevor er sich auf den Heimweg macht. In vier Stunden würde er unter dem Motor eines Ford Focus oder Fiat 500 liegen und die Bremsbacken kontrollieren.

I was born at the edge of this world
my father had already planned
all the things I would do with my life
he knew I would be a good child
then I heard stories untold
legends of bards and maidens
who travel the world in delight
heeding the call of the wild

I lay awake at night
to watch the writings on the wall

now there's a bard at my door to show me a glimpse
of what is waiting for me
out in the alleys of life
there is more than the eye can see
like father like son, the end has begun
will it tear us apart?
and still I cannot resist
the call of my heart

want no more sleepless nights
now hear me call

let me go, let me go
let me go my dear father
I need to find my way home
let me go, let me go
let me go my dear father
I need to find my way home
need to find it on my own

in my dreams I can fly
I can climb my own mountains
I conquer the sea
and I die with a smile
my joy is like a fountain
that carries me away
so far away
take me away
so far away

let me go, let me go
let me go my dear father
I need to do this on my own

let me go, let me go
let me go my dear father
I need to find my way home
let me go, let me go
let me go my dear father
I need to find my way home
need to find it on my own

WIE DER VATER SO DER SOHN

ich wurde am Rande der Welt geboren
mein Vater hatte bereits alles durchgeplant
all die Dinge, die ich mit meinem Leben anfangen würde
er wusste, ich würde ein guter Junge sein
doch eines Tages hörte ich Geschichten
Legenden von Barden und Mägden
die die Welt voll großer Freude bereisen
und dem Ruf der Wildnis folgen

seitdem liege ich nachts wach
und beobachte die Zeichen an der Wand

jetzt steht einer dieser Barden an meiner Türschwelle und
gibt mir kurzen Einblick
von dem, was mich erwarten könnte
dort draußen in den verborgenen Gassen des Lebens
gibt es so viel mehr als was das blanke Augen zu sehen
vermag
wie der Vater, so der Sohn, ist das der Anfang vom Ende?
wird es uns auseinanderreißen?
doch ich kann ihm nicht widerstehen
dem Ruf meines Herzens

ich möchte die schlaflosen Nächte hinter mir lassen
erhöre meinen Ruf

lass mich gehen, lass mich gehen
lass mich gehen mein lieber Vater
ich muss meinen Weg nach Hause finden
lass mich gehen, lass mich gehen
lass mich gehen mein lieber Vater
ich muss meinen Weg nach Hause finden
und ich muss ihn selbst finden

in meinen Träumen kann ich fliegen
und besteige meine eigenen Berge
ich erobere die See
und sterbe mit einem Lächeln
meine Freude ist wie eine niemals endende Fontäne
die mich davon trägt
so weit weg
trag mich hinfort
ganz weit weg

lass mich gehen, lass mich gehen
lass mich gehen mein lieber Vater
ich muss das hier selbst machen

lass mich gehen, lass mich gehen
lass mich gehen mein lieber Vater
ich muss meinen Weg nach Hause finden
lass mich gehen, lass mich gehen
lass mich gehen mein lieber Vater
ich muss meinen Weg nach Hause finden
und ich muss ihn selbst finden.

ICH WUSSTE JA NICHT …

»Der Prechorus braucht mehr Spannung.« Jack sitzt zwischen Mischpult und Laptop und stiert angestrengt auf den Bildschirm. In der Kiste neben ihm auf dem Boden befinden sich bereits vier leere Flaschen, eine fünfte steht neben dem Laptop. Mike greift danach und studiert das Etikett.

»Ich wusste, dass du am Arbeiten sein würdest!«, meint er, stellt das fast leere Bier zurück und holt sich ein frisches aus der Kiste. »Wie lange hast du es noch bei Sepp ausgehalten, bis es dich wieder an den Computer gezogen hat? Eine halbe Stunde?«

»Zwanzig Minuten«, antwortet Jack, ohne seine Augen vom Bildschirm abzuwenden. »Das Kneitinger Pils hat er mir aus seinem Kellervorrat verkauft.« Er wählt mit der Maus eine von Mikes vermurksten Zweitstimmen an.

»Denkst du nicht, du hast heute genug gearbeitet? Wir haben doch alle Zeit der Welt.«

»Eben nicht!«

Mike setzt eine Oberlehrermine auf, die Jack nur allzu gut kennt. »Wenn du in Eile bist«, doziert er mit erhobener Stimme, »dann gehe zuerst zum Hirsch.«

»Wenn du es eilig hast, gehe langsam«, korrigiert ihn Jack. »Das japanische Originalzitat heißt übrigens: Wenn du es eilig hast, mache einen Umweg.«

»Sag ich doch! Mach einen Umweg. Zum Hirsch zum Beispiel.«

Jack setzt den Korrekturwert für die Tonspur auf siebzig Prozent hoch, spielt den Chor, den sie am Nachmittag gesungen haben, erneut ab und stellt zufrieden fest, dass es nicht notwendig ist, Mikes Zweitstimme erneut einzusingen.

»Jetzt mach dich mal locker, Mann. Heute ist mein erster Tag hier.« Der Sänger sieht sich im Raum um, bis sein Blick an den Kerzen hängenbleibt, die auf dem Wohnzimmertisch unter dem Fenster stehen. »Wir lassen den Abend jetzt wie zwei echte Kumpels ausklingen. Keine Arbeit, nur Bier und ein bisschen quatschen.«

Mike drückt den Lichtschalter neben der Tür. Es wird schlagartig dunkel, lediglich die bunten Knöpfe des Mischpults und das kalte Weiß des Laptopbildschirms verströmen etwas Licht. Als Jack das typische Knistergeräusch von Jacks Tabakbeutel hört, stöhnt er innerlich auf. »Wenn du rauchen willst, geh auf die Terrasse.«

Doch Mike dreht sich keine Zigarette, sondern entnimmt der Tabakpackung ein Feuerzeug, mit dem er zuerst die Kerzen anzündet und dann sein Bier öffnet.

Zufrieden lässt er sich auf die Couch plumpsen und klopft auf den Platz neben sich.

»Alles okay bei dir?« Jack sieht skeptisch auf, starrt dann aber wieder konzentriert auf den Bildschirm. »Nicht, dass es mich wundern würde, wenn du das Lager wechselst, aber ich steh echt nicht auf Männer.«

Bis auf das unregelmäßige Klicken der Maus herrscht für eine Weile Stille im Raum. Mike beobachtet den Bandleader nachdenklich. Jack Blackbird ist der beste Gitarrist und Songwriter, den er je kennengelernt hat. Er nimmt seinen Job ernst, kostet das Starleben aber nicht annähernd so intensiv aus wie Mike.

»Ich will doch nur, dass du den Scheiß-PC ausmachst. Komm jetzt. Jeder Mensch hat irgendwann mal Feierabend, sogar ein Jack Blackbird.«

»Du musst das von heute Nachmittag nicht noch mal singen. War ziemlich flat, ab ich konnte es hinbiegen.« Nach kurzem Zögern schließt Jack alle Programme und fährt den Laptop runter. »Okay, dann lass uns noch eins trinken. Aber blas die Kerzen aus!«

»Die tun dir doch nichts. Das ist so 'ne Art Lagerfeuerstimmung für drinnen. Beim Hirsch auf der Terrasse standen auch welche auf jedem Tisch. Glaubst du, der Burschenverein hat sich daran gestört? Man muss offen sein für das, was das Leben bereithält.« Er grinst und zieht trotz des ohnehin diffusen Lichts die Sonnenbrille vom Kopf über die Augen. »Am Mittwoch treffen wir uns wieder. Komm doch mit.«

»Wenn du bis dahin alles richtig einsingst und mir die Editierarbeit ersparst, vielleicht.«

Jack schnappt sich ein frisches Bier und schlendert zum in romantisches Licht getauchten Mike. Ihm ist vollkommen klar, dass die Kerzen hauptsächlich deswegen brennen, weil es Jack nervt.

»Falls du Angst hast, uns könnte jemand sehen«, raunt Mike und springt auf, um die weißen Stoffvorhänge zuzuziehen, die bodenlang links und rechts vom Fenster hängen, »jetzt sind wir sicher.« Es macht ihm sichtlich Spaß, Jack zu ärgern. »Nicht, dass noch das Gerücht aufkommt, ich wäre schon vergeben. Ich möchte schließlich noch die ein oder andere Dorfschönheit klarmachen.« Mike lümmelt sich wieder neben Jack auf die Couch. »Gibt es eine bestimmte Katzbrückerin, für die du eine gesteigerte Fürsorgepflicht empfindest? Ich will dir in deiner Homebase nicht in die Quere kommen.«

Selbstverständlich gibt es diese eine spezielle Katzbrückerin. Schließlich hat er hier seine Jugend verbracht.

»Wie heißt sie?« Mike scheint Jacks Gedanken zu lesen.

»Geht dich nichts an.«

»Na, dann habe ich wohl freie Auswahl.«

»Wenn du die Abfuhr verträgst, die sie dir erteilen wird?«

»So gleich? Wieso ist es denn auseinander gegangen? Hat sie Schluss gemacht oder du?«

Jack schweigt. Diesen Teil seines Lebens hat er die letzten Jahre erfolgreich verdrängt. Ihm ist jedoch klar, dass in Katzbrück an jeder Ecke Erinnerungen lauern und es nur eine Frage der Zeit ist, bis er ihr begegnet.

»Wie du meinst, Kumpel«, meint Mike schließlich, »jeder hat seine dunklen Geheimnisse.«

Jack legt seinen Kopf auf die Couchlehne zurück und schließt die Augen. Wie es wohl sein wird, wenn ihm seine erste große Liebe wieder über den Weg läuft? Ob sie sich etwas zu sagen haben nach all den Jahren? Vielleicht würden sie sich auch nur verlegen gegenüberstehen? Er sieht sie wieder vor sich, wie sie damals in ihrem gelben Top und der kurzen Fransenjeans neben dem Lagerfeuer stand und ihn anfeuerte *Du schaffst das, Jakob! Gib Gas! Kamera läuft! Uuund Action!*

Schwitzend und mit pochenden Kopfschmerzen erwacht Jack. Er muss eingenickt sein, sein Nacken ist steif und der Hals kratzt. Benommen setzt er sich auf und versucht, sich zu orientieren, gefangen in der seltsamen Welt zwischen Traum und Realität. Ist er gerade wirklich mit dem Motorrad über das Lagerfeuer gesprungen? Während er mit einem Hustenanfall kämpft, wischt er mit dem Handrücken über die brennenden Augen. Langsam wird ihm klar, dass er lediglich geträumt hat: Von damals, als er mit neunzehn Jahren sein erstes Musikvideo gedreht hat. Dennoch spürt er diese unerträgliche Hitze, als stünde er tatsächlich neben der Feuerstelle. Im nächsten Augenblick ertönt ein dumpfer, lauter Knall hinter ihm. Erschrocken zuckt er zusammen und dreht sich reflexartig um. Die hölzerne Vorhangstange ist zu Boden gefallen! Mit vor Entsetzen geweiteten Augen starrt Jack völlig bewegungsunfähig auf die lodernden Flammen, die sich die Tapete hochfressen. Erst nach ein paar Sekunden schafft er es, sich aus seiner Schockstarre zu befreien.

»Mike!«, brüllt er und rüttelt seinen Sänger energisch an den Schultern. »Mike! Verdammte Scheiße, Mike, wach auf! Es brennt!«

Jack packt seinen Sänger am Arm und zerrt ihn energisch hoch. »Sofort raus hier!«

»Fuck, fuck, fuck!« Mike reißt seine Sonnenbrille vom Gesicht und starrt auf das Feuer, das sich immer schneller ausbreitet. Dann durchfährt ihn ein Ruck und er springt hoch. Keiner der beiden unternimmt auch nur den Versuch, den Brand zu löschen, es wäre sinnlos.

»Halt! Warte!« Jack packt Mike am Oberarm. »Die Aufnahmen!«

Mit Entsetzen muss Mike mit ansehen, wie Jack anfängt, Kabel aus der Steckdosenleiste zu reißen. »Bist du bekloppt, Alter?«

»Hier! Bring das raus!« Jack hält ihm das digitale Mischpult entgegen.

»Bist du komplett wahnsinnig?«, brüllt der Sänger gegen den berstenden Lärm der Flammen an und wird von einem Hustenanfall übermannt. In diesem Moment löst sich ein Regalbrett aus der Wandhalterung und fällt direkt neben ihm krachend zu Boden. Die Porzellanfiguren, Glasschälchen und Vasen, die darauf standen, zersplittern in tausend Teile. Mike packt das Mischpult und kämpft sich mit zusammengekniffenen Augen durch den beißenden Rauch. Als er endlich ins Freie stolpert, lässt die brennende Hitze schlagartig von ihm ab und er saugt die frische Nachtluft tief in seine Lungen.

Kurz darauf erscheint auch Jack mit Laptop und Gitarre. »Ruf die Feuerwehr, ich hol den Rest«, schreit er, läuft zurück zum Haus und nimmt an der Eingangstür zwei Stufen auf einmal. Um sich vor der Hitze zu schützen, hält er sich einen Arm quer vor das Gesicht. Jacks Augen tränen so sehr, dass er kaum etwas erkennen kann. Beinahe blind ertastet er den Verstärker und das Mikrofon und hastet damit schnell wieder ins Freie.

»Hier ist überall Feuer, das Haus fackelt ab!«, brüllt Mike währenddessen ins Smartphone. »Bei Blackbird. Nein, warten sie, Schwarzvogel. Ja, ja, Haiderweg. Machen Sie schnell, uns brennt die Bude unterm Arsch weg!«

Jack gelingt es, die wichtigsten Geräte ins Freie zu retten. Doch er gönnt sich keine Ruhe, packt alles in den Kofferraum und fährt den Bus aus der Einfahrt, um für die Feuerwehrfahrzeuge Platz zu machen.

Zwölf Minuten später stehen sie in gebührendem Abstand in der Hofeinfahrt und starren ungläubig auf das, was sich vor ihnen abspielt. Sogar Mike schweigt, was ziemlich ungewöhnlich ist.

»Befinden sich noch Personen im Haus?«, will einer der Feuerwehrleute wissen.

»Nein, niemand.«

»Gut. Geht bitte ein Stück zur Seite.«

Befehle hallen durch die Nacht, die Männer der freiwilligen Feuerwehr Katzbrück arbeiten schnell und konzentriert. Mit routinierten, x-mal geübten Handgriffen richten sie innerhalb kürzester Zeit das Löschwasser auf den Brand und bringen das Feuer schnell unter Kontrolle. Jack betrachtet die Szenerie mit versteinerter Miene. Diese verfluchten, vermaledeiten, unnützen, überflüssigen Kerzen, hätte er sie doch nur ausgeblasen! Stattdessen saß er auf der Couch und träumte sich in die Vergangenheit, was für ein Bullshit! Nun bleibt ihm nichts anderes übrig, als zu hoffen und zu beten, dass das Feuer schnell gelöscht und der Schaden nicht allzu groß ist. Ihm wird übel bei dem Gedanken daran, wie seine Mutter reagiert, sobald sie davon erfährt.

»Ich weiß ja, wie wichtig dir das Musikmachen ist«, raunt Mike aufgebracht, »aber das nächste Mal wenn du meinst, irgendwelchen Technikkram aus einem brennenden Scheiß-Haus zu retten, schlage ich dich vorher k. o.«

Jack sieht matt auf. »Es gibt noch keine Sicherungskopie von dem Album. Ist alles nur auf der integrierten Festplatte vom Pult.«

»Du hättest dich fast umgebracht, Alter!« Mike klopft ihm kräftig auf den Rücken, doch als er in sein aschfahles Gesicht blickt, fährt er mit etwas ruhigerem Ton fort: »Scheiße, Jack. Du siehst nicht gut aus.«

Natürlich – wie immer, wenn etwas Außergewöhnliches im Dorf passiert – versammelt sich die Nachbarschaft des gesamten Viertels am Straßenrand. Einige halten Abstand und betrachten das Geschehen aus der Ferne, andere drängen sich so weit es geht nach vorne. Simon, der vorhin noch große Reden am Burschenvereinstisch geschwungen hat, versucht nun im Feuerwehroutfit, die Katzbrücker zur Vernunft zu bewegen.

»Geh Sepp, jetzt steh halt nicht im Weg rum. Du hast doch von deinem Haus aus den besten Blick. Schau, dass du heimkommst. Meinetwegen starrst du die ganze Nacht aus dem Fenster, damit dir ja nix auskommt. Aber lass uns jetzt unsere Arbeit machen. Bleib wenigstens hinter der Grundstücksgrenze.«

Sepp macht einen halben Schritt zurück. »Und die Geli liegt mit ihren Ohrstöpseln im Bett und kriegt nichts mit, während neben ihr die Welt untergeht.«

»Jetzt übertreibst aber schon ein bisserl«, winkt Simon ab, »der kleine Brand ist doch kein Weltuntergang.«

»Das sagst du. Frag mal die Schwarzvogel Hedwig, die wird ausflippen, wenn sie davon erfährt. Bin gespannt, wer ihr die Nachricht, dass sie ab sofort mittellos ist, überbringen soll.«

Jack, der den letzten Satz gehört hat, fährt Sepp energisch an. »Das lässt du mal schön brav meine Sorge sein, Brandl Sepp!«

Doch der deutet mit einer fahrigen Handbewegung auf die vielen Menschen, die sich das Großereignis *Feuerwehreinsatz in Katzbrück* nicht entgehen lassen wollen. »Die Hedwig weiß schneller Bescheid, als du schauen kannst, glaub mir! Am besten, du rufst sie gleich an und sagst es ihr selbst.«

Halte einfach mal deinen Mund, Sepp!, würde Jack am liebsten brüllen. *Geh nach Hause und kümmere dich um deine eigenen Angelegenheiten. Steck dir deine klugen Ratschläge sonst wohin, die braucht jetzt keiner!*

Doch ihm ist klar, dass mit einem Streit keinem geholfen ist.

»Da fährt die arme Frau einmal im Leben in den Urlaub und dann sowas!« Sepp treibt den nächsten Stachel in Jacks strapaziertes Nervenkostüm und schüttelt bekümmert den Kopf. »Das hat man davon, wenn man anderen die Verantwortung für sein Eigentum überträgt.«

Jack presst die Lippen aufeinander. Wenn er jetzt auf Sepps Gefasel eingeht, wird es ungemütlich. Kurzentschlossen dreht er sich um, marschiert zum Bus und startet den Motor.

»Hey, warte! Wo willst du hin?«, brüllt Mike.

»Fährt er jetzt nach Berlin?« Vossi kommt aufgeregt auf Simon, Sepp und Mike zugerannt.

»Da schau an, der Voss-Bub!« Sepp, der Jacks Abgang in keinster Weise mit sich selbst in Verbindung bringt, mustert den Mechaniker von oben bis unten. »Ich wusste gar nicht, dass du auch bei der Feuerwehr bist.«

»Ich heiße Oliver.« Vossi wirft Sepp einen giftigen Blick zu. Er kann es nicht ausstehen, *Voss-Bub* genannt zu werden. Wie soll er so jemals einen ernstzunehmenden Leiter eines Kfz-Betriebes abgeben? »Warum ist Jack weggefahren? Wo will er hin?«, wendet er sich an die anderen.

Simon, dessen Einsatzhelm für sein fülliges Gesicht etwas zu klein geraten scheint, zuckt mit den Schultern. »Mei, ich kann's verstehen, dass er die Fliege macht. Wer würde nicht abhauen, wenn er die Bude der Eltern abgefackelt hat.«

»Denkst du wirklich, dass er abhaut? Ich mein, das kann er doch nicht bringen, oder? Außerdem ist ja gar nicht gesagt, dass er schuld an dem Brand ist.«

Mike, der Einzige, der etwas dazu sagen könnte, hält jegliche Gedanken an die Kerzen unter Verschluss und zuckt lediglich mit den Schultern. »Wir sind eingepennt und als wir wach wurden, stand alles in Flammen.«

Zum Glück weiß Sepp in dieser Angelegenheit besser Bescheid als Mike. »Ich denk ja, dass es ein Kabelbrand war.« Er stemmt beide Hände in die Hüfte und wiegt seinen Kopf hin und her. »Erst neulich hab ich im Fernsehen gesehen, welche Gefahren in so alten Häusern lauern. Feuchtes Mauerwerk. Schimmel. Schwelbrand. Schlechte Sicherungen. Asbest. Da wird's dir ganz schlecht, wenn du das hörst.«

»Ah geh«, winkt Simon ab. »Kabelbrand, niemals!« Er schaut zu seinen Kollegen, die das Feuer mittlerweile gelöscht haben und nun mit der Wärmebildkamera nach versteckten Glutnestern suchen. »Das Haus ist doch super in Schuss.«

»War super in Schuss«, korrigiert Sepp.

Das darauffolgende Schweigen wird durch die Stimme des Einsatzleiters gebrochen, der im autoritären Befehlston seine Männer zu sich ruft. »Simon, Vossi, ihr helft jetzt mit dem Großraumlüfter! Wir müssen den Rauch aus der Bude rauskriegen. Ihr seid im Einsatz, nicht beim Kaffeeklatsch.«

Während Jack aufgewühlt in den nächsten Gang schaltet, rasen seine Gedanken wild durcheinander.

Es brennt!
Im Haus seiner Mutter!
Das Haus, auf das er aufpassen soll.

Die Feuerwehr hatte den Brand zwar schnell unter Kontrolle, doch dafür setzt sie gerade das Erdgeschoss unter Wasser. Sepp hat natürlich recht, seine Mutter wird ohne Zweifel eher früher als später davon erfahren. Sie wird außer sich sein! Ihr eigener Sohn legt ihr Haus, das sie mit so viel Zeit, Liebe und Geduld pflegt, während ihrer langersehnten und hochverdienten Weltreise komplett in Schutt und Asche.

Als ob das Album und Mike nicht schon genug Herausforderung wären, nein, jetzt auch das noch. Er mag gar nicht daran denken, was in den nächsten Tagen und Wochen alles auf ihn zukommt. Sanierungsarbeiten, die organisiert und bezahlt werden müssen. Seine Mutter, die ihn für alles verantwortlich machen wird. Es ist zum Wahnsinnigwerden, Jack würde sich am liebsten selbst ohrfeigen. Warum nur hat er die bescheuerten Kerzen nicht ausgelöscht? Eine einziger verdammter Atemhauch und alles wäre anders gekommen.

Franzi wurde vom Lärm der Feuerwehrsirenen aus dem Schlaf gerissen. Seitdem hat sie keine ruhige Minute mehr. Der Einsatz ist ganz in der Nähe, irgendwo in der Nachbarschaft. Ob sie rausgehen soll? Wie oft hat sie sich schon über Gaffer aufgeregt und sich geschworen, dass sie niemals, unter keinen Umständen, an einen Unfallort eilen und Einsatzkräfte behindern würde. Doch was, wenn etwas mit ihren Eltern ist? Weder ihr Vater noch ihre Mutter reagieren auf ihre Nachrichten und Anrufe. Franzi beschließt, dass in diesem Fall die Fürsorgepflicht überwiegt. Da ihr Mann Sebastian für drei Tage in Hamburg bei einer Fortbildung ist, schreibt sie für die Kinder eine kurze Nachricht auf einen Zettel und legt ihn auf den Esstisch.

Bin bei Oma und Opa. Mama

Dann schnappt sie sich den nächstgelegenen Pulli, zieht ihn sich kurzerhand über den bunt gestreiften Schlafanzug, schlüpft in ihre Flipflops und schließt die Haustür hinter sich. Schnellen Schrittes und mit klopfendem Herzen eilt sie den Haiderweg hinunter. Das rhythmische Flackern mehrerer Blaulichter am Ende der Straße lässt nichts Gutes ahnen.

Um Gottes Willen, hoffentlich nicht Mama und Papa!, wiederholt sie wieder und wieder, als könne sie dadurch etwas Fürchterliches ungeschehen machen. Ihr Magen zieht sich zusammen, je näher sie dem Unglücksort kommt. Sie beginnt zu laufen, Angst übermannt sie und ihre Schultern fühlen sich an, als würde sie jemand zu Boden drücken.

Jack kommt an der Kreuzung zur Staatsstraße zum Stehen. Er starrt sekundenlang auf das große gelbe Verkehrsschild. Links Flatsching, rechts Heidelkirchen. *Denk nach, Jack! Was zur Hölle machst du hier?* Seine Finger verkrampfen sich um das Lenkrad, während er unfähig ist, eine Entscheidung zu treffen. *Du flüchtest vor einer Situation, die dir über den Kopf gewachsen ist. Aber Panik hat noch niemandem geholfen und Davonlaufen gleich dreimal nicht.*

Entschlossen legt Jack den ersten Gang ein, macht einen U-Turn und fährt zurück. Beinahe beschämt über sein unüberlegtes Handeln drückt er aufs Gas, als könne er seine Flucht dadurch ungeschehen machen. Als er in den Haiderweg einbiegt, schnallt er sich bereits ab. Dabei bleibt er mit seinem Lederarmband am Gurtschloss hängen. Fluchend versucht er, sich davon zu befreien. Erst nach einigem Ziehen und Rütteln schafft er es, loszukommen. Als er wieder hochschaut, erblickt er direkt vor sich im Lichtkegel der Scheinwerfer die Silhouette einer menschlichen Gestalt. Schlagartig schießt Adrenalin durch seinen Körper! Mit vor Schreck geweiteten Augen steigt er reflexartig auf die Bremse und drückt sie mit voller Wucht gegen das Bodenblech. Die Reifen rutschen grell quietschend über den Asphalt. Jack kann sich mit durchgestreckten

Armen gerade noch gegen das Lenkrad stemmen, um nicht nach vorne geschleudert zu werden. Wie in Zeitlupe schiebt der Bus sein gesamtes Gewicht unaufhaltsam auf die Gestalt zu. Völlig hilflos muss Jack mit ansehen, wie der Abstand zwischen Kühlerhaube und Mensch immer kleiner wird.

Franzi fleht in Gedanken wieder und wieder *bitte nicht, bitte lass meinen Eltern nichts passiert sein!* Blut rauscht in ihren Ohren. Sie rennt, so schnell es ihr in Flipflops möglich ist, die Straße entlang. Stolpert, fängt sich wieder, läuft weiter. Die Umgebung um sie herum verschwimmt in einem einzigen Nebel aus Angst und Sorge. Als die quietschenden Reifen zu ihr durchdringen, ist es bereits zu spät. Sie wird brutal von hinten getroffen, fällt und schlägt hart auf dem Teer auf.

Nachdem der Wagen zum Stehen gekommen ist herrscht eine schier unerträgliche Stille. Jacks Herz pocht wild in seiner Brust. Verdammt! Verdammt, verdammt, verdammt! Nach einem kurzen Moment der Schockstarre reißt er die Fahrertür auf und springt aus dem Fahrzeug.

»Ist alles okay?«, ruft er, während er um den Bus herumrennt. Im dunklen Schatten vor der Motorhaube liegt jemand. *Bitte, lieber Gott, lass ihn nicht tot sein!*

»Du Idiot, du saublöder, hast du denn keine Augen im Kopf?«

Zum Glück, die Frau lebt! Ihre Stimme überschlägt sich beinahe, während sie sich aufsetzt und weiterschimpft. »Du hättest mich fast umgebracht!«

»Bist du verletzt?«, will Jack wissen, dem eine gewisse Erleichterung anzuhören ist.

»Verletzt?«, äfft sie ihn zornig nach und begutachtet Knie und Unterarme, die vom rauen Asphalt aufgeschürft wurden. Jack streckt ihr seine Hand entgegen, doch sie ignoriert sie und versucht, alleine auf die Beine zu kommen.

»Komm, lass dir helfen.«

Nach kurzem Zögern greift sie doch zu und als er seine Hand fest um ihre geschlossen hat, zieht er sie beherzt nach oben. Mit einem Satz kommt sie zum Stehen, stolpert einen Schritt nach vorne und landet an seiner Brust.

»Nicht so fest«, fährt sie ihn an und hebt den Kopf.

Jack stockt der Atem. »Franzi?«

Sie starrt ihn fassungslos an.

»Franzi, du?«, wiederholt er und hält weiterhin ihre Hand in seiner.

»Jakob?«, flüstert sie.

»Was ... wieso ...?« Jack bekommt keinen vernünftigen Satz zustande. Vor ihm steht Franziska Brandl, seine erste große Liebe.

»Meine Eltern«, stammelt Franzi irritiert, »da ist die Feuerwehr, ich muss wissen, ob ihnen etwas passiert ist!«

»Denen geht es gut. Es hat im Haus meiner Mutter gebrannt.«

»Oh!« Franzi ist gleichermaßen erleichtert und bestürzt. »Wurde jemand verletzt?«

»Niemand. Aber was ist mit dir?« Jack betrachtet ihre aufgeschürften Knie.

»Halb so wild, ist ja noch mal gut gegangen.« Ihre Stimme zittert leicht. Franzi hätte mit allem gerechnet, aber nicht, heute Nacht auf Jakob zu treffen. »Fährst du mich das letzte Stück?«, fragt sie und deutet dabei auf ihr Knie. »Du bist doch eh auf dem Weg dahin, oder? Haben sie dich telefonisch benachrichtigt?«

»Klar fahr ich dich!« Jack ignoriert die beiden anderen Fragen. Was hätte er auch sagen sollen? *Dein Vater hat mich genervt und ich bin abgehauen?*

Nachdem er Franzi auf den Beifahrersitz geholfen hat, legen sie schweigend die kurze Strecke bis zu Hedwigs Haus zurück. Er stellt den Bus ein paar Meter abseits ab und schaltet den Motor aus.

»Scheint schon alles vorbei zu sein«, meint Franzi mit Blick auf die Feuerwehrleute, die soeben den letzten Schlauch einrollen.

»Scheint so.«

Keiner von beiden steigt aus.

»Da vorne ist dein Vater.«

»Voll in seinem Element. Kommentiert vermutlich jeden Handgriff.« Franzi sieht zu Jack hinüber. Er starrt weiterhin aus dem Fenster und betrachtet nachdenklich das Haus seiner Mutter.

»Magst du nicht hingehen?«

Es dauert einige Zeit, bevor er antwortet.

»Ich kann mir den Anblick aus der Nähe auch gerne für später aufheben. Außerdem«, Jack wirft Franzi einen kurzen Seitenblick zu, beschließt dann aber, ehrlich zu sein, »würde ich gerne warten, bis dein Vater verschwunden ist. Den ertrag' ich jetzt beim besten Willen nicht.«

»So lange es was zu sehen gibt, geht er nicht ins Bett«, antwortet Franzi müde. »Sollen wir hier im Auto sitzenbleiben und warten?«

Jack schüttelt energisch den Kopf. »Ich habe eine bessere Idee. Gibt's eigentlich den alten Steg am Waldsee noch?«

Als sämtliche Arbeiten abgeschlossen sind, taucht Simon neben Mike auf und klopfte ihm auf die Schulter.

»Mike, altes Haus. Wie es aussieht, brauchst du einen Platz zum Schlafen. Kannst gerne bei mir auf der Couch pennen, wenn du magst. Ich weiß ja nicht, was du sonst so gewohnt bist. Erfrischungstücher bekommst du nicht, aber Bier ist immer im Kühlschrank.«

Vossi, der sich so gut es ging in Mikes Nähe aufgehalten hat, traut seinen Ohren nicht. Wie kann es Simon wagen, ihn einfach so zu sich nach Hause einzuladen? So ein Star ist doch sicher was Besseres gewohnt als die durchgesessene Couch einer dreckigen Junggesellenbude.

»Voll gern, danke Kumpel!«, antwortet Mike und legt einen Arm um Simons Schultern. Fassungslos starrt Vossi den beiden hinterher. So einfach ist das also? Nur fragen? So, als ob Mike ein ganz normaler Mensch wäre? Wenn er das gewusst hätte, würde der Sänger heute bei ihm übernachten! Im Bett! Denn Vossi würde selbstverständlich auf der Couch schlafen. Stattdessen geht er jetzt zu Simon, dem größten Sprücheklopfer jenseits des Weißwurstäquators. Was für eine Tragödie!

Auch Sepp ist mittlerweile wieder daheim. Seine Frau Geli liegt wie zu erwarten mit Ohrstöpseln und Schlafmaske über den Augen im Bett und hat von der ganzen Aufregung nichts mitbekommen. Mit einem wohligen Seufzen kriecht er unter seine Bettdecke und schließt die Augen. In Gedanken betrachtet er die Brandkatastrophe noch einmal aus der für ihn typisch pragmatischen Sepp-Sicht:

Punkt eins:

Wird seine Nachbarin Hedwig ihre Weltreise abbrechen, wenn sie von dem Brand erfährt? Falls ja, wird die Reiserücktrittsversicherung zahlen? Hat sie überhaupt eine abgeschlossen?

Punkt zwei:

Zum Glück scheidet man nach der Hochzeit automatisch aus dem Burschenverein aus, sonst wären heute ausschließlich Alkoholleichen am Brandherd gestanden.

Punkt drei:

> Von dem Brand im Erdgeschoss ist sicherlich auch die Küche betroffen. Würde Geli nun Jakob und Michl regelmäßig zum Essen einladen?

Der letzte Gedanke fesselt ihn am meisten. Denn das würde bedeuten, dass Geli jeden Tag *voll aufkocht*. Seine Frau kann unglaublich gut kochen, wenn sie nur will. Besonders zuverlässig will sie das, wenn Gäste erwartet werden. Durch den Brand scheinen rosige Zeiten auf ihn zuzukommen. Zufrieden mit der Gesamtsituation, verfällt Sepp in einen tiefen Schlaf und träumt von Rollbraten mit Knödel, panierten Schnitzeln und Erdbeerkuchen.

Währenddessen sitzt Jakob Schwarzvogel mit angezogenen Beinen am Katzbrücker Waldsee, einem kleinen idyllischen Weiher, der, versteckt in einer Waldlichtung, hauptsächlich nur Einheimischen bekannt ist. Noch ist es dunkel, doch erstes Vogelgezwitscher kündigt bereits das Morgengrauen an. Jack lässt die letzten Stunden seines Lebens Revue passieren.

> Er hat das Haus seiner Mutter in Brand gesetzt.
> *Schlecht.*
> Er ist in einem brennenden Raum aufgewacht und konnte sein Leben und das von Mike retten.
> *Gut.*
> Die wichtigsten technischen Geräte sowie die Aufnahmen sind ebenfalls gerettet.
> *Gut.*
> Das Haus würde renoviert werden müssen.
> *Schlecht.*
> Er ist in einer völlig hirnrissigen Aktion vom Brand geflüchtet.

Schlecht.

Er ist umgekehrt und wollte wieder zurück.

Gut.

Er hat einen Menschen angefahren.

Schlecht.

Dem Menschen ist zum Glück nichts Schlimmeres passiert.

Sehr gut.

Er stand plötzlich Franzi gegenüber.

Gut.

Und Schlecht.

Gut, weil es sich wundervoll anfühlt. So, wie es sich immer wundervoll angefühlt hat, wenn Franzi in seiner Nähe war. Schlecht, weil es der absolut beschissenste Zeitpunkt für ein Wiedersehen mit ihr ist.

Er wirft einen Blick zu Franzi hinüber und ertappt sie dabei, wie sie ihn mustert.

»Du hast mich fast umgebracht, Jakob!«

Jack zuckt hilflos mit den Schultern. Diese Möglichkeit möchte er sich beim besten Willen nicht vorstellen. »Du lebst ja noch.«

»Wie sich das wohl anfühlt, wenn man tot ist?«

»Echt jetzt?« Jack zieht eine Augenbraue nach oben.

»Ja, ich weiß! Wenn man tot ist, fühlt man nichts mehr. Aber du weißt, was ich sagen will!«

Jack presst die Lippen aufeinander und runzelt seine Stirn. Meint sie das ernst? Wie kann sie nach allem, was gerade geschehen ist, über den Tod philosophieren?

»Ist es nicht das, was am Ende das Leben ausmacht?«, überlegt Franzi. »Gefühle? Emotionen?«

»Kann sein.« Seine Aussage klingt mehr wie eine Frage.

»Ohne Emotionen ist das Leben ziemlich wertlos, findest du nicht? Für was lebst du denn sonst?«

Sie meint es tatsächlich ernst.

»Freude?«

Franzi schüttelt vehement den Kopf. »Freude ist auch eine Emotion.«

»Schöne Momente«, versucht es Jack weiter, doch auch diese Antwort lässt sie nicht gelten.

»Ein schöner Moment ist doch nur deshalb ein schöner Moment, weil er angenehme Gefühle hervorruft. Für den einen kann das sein, wenn der Lieblingsverein gewinnt. Für den anderen, wenn der Mensch, der ihm nahe steht sagt *Ich freue mich, dich zu sehen.* Beides ruft Glücksgefühle hervor.« Franzi sieht Jack triumphierend an. »Womit bewiesen wäre: Wir leben, um eine möglichst hohe Anzahl positiver Emotionen zu haben.«

»Aha.« Die Absurdität der Situation bringt ihn zum Lächeln. Er hatte über zwanzig Jahre keinen Kontakt mehr zu Franzi und nun erklärt sie ihm nach einer halben Stunde Wiedersehen erst mal den Sinn des Lebens. Im Schlafanzug.

»Und?«, fragt Franzi, die sein Lächeln nicht richtig einordnen kann, »ist es ein gutes Gefühl, hier zu sein? Mit mir?«

»Absolut! Ich hätte mir nie träumen lassen, dass ich mich jemals darüber freuen würde, jemanden angefahren zu haben.«

Er würde sie jetzt gerne in den Arm nehmen, ihr sagen, wie glücklich er ist, dass ihr nichts passiert ist. Doch was, wenn diese Berührung etwas hervorruft? Ein Gefühl aus der Vergangenheit, das in der Gegenwart nichts zu suchen hat?

»Wie geht es deinem Knie?«, fragt er stattdessen und stützt sich neben ihr ab, um die Wunde zu begutachten. Franzi beugt sich ebenfalls nach vorne, so dass ihre Gesichter nur wenige Zentimeter voneinander entfernt sind. Die alte Vertrautheit, eingehüllt in aufregendes Knistern, ist sofort wieder da. Keiner der beiden sagt etwas, bis Franzi schließlich ihr Bein beugt und streckt, als ob sie testen würde, ob es noch funktioniert.

»Alles gut. Vermutlich nur eine Schürfwunde und ein blauer Fleck. Aber sonst –.«

»Es lebt!« Jack versucht, seine innere Aufgewühltheit mit einem schwachen Witz zu überspielen.

»Mach dich nur lustig über mich.« Franzi sieht ihn gespielt erbost an und zwickt ihn mit einer schnellen Bewegung in den Oberschenkel.

»Aua!«, jammert Jack etwas übertrieben und bohrt ihr als Dank den Zeigefinger in den Bauch, und zwar ziemlich genau in die Stelle, an der sie früher am kitzligsten war. Franzi zuckt lachend zurück.

Dieses Lachen! Mein Gott, wie sehr er dieses Lachen früher geliebt hat. Ein altbekanntes Gefühl der Verbundenheit steigt in ihm auf. Das Wiedersehen mit Franzi berührt ihn deutlich mehr, als er gedacht hätte. *Vielleicht liegt es auch daran, dass ich sie angefahren habe. Ausgerechnet in der Nacht, in der ich aus einem brennenden Haus entkommen bin. Extremsituationen lösen bekanntlich extreme Gefühle aus.*

»Ich würde dich gerne unter normalen Umständen wiedertreffen«, hört er sich plötzlich selbst sagen.

»Ich versteh schon. Du willst, dass ich anständig angezogen bin und nicht mit Schlafanzug und Flipflops neben dir sitze. Und ehrlich gesagt hätte ich gern, dass du nicht nach Rauch und Bier riechst.« Nach einer kurzen Pause fügt sie mit aufrichtiger Stimme hinzu: »Ich freue mich, dich nach so langer Zeit wieder getroffen zu haben, Jakob. In den letzten Jahren warst du ja immer nur kurz in Katzbrück und außer einem knappen *Hallo* übern Gartenzaun haben wir nie viel miteinander geredet. Du warst immer auf dem Sprung oder auf Durchreise.«

Jack nickt. Er ist ihr so gut es ging aus dem Weg gegangen. »Hätte es damals, als ich nach Berlin bin, schon WhatsApp oder Instagram gegeben, wären wir vermutlich in Kontakt geblieben.« Er sieht sie nachdenklich an. »Und danach, zehn Jahre später, hat es sich nicht mehr richtig angefühlt, dir zu schreiben. Jeder von uns hatte sein Leben, du hast geheiratet. Ich fand es einfach nicht angebracht, verstehst du?«

»Ging mir genauso.«

Sie blicken sich tief in die Augen und für einen Moment scheint die Zeit stillzustehen. Dann lächelt er.

»Was denkst du, bis wann du das Schlafanzugproblem gelöst haben könntest?«

Franzi lächelt ebenfalls. »Wie wär's mit übermorgen?«

I DIDN'T KNOW FRANZI SANWALD

late at night
something hit me really hard
I'm still blinded
by the headlight of your car

now get out here and help me
and don't look so surprised
hey wait a second
I know these eyes

the game of life threw the dice
at first I did not realize
I didn't know but then I knew
the game of life threw the dice
still it had to hit me twice
I didn't know but then I knew
that it was you

sitting by the water
the old affection is still there
your phone is ringing
again I'm hit yet unprepared

I hear her voice, seductive thunder
boy, you are still the same
I won't judge you
there is no one to blame

the game of life threw the dice
at first I did not realize
I didn't know but then I knew
the game of life threw the dice
still it had to hit me twice
I didn't know but then I knew
that it was you

so many questions still unanswered
I never dared to ask them
they got buried over time
what could have been?
what should have been?
it felt good to let you go
I'm sure you're doing fine

the game of life threw the dice
at first I did not realize
I didn't know but then I knew
the game of life threw the dice
still it had to hit me twice
I didn't know but then I knew
that it was you

ICH WUSSTE JA NICHT …

spät nachts
etwas traf mich ziemlich hart
ich bin noch immer geblendet
vom Scheinwerfer deines Autos

jetzt komm gefälligst raus und hilf mir
und schau nicht so überrascht
hey, warte mal eine Sekunde
ich kenne diese Augen

das Spiel des Lebens warf die Würfel
im ersten Moment hab ich es nicht begriffen
ich wusste es ja nicht, doch dann wurde es mir klar
das Spiel des Lebens warf die Würfel
doch musste es mich zweimal treffen
ich wusste es ja nicht, doch dann wurde es mir klar,
dass Du es warst

wir sitzen am Wasser
die alte Zuneigung ist noch immer da
dein Telefon klingelt
und wieder trifft es mich, doch völlig unvorbereitet

ich höre ihre Stimme, ein verführerisches Donnergrollen
Junge, du hast dich kaum verändert
ich werde dich nicht verurteilen
niemand trägt die Schuld

das Spiel des Lebens warf die Würfel
im ersten Moment hab ich es nicht begriffen
ich wusste es ja nicht, doch dann wurde es mir klar
das Spiel des Lebens warf die Würfel
doch musste es mich zweimal treffen
ich wusste es ja nicht, doch dann wurde es mir klar
dass du es warst

so viele Fragen noch immer unbeantwortet
ich habe es nie gewagt sie zu stellen
ich begrub sie über die Jahre
wie hätte es sein können?
wie hätte es sein sollen?
es fühlte sich gut an, dich gehen zu lassen
ich bin mir sicher, dir geht es gut

das Spiel des Lebens warf die Würfel
im ersten Moment hab ich es nicht begriffen
ich wusste es ja nicht, doch dann wurde es mir klar
das Spiel des Lebens warf die Würfel
doch musste es mich zweimal treffen
ich wusste es ja nicht, doch dann wurde es mir klar
dass du es warst

ROCK 'N' ROLL STIRBT NIE!

Geli weiß nicht, ob sie vom Schnarchen ihres Mannes oder dem unangenehmen Geruch im Schlafzimmer wach geworden ist. Sie nimmt ihre Schlafbrille ab und legt sie zusammen mit den Ohrstöpseln auf den Nachttisch.

»Du stinkst!« Unsanft rüttelt sie ihren Gatten an der Schulter, doch der dreht sich nur brummend auf die andere Seite.

»Hast du heimlich geraucht?« Geli schnuppert an ihm, als wäre er ein Stück Wurst, bei dem man nicht sicher ist, ob es noch gut ist. »Josef, was um Himmels willen hast du heute Nacht getrieben? Das hält ja kein Mensch aus.«

Genervt steigt sie aus dem Bett, zieht den Rollladen hoch und öffnet demonstrativ das Fenster. »Pfui Teufel!«

»Wieviel Uhr ist es?«, murmelt Sepp undeutlich.

»Sechs.«

»Dann leg dich hin und schlaf noch eine Stunde.«

Geli denkt nicht daran. Sie zieht ihrem Mann die Bettdecke weg und stellt erstaunt fest, dass er keinen Schlafanzug anhat.

»Warum liegst du mit der Jeans im Bett? Ich habe es vor zwei Tagen erst frisch bezogen.«

»Mei.«

»Josef Brandl. Du sagst mir auf der Stelle, was das zu bedeuten hat!«

»Bei den Schwarzvogels hat es gebrannt«, nuschelt Sepp, ohne die Augen zu öffnen.

»Was?« Gelis Stimme ist eine Oktave höher als gewohnt. »Gebrannt? Wie – gebrannt? Jetzt red schon!«

»Im Haus.« Sepp setzt sich widerwillig auf und blinzelt verschlafen. Na gut. Sie würde ja doch keine Ruhe geben. »Im Erdgeschoss, die Feuerwehr war da.«

»Die Feuerwehr?« Geli stürmt aus dem Schlafzimmer ins gegenüberliegende Bad. Von dort aus hat man einen guten Blick auf das Nachbarsgrundstück.

»Die Rosensträucher sind ja völlig plattgefahren!«, ruft sie erregt, »Hedwig wird ausrasten, wenn sie das sieht. Und die Geranien erst!«

»Hedwig wird noch viel mehr ausrasten, wenn sie erst mal erfährt, dass das komplette Erdgeschoss unter Wasser gesetzt wurde.«

»Und Jakob und dieser ... wie heißt er noch?«

»Michl.«

»Michael, stimmt. Ist denen etwas passiert?«

»Nein.«

»Zum Glück!«

»Ja.«

»Wie konnte das passieren?«

»Vermutlich Kabelbrand, schätze ich.«

»Schätzt du?« Geli kommt aufgelöst in das Schlafzimmer zurück und starrt Sepp erschüttert an.

»Was heißt hier *schätze ich*? Hat die Feuerwehr das bestätigt?«

»Wird sie schon noch. Was soll es denn sonst gewesen sein? Das Haus ist über vierzig Jahre alt.«

»Unser Haus ist auch über vierzig Jahre alt, Sepp!«

»Unser Haus ist etwas anderes. Da brauchst du keine Angst haben.«

»Ach so? Und warum genau ist das was anderes?«

»Ich kontrolliere die Elektrik regelmäßig. Außerdem haben wir überall Rauchmelder installiert.«

»Auf die *ich* bestanden habe! Wenn es nach dir gehen würde, hätten wir maximal einen Rauchmelder. Wenn überhaupt.«

»Willst du jetzt eine Diskussion anfangen, Geli? Noch vor dem Frühstück?«

»Ich würd' gerne wissen, wie du als nichtgelernter Elektriker die Elektrik kontrollierst. Du kannst doch nicht mal einen Lichtschalter anschließen.«

»Das eine hat mit dem anderen überhaupt nichts zu tun.«

Geli will etwas erwidern, überlegt es sich jedoch anders und verlässt wortlos den Raum. Es hat keinen Sinn.

Sie schaltet die Kaffeemaschine ein, holt eine Tasse aus dem Schrank und will gerade auf den Knopf drücken, als es an der Haustür klingelt. *Besuch? In aller Herrgottsfrüh?* Mit einem flauen Gefühl in der Magengegend öffnet Geli die Haustür.

»Franzi?« Verwundert starrt sie ihre Tochter an, die mit zerrissener Schlafanzughose, Flipflops und zerzausten Haaren vor der Tür steht.

»Ich hab mich ausgesperrt.«

»Brauchst du den Ersatzschlüssel? Wie siehst du überhaupt aus, was ist mit deinen Knien passiert?«

»Lange Geschichte.«

»Dann komm erst mal rein. Willst du einen Kaffee?«

Franzi zögert. Am liebsten würde sie jetzt einfach nach Hause gehen, in ihr Bett fallen und die Geschehnisse der Nacht auf sich wirken lassen. Doch ihr ist klar, dass ihre Mutter eine Erklärung erwartet.

»Also gut, einen Kaffee. Aber dann geh ich wieder.«

»Ich will dich zu nichts zwingen. Wenn du keinen Kaffee möchtest, dann ...«, lenkt Geli leicht beleidigt ein.

»Nein, nein, schon gut. Gerne. Nach allem, was passiert ist, kann ich jetzt sowieso nicht schlafen.«

Kurz darauf sitzen sie sich am Esstisch gegenüber. Franzi rührt gedankenverloren in ihrer Tasse, während ihre Mutter sie erwartungsvoll ansieht.

»Ich bin heute Nacht aus dem Haus gestürmt, weil ich Feuerwehrsirenen gehört habe. Vor lauter Aufregung habe ich den Schlüssel vergessen.«

Geli schweigt. Das ist bestimmt noch nicht die ganze Geschichte.

»Auf jeden Fall hatte ich Angst, es könnte bei euch sein. Also der Brand.«

»Zum Glück nicht. Aber die Schwarzvogels hat es erwischt.«

»Ich weiß.« Franzi nimmt einen Schluck von ihrem Kaffee, bevor sie weiterspricht. »Ich habe Jakob getroffen, er hat mir alles erzählt.«

Geli sieht überrascht auf. »Jakob getroffen?«, wiederholt sie fragend.

»Ja.«

»Und?«

»Wie und?«

»Na ja, du tauchst hier frühmorgens auf, hast Jakob wiedergesehen nach – wie langer Zeit eigentlich?«

»Weiß nicht. Lange.«

»Nach lange. Und?«

»Nichts und. Wir haben uns unterhalten, das war's. War ein nettes Gespräch.« Franzi hat nicht vor, ihrer Mutter irgendwelche Details zu erzählen. Außerdem gibt es keine Details. Bis auf den Autounfall natürlich, aber den wird sie unter keinen Umständen erwähnen.

»Der arme Kerl, da passt er einmal auf das Haus seiner Mutter auf und dann das! Hedwig wird ihn vierteilen.«

Franzi senkt den Kopf und mustert die Struktur des Holztisches. Vor lauter Unfall- und Wiedersehensaufregung hatte sie noch gar keine Zeit, sich darüber Gedanken zu machen. Selbst, als sie sich vorhin von ihm verabschiedete und jeder in seine Richtung ging – Jakob zu sich und Franzi zu ihrer Mutter –, verlor keiner von ihnen ein Wort über Hedwig oder das Haus.

»Er sieht gut aus«, murmelt Franzi. »Ich dachte immer, die Plakate wären alle retuschiert und bearbeitet.«

»Franzi?« Bei Geli läuten sofort sämtliche Alarmglocken.

»Das darf man doch sagen, oder? Wenn's nun mal so ist.«

»Du weißt aber schon, dass Jakob nur vorübergehend in Katzbrück ist. In ein paar Wochen fährt er wieder nach Berlin und dann ...«

»Ich weiß, Mama!«, unterbricht Franzi barsch. »Ich bin keine achtzehn mehr.«

»Gut«, ist alles, was Geli darauf erwidert. Ein Gut, in dem eine leise Drohung mitschwingt. Sie hätte genauso sagen können *Noch mal mache ich diesen Liebeskummer nicht mit, meine Liebe. Einmal reicht.*

Zur selben Zeit steht Jack im Wohnzimmer seiner Mutter und versucht, das Ausmaß des Schadens abzuschätzen.

Die Wände und Zimmerdecke der einen Seite des Raumes sind schwarz verrußt. Auch das Bücherregal und die Couch sind nur noch ein trauriger Schatten ihrer selbst. Der Brand muss bis zur Tür vorgedrungen sein und sich dann im Flur ausgebreitet haben. Das Parkett ist unter einem scheußlichen Gemisch aus Wasser und Ruß verschwunden. Es stinkt fürchterlich und selbst die sperrangelweit geöffneten Fenster verschaffen keine Abhilfe. Um den Kratzer, den er beim Couchverrücken verursacht hat, muss er sich auf jeden Fall keine Gedanken mehr machen.

Eine Zeit lang starrt er fassungslos auf den Schlamm und die verschmorten Möbel. Dann dreht er sich resigniert um und marschiert zur Treppe.

»Mike?«

Keine Reaktion.

»Mike?«, ruft Jack, nun deutlich lauter. »Bist du hier?« An der untersten Stufe zieht er seine Stiefel aus und schleppt sich erschöpft nach oben, doch Mike ist nirgends zu finden. Schließlich lässt er sich in seinem alten Kinderzimmer auf das Bett fallen und starrt zur Decke.

Fünf Minuten abschalten. Einfach nur abschalten.

Der SMS-Klingelton, den er seinem Produzenten Charlie Mauerbach zugewiesen hat, ertönt in seiner Hosentasche und lässt ihn verzweifelt aufseufzen. *Jetzt nicht Charlie!* Er ignoriert die eingegangene Nachricht und bemüht sich, seine angespannten Nackenmuskeln locker zu lassen. Der penetrante Geruch aus kaltem Rauch und verschmortem Plastik erinnert ihn mit jedem Atemzug daran, was gestern Nacht passiert ist.

Wenn Franzi bei dem Unfall etwas Schlimmeres zugestoßen wäre, dann wäre die abgefackelte Bude jetzt mein geringstes Problem, versucht er, sich selbst aufzubauen. Jack lächelt bei dem Gedanken an Franzi, doch schon im nächsten Moment reibt er sich mit den Händen über das Gesicht, als ob er sie dadurch aus seinem Kopf vertreiben könnte. Jetzt ist nicht der richtige Zeitpunkt für Gefühlschaos. Dann schließt er die Augen.

»Alter, das sieht aus wie eine Eins-a-Gruftihöhle. Wenn wir in Berlin wären, müsstest du nur noch ein paar schwarze Stühle reinstellen und schon könntest du das Ding an Freaks vermieten.«

Wunderbar, Mike ist wieder da. Jack gähnt ausführlich und setzt sich in seinem Bett auf. Erst mal richtig wach werden. Was hat er nur für einen Scheiß geträumt? Er stand wieder hoch oben auf einem Pfahl und hatte diese tiefsitzende Angst vor dem Absturz. Den Traum hat er in letzter Zeit öfter. *Skyfall* meldet sein Hirn unvermittelt, und er erinnerte sich an diese atmosphärisch-magische Songidee in H-Moll von vorletzter Woche. Sowohl Mauerbach als auch Viselsky haben sie als nicht genug radiotauglich abgestempelt, um das benötigte Budget für die Endproduktion freizugeben. Ein Gefühl der Genervtheit machte sich in ihm breit. »Ich könnte ein Bier vertragen, Mike.«

»Ich hole uns zwei.«

War klar, dass er zu einem Bier nicht Nein sagen würde.

»Sag mal«, schreit Mike, während er sich am Kühlschrank zu schaffen macht, »ist es normal, dass der so irre kräht?«

Scheiße, die Hühner! Jack ist mit einem Schlag auf den Beinen und eilt hektisch nach unten. Wenn er schon das Haus nach nur einem Tag zu einem Renovierungsfall macht, dann müssen wenigstens diese verfluchten Hühner überleben. Zumindest eine Sache, die ihm seine Mutter nicht vorhalten können soll. *Welch hochtrabende Ziele, es geht steil bergauf mit dir, Jack Blackbird.* Am Treppenende schlüpft er in seine Boots und stapft einmal quer durch das Wohnzimmer zur Terrasse. Als er die Stalltür öffnet, kommt ihm eine Schar aufgebrachter Hühner entgegen. Allen voran eine weiße Henne, die besonders mutig zu sein scheint und ihn vorwurfsvoll ansieht.

»Ich habe eine gute Ausrede, also lass das, meine Liebe«, verteidigt er sich und öffnet den Futterautomaten – leer. Auf dem Weg zur Tonne mit dem Weizenschrot muss er aufpassen, keines der Tiere versehentlich zu treten, so aufdringlich scharren sie sich um seine Füße. Er füllt eine leere Sauerkrautdose mit Weizenschrot und versucht, ihn in den Automaten zu schütten. Doch die Hühner sind so gierig auf das Futter, dass sie wie eine Horde wildgewordener Wespen in die Dose picken und er Mühe hat, den Schrot umzufüllen.

»Alles okay bei dir, Blackbird?«

Mike steht mit zwei Bier in der Hand vor dem Gehegezaun und beobachtet Jack grinsend. Der sieht ein, dass das so keinen Sinn hat, und streut eine Handvoll Futter auf den Boden. Wie geplant stürzen sich die Hühner darauf, so dass er in aller Ruhe den Automaten auffüllen kann.

»Nicht schlecht, Jack. Man merkt, dass du mal ein Dorfjunge warst.« Mike reicht ihm eines der beiden Biere, stößt mit ihm an, nimmt einen großen Schluck, rülpst laut und verzieht das Gesicht. »Nüchtern werde ich heute wohl nicht mehr.«

Jack betrachtet ihn von der Seite. Ganz fit sieht er tatsächlich nicht aus.

»Wo warst du heute Nacht?«

»Bei Simon. Wir haben noch ein paar Bierchen gekippt und sind dann eingepennt. Der verträgt ganz schön was, ich musste mich echt anstrengen, um mitzuhalten.«

»Tja, Bayern ist eben nicht Berlin. Hier gehört Bier zum Grundnahrungsmittel.«

»Und wo warst du, nachdem du wortlos davongerast bist?«

»Ich war bei Franzi, einer alten Freundin.« Das ist nicht gelogen.

»Freundin oder *Freundin*?« Beim zweiten *Freundin* drückt Micke die Zunge gegen die Backe, ein eindeutig obszönes Zeichen.

»Freundin eben. Von früher.«

»Und die musstest du ganz dringend treffen, obwohl das Haus deiner Mutter in Flammen steht und das halbe Dorf damit beschäftigt ist, es zu löschen?«

»Sie ist zufällig auf meiner Kühlerhaube gelandet.«

»Und? Lief was?«

»Denkst du, ich habe in so einem Moment nichts anderes im Kopf, als ...?« Jack vollendet den Satz nicht.

»Wieso nicht, könnte ja sein? Wenn sie eh schon auf der Kühlerhaube liegt?«

Bevor Jack etwas auf diesen Schwachsinn erwidern kann, ertönt aus seiner Hosentasche der Song *All Along The Watchtower* von Jimi Hendrix. Er nimmt sein Smartphone in die Hand und starrt auf das Display.

»Mauerbach!«

Mike zieht scharf die Luft ein. »Kein gutes Zeichen, wenn der Produzent anruft, bevor er den ersten Song bekommen hat, oder?«

Jack zuckt mit den Schultern und nimmt das Gespräch an. Dabei versucht er, so locker wie möglich zu klingen.

»Hi Charlie, was gibt's?«

-

»Nein, alles bestens. Läuft.«

-

»Wir haben gestern die ersten Spuren eingesungen.«

-

»Ende der Woche?«

-

»Verstehe.«

-

»Das wird verdammt eng. Mitte nächster Woche wäre besser. Da kann ich dir die ersten vier Songs sicher schicken.« Jack nimmt das Handy vom Ohr und drückt auf Lautsprecher, damit Mike mithören kann.

»... auch noch andere Projekte, die ich zeitlich unterkriegen muss. Ihr seid schließlich nicht die einzigen, die bei mir produzieren.«

»Schon klar, weiß ich doch.«

»Wie gesagt, ich habe nur dieses Wochenende einen Timeslot frei. Auch wenn's mir widerstrebt, am Wochenende zu arbeiten. Aber momentan ist grad wahnsinnig viel los.«

»Wir versuchen es. Aber versprechen kann ich es ehrlich gesagt nicht. Hier ist einiges ... ähm, ... Unerwartetes passiert.«

»Das ist nicht mein Problem, Jack. Entweder Ende der Woche oder dann erst wieder in ...«

Sie hören, wie Charlie mit der Maus am PC rumklickt. »... dann erst wieder in ungefähr sechs Wochen. Bis dahin bin ich bis obenhin voll mit Aufträgen.«

Jack sieht Mike alarmiert an. Dieser schüttelt den Kopf. »Keine Chance, Mann«, wehrt er ab. »Vier Songs wären unter normalen Umständen schon eng, aber so?«

»Ich bin bisher immer davon ausgegangen, dass wir noch zehn Tage Zeit hätten«, startet Jack einen letzten kläglichen Versuch.

»Einen festen Zeitraum hatten wir offiziell nie ausgemacht, nur, dass ihr die Songs in Viererblöcken abliefert. Und jetzt sind eben ein paar größere Sachen reingekommen. Ich muss meine Zeit koordinieren. Oder denkst du, ich sitze nur rum und warte darauf, dass Black Birds irgendwann mal was liefert?«

»Mir so unvermittelt die Pistole auf die Brust zu setzen, als ob du der einzige Mensch mit einem Terminkalender wärst, ist schon auch etwas … uncool, Charlie.«

»Ich setz dir nicht die Pistole auf die Brust, Jack. Ich informiere dich lediglich über meine Timeslots. Du kannst dir auch gerne sechs Wochen Zeit lassen und dann mischen und mastern wir in aller Ruhe.«

»Viselsky bringt mich um, wenn ich erst in zwei Monaten abliefere. Das weißt du!«

»Genau deswegen wäre es mir sehr recht, wenn ich die ersten vier schon jetzt fertigmachen könnte. Dann haben wir hinten raus weniger Zeitdruck, du hättest schon mal was für Viselsky und keiner von uns muss sich sein Geheule anhören. Also tu uns allen einen Gefallen und halte dich ran, Jack.«

»Sag mal, hast du sie noch alle?« Mike ist stinksauer. Er musste sich immens beherrschen, Jack nicht ins Telefon zu quatschen. »Was bildet sich dieser verkrampfte Spießerarsch überhaupt ein? Ruft hier an und setzt uns irgendwelche Zeitlimits. Uns! Was wäre der Herr Mauerbach denn ohne Musiker, hm? Nichts. Arbeitslos.«

»Mir passt das doch auch nicht, Mike. Aber es ist nun mal so, wir müssen uns nach seinem Zeitplan richten.«

»Nur weil er ein bisschen mischen und produzieren kann, meint er, er kann mit uns machen, was er will?«

»Er kann nicht nur ein bisschen mischen, Mike. Er ist einer der Besten!« Jack kann Mikes Aufregung verstehen. Ihm ging es früher ähnlich, doch mittlerweile hat er sich damit abgefunden, dass im Musikgeschäft bestimmte Mechanismen und Hierarchien herrschen, die er schlicht akzeptieren muss. Etwas, das seinem Sänger auch nach Jahren noch extrem schwerfällt.

»Der Beste. Das bin ich auch.«

»Du bist gut. Sehr gut. Aber der Beste?«

»Beim letzten Album habe ich ihm dreiunddreißig perfekt aufeinander abgestimmte Spuren geliefert. Dreiunddreißig! Zeig mir jemanden, der so viele Stimmen und Chöre singt wie ich.«

»Und Charlie Mauerbach hat diese dreiunddreißig Spuren an nur einem Tag in weitere zweiundsechzig Instrumentalspuren integriert und gemischt. Zeig mir einen, der das in so kurzer Zeit in dieser Qualität macht.«

»Mauerbach ist nichts weiter als ein Sesselfurzer, der sich wichtigmachen möchte. Darum setzt er uns einen Termin.«

»Jetzt werd mal nicht ungerecht, Mike. Mauerbach arbeitet professionell und zielstrebig und zwar aus genau diesem Grund: weil er sich Termine setzt. Könnte dir manchmal auch nicht schaden, Kumpel.«

»Er ist ein verfluchter Erbsenzähler mit einem riesengroßen Stock im Arsch, der sich mit unserer Musik eine goldene Nase verdient.«

»Dann ist er eben ein Erbsenzähler. Ein Erbsenzähler, nach dem wir uns zu richten haben.«

»Ich bin Rock 'n' Roller, Jack. Ich richte mich nach niemandem.« Mit in die Luft gestreckten Zeigefinger und kleinem Finger stiefelt Mike zum Haus. »You can't kill rock 'n' roll!« *Den Rock 'n' Roll kriegst du nicht tot!*

»Mike!«, brüllt Jack hinterher, doch der marschiert einfach weiter und singt aus vollem Herzen:

»You can poison a moment, maybe ruin my day, but you can't kill my rock 'n' roll!«

Vergifte den Moment, ruiniere vielleicht sogar meinen ganzen Tag, doch meinen Rock 'n' Roll kriegst du nicht tot.

Jack verdreht die Augen, schnauft tief durch und folgt ihm schließlich. Jetzt nur nicht aufregen! Das sind lediglich ein paar Staralüren, mehr nicht. Sänger sind Diven, so ist das nun mal.

»Mike?« er sieht sich suchend im Haus um. Oh Mann, jetzt muss er auch noch Kindermädchen spielen. Genau aus diesem Grund wünscht sich Jack seit Jahren einen Sänger an die Seite, der genauso tickt wie er selbst. Professionell, umsichtig und nicht so realitätsfremd wie Mike. *You can't kill rock 'n' roll.* So ein Wahnsinn! Wenigstens wüsste er bereits, welchen Song sie als nächsten fertigstellen würden. Er nennt das den »Diva Konter«. Immer wenn Mike sich über etwas aufregt, schreibt Jack ihm einen Text auf den Leib, der sich genau mit diesem Thema befasst.

»Wo?« Mikes Stimme kommt aus dem Obergeschoss. Natürlich hat er seine Schuhe nicht ausgezogen und natürlich kann Jack anhand der Fußabdrücke genau erkennen, wo er sich jetzt aufhält: im Gästezimmer.

»Wo soll ich singen, Jack? Kannst du mir das verraten? Wenn wir bis Freitag fertig werden wollen, muss ich heute aufnehmen.«

»Ich weiß. Das ist mir auch klar.«

»In dieser Bude ist das unmöglich. Der Gestank ist nicht auszuhalten. Da kriege ich das Kotzen. Das funktioniert nicht, Jack! Ruf sofort Mauerbach an und sag ihm, dass er am Wochenende zum Golfen gehen kann. Oder Wasserballett. Was er eben so macht in seiner Freizeit.«

»Das werde ich nicht tun. Wir werden am Freitag vier Songs an Mauerbach schicken, sonst dreht Viselsky durch.«

»Dann soll er durchdrehen.«

»Mike!« Jack sieht ihm ernst in die Augen. »Viselsky bezahlt den ganzen Scheiß hier. Im Voraus. Wir müssen abliefern, ansonsten sind wir dran. Oder hast du den kompletten Vorschuss noch auf deinem Konto?«

»Natürlich nicht, wo denkst du hin?«

»Also.«

»Also, also. Und jetzt? Wenn wir heute noch aufnehmen wollen, müssen wir die Geräte aufbauen.«

»Ich weiß, Mike, und das werden wir! You can't kill rock 'n' roll, oder etwa doch? Gib mir eine Minute zum Nachdenken, mir fällt schon was ein.«

Jack hat absolut keine Ahnung, was ihm einfallen soll. Sie sind in Katzbrück. Hier kann er weder einen Proberaum anmieten noch eine andere Band fragen, ob sie ihm unter die Arme greift. Sein Blick wandert rastlos umher, bis er auf einem Foto hängenbleibt: Katzbrücker Kirchweih vor gefühlt einem viertel Jahrhundert. Ein alter, leicht verbleichter Schnappschuss vom Festumzug, angeführt von der Blaskapelle.

»Ich hab's!«, ruft er Mike zu, sprintet die Treppe hinunter, schlüpft in seine Boots und eilt über die Hofeinfahrt zu seinem Nachbarn Sepp. An dessen Haustür prallt er fast mit Franzi zusammen, die sich von Geli zwei Zwiebeln geliehen hat.

»Jakob?!«, ruft sie überrascht. »Wird es jetzt zur Gewohnheit, dass wir zusammenstoßen?«

»Ich hätte nichts dagegen.« Jack zwinkert Franzi grinsend zu. »Aber eigentlich wollte ich zu deinem Vater. Ist er da?«

Noch bevor Franzi zu einer Antwort ansetzen kann, ertönt *All Along The Watchtower* aus Jacks Hosentasche. Mit einem entschuldigenden Schulterzucken zieht er sein Smartphone aus der Tasche, starrt einige Sekunden darauf und wischt den Anruf beiseite. Als er wieder hochsieht, hat er leicht an Gesichtsfarbe verloren.

»Mama.«

»Ups.« Franzi scharrt verlegen mit einem Flipflop am Boden hin und her. Als ihr bewusst wird, dass sie sich gerade wie ein pubertierender Teenager verhält, hört sie sofort damit auf. »Ich wollte dich eh noch fragen, Jakob. Wie geht's denn jetzt weiter? Ich meine ...« Franzi rudert unschlüssig mit den Armen durch die Luft.

»Tja ...« Jack vergräbt beide Hände in die Hosentaschen und zuckt mit den Schultern. »Wir könnten, ich meine – nur wenn du willst natürlich – heute Abend wieder zum Waldsee fahren. Bisschen quatschen.«

Erstaunt sieht sie ihn an. »Klar, gerne. Können wir.«

Jack zwinkert ihr zu und kann sich dabei ein Grinsen nicht verkneifen. Mit der Aussicht auf heute Abend vergisst er für einen kurzen Augenblick sogar seinen Stress mit Mauerbach.

»Aber eigentlich«, fährt Franzi fort, »wollte ich nicht wissen, wie es mit *uns* weitergeht, sondern wie es mit dem Haus weitergeht.«

Jacks Lächeln erstirbt auf der Stelle. Verlegen fährt er sich durch seine langen dunklen Haare und weiß nicht so recht, was er darauf antworten soll. Schließlich rettet ihn ein erneuter Anruf seiner Mutter.

»Da muss ich wohl rangehen« meint er und zieht das Handy aus der Hosentasche. »Sie quält mich sonst den ganzen Tag mit ihren Anrufen.«

»Guten Morgen, Mama. Na? Wie ist die –«

Jack stockt mitten im Satz. Er dreht sich von Franzi weg und lehnt sich an das Treppengeländer.

»Woher weißt du –«

-

»Ah, online.«

-

»Es ... es ist nicht so schlimm, wie du denkst.«

-

»Nur ein kleines Eck im Wohnzimmer. Kaum der Rede wert.«

-

»Ach, die überdramatisieren doch immer alles in der Presse, um die Auflage nach oben zu treiben.«

-

»Mach dir bitte keinen Sorgen. Ich kümmere mich darum. Wenn du zurückkommst, wird es schöner sein als vorher.«

-

»Ich weiß, dass du einen ruhigen, entspannten Urlaub verbringen wolltest, Mama. Das kannst du auch immer noch.«

-

»Welcher berühmte Musiker?«

-

»BITTE?«

Jack stößt sich erbost vom Geländer weg und tigert in der Einfahrt angespannt auf und ab.

»Lies das noch mal vor!«

Die Besitzerin des Hauses konnte nicht benachrichtigt werden, da sie momentan auf Weltreise ist. Zur Zeit des Brandes befanden sich ein berühmer Musiker sowie dessen Gitarrist, der Sohn der Besitzerin, im Haus. Beide konnten das Gebäude rechtzeitig verlassen.

»Denen geb' ich schon berühmter Musiker und sein Gitarrist. Was bilden die sich ein?«

-

»Wen die damit meinen? Mich natürlich. Es ist *meine* Band. *Ich* komponiere die Songs, schreibe die Texte, verhandle mit dem Label, dem Produzenten. Alle anderen machen nur ihren Job.«

-

»Ich will nicht ablenken.«

-

»Was weiß ich, weshalb in dem Artikel von Zweien die Rede ist. Vielleicht haben sie sich verzählt. Ich meine, es war Nacht und ziemlich dunkel.«

-

»Das Zittern hört schon wieder auf. Du weißt ja jetzt, dass alles nur halb so schlimm ist. Schnapp dir einen Liegestuhl, lass dir einen Cocktail bringen und genieße deinen Urlaub.«

-

»Na dann eben einen Saft. Oder Kaffee.«

-

»Leg die Füße hoch, dann stabilisiert sich der Kreislauf schon wieder.«

-

»Ich weiß, dass du mich unter Schmerzen geboren hast, das hast du mir schon oft genug gesagt.«

Jack verdreht die Augen. Wie immer, wenn seine Mutter Drama macht, geht es ausschließlich um sie und darum, wie schrecklich alles für sie ist. Hedwig hat sich mit keinem Wort danach erkundigt, wie er sich fühlt.

Dabei habe ich vor fünf Jahren erst neu tapezieren lassen. Weißt du, was das gekostet hat? Ich mag gar nicht dran denken, mir wird ganz schlecht bei der Vorstellung, dass das jetzt alles … hach, ich muss mich setzen. Meine Beine tragen mich nicht mehr!

Als ihm Franzi im Vorbeigehen einen Zettel zusteckt und zum Abschied kurz winkt, starrt Jack verdutzt auf eine Handynummer.

Und das Parkett? Weißt du, wie oft ich es gewienert und eingeölt habe? Du hast ja keine Ahnung davon, wie viele Stunden ich kniend auf diesem Boden verbracht habe! Da will man einmal im Leben ein paar Tage Auszeit. Einmal im Leben!

Franzi hat ihm ihre Nummer gegeben. Sie würden heute Abend am Waldsee sitzen. Jack schiebt den Zettel in die Hosentasche und stopft ihn extra weit nach unten, um ihn ja nicht zu verlieren.

Und dann muss ich aus der Zeitung erfahren, dass sich bei mir daheim alles in Rauch auflöst. Ganz schwarz ist es mir plötzlich vor Augen geworden. Ich musste erst ein paar Minuten lang tief ein- und wieder ausatmen, bis ich den Artikel zu Ende lesen konnte.

So geht das eine ganze Weile, bis Sepp aus der Tür tritt.

»Servus Jakob! Und? Telefonierst du schon mit der Versicherung?«

Versicherung! Dass Jack da nicht selbst draufgekommen ist! Er gibt Sepp ein Zeichen, dass er warten solle, dreht sich um und unterbricht den Endzeitstimmungsredeschwall seiner Mutter.

»Mama, ich muss den Schaden schnellstmöglich der Versicherung melden. Du bist doch noch immer bei –«

-

»Weil ich bisher keine Zeit dazu hatte.«

-

»Im Schlafzimmerschrank. Unten links, der rote Ordner. Alles klar.«

-

»Mach ich. Mach dir keine Sorgen, Mama. Alles halb so wild. Genieß deinen Urlaub. Bis dann!«

Jack hat noch nicht aufgelegt, da mischt sich auch schon Sepp ein.

»Alles halb so wild? Das Haus muss vermutlich kernsaniert werden. Den Gestank kriegst du ja sonst nie wieder raus.«

»Servus Sepp. Du, ich hätte da mal 'ne Frage. Weißt du zufällig, wer der Vorstand vom Musikverein ist?«

Zwei Stunden später ist die Raumfrage geklärt: Jack und Mike dürfen den Ausweichproberaum des Jugendblasorchesters für ihre Aufnahmen nutzen. Sie müssen lediglich ein paar Stühle und ein Schlagzeug beiseite rücken und schon haben sie genügend Platz. Jack schiebt einen

Schlüssel mit lustigem Tuba-Anhänger in seine Hosentasche und bedankt sich überschwänglich.

»Ich wüsste nicht, was ich ohne eure Hilfe machen sollte. Der Produzent sitzt mir im Nacken und ich kann auf die Schnelle nirgendwo hin. Das rettet mir echt den Arsch.«

»Man tut, was man kann.« Der Vorstand klopft Jack im Hinausgehen kumpelhaft auf den Rücken. »Wenn wir hier auf dem Dorf nicht mehr zusammenhalten, dann ist eh alles zu spät!«

Bereits eine Stunde später betätigt Jack zufrieden den Power-On-Knopf auf der Rückseite des Mischpultes, während Mike den Textentwurf von *You Can't Kill Rock 'n' Roll* studiert.

YOU CAN'T KILL ROCK 'N' ROLL — MIKE WAGNER

business fools on the telephone
house and yard on fire
smokescreens of life, no clarity
hung, drawn and quartered
still driven by desire
as we embrace insanity

at the bottom of the bottle
along the path I choose
demons keep haunting me
grab your guitar, let me sing along
time to let loose

to all those ghostlike voices in the corner of my soul
you can poison the moment, maybe ruin my day
but you can't kill my rock 'n' roll
no, no, you can't kill my rock 'n' roll
no, no, but you can't kill my rock 'n' roll

you can talk behind my back
and you can steal my blues
still I got everything I need
women, villains, business men
if I do the best I can
satisfaction's guaranteed

at the bottom of the bottle
along the path I choose
demons keep haunting me
grab your guitar, let me sing along
time to let loose

to all those ghostlike voices in the corner of my soul
you can poison the moment, maybe ruin my day
but you can't kill my rock 'n' roll
no, no, you can't kill my rock 'n' roll
no, no, but you can't kill my rock 'n' roll

ROCK 'N' ROLL STIRBT NIE

Business-Dummköpfe am Telefon
Haus und Hof in Flammen
Nebelwände des Lebens, keine Klarheit
erhängt, ausgeweidet und geviertteilt
trotzdem noch immer getrieben von Verlangen während
wir den Wahnsinn umarmen

auf dem Boden der Flasche
entlang des Weges, den ich wähle
verfolgen mich noch immer dieselben alten Dämonen
schnapp dir deine Gitarre und lass mich dazu singen
es ist an der Zeit loszulassen

an all die geisterhaften Stimmen
die sich in der Ecke meiner Seele verstecken
ihr könnt einen einzelnen Moment vergiften vielleicht
sogar mal einen ganzen Tag ruinieren
aber mein Rock 'n' Roll stirbt nie
nein, nein, mein Rock 'n' Roll stirbt nie
nein, nein, mein Rock 'n' Roll stirbt nie

ihr könnt hinter meinem Rücken lästern
und ihr könnt mir meinen Blues stehlen
ich habe trotzdem noch immer alles, was ich brauche
Frauen, Bösewichte, Geschäftsmänner
solange ich immer mein Bestes gebe
ist Zufriedenheit garantiert

auf dem Boden der Flasche
entlang des Weges, den ich wähle
verfolgen mich noch immer dieselben alten Dämonen
schnapp dir deine Gitarre und lass mich dazu singen
es ist an der Zeit loszulassen

an all die geisterhaften Stimmen
die sich in der Ecke meiner Seele verstecken
ihr könnt einen einzelnen Moment vergiften vielleicht
sogar mal einen ganzen Tag ruinieren
aber mein Rock 'n' Roll stirbt nie
nein, nein, mein Rock 'n' Roll stirbt nie
nein, nein, mein Rock 'n' Roll stirbt nie

HIMMELSSTURZ

Den Nachmittag verbringen die beiden Musiker im Probe-raum. Mike ist ausnahmsweise voll konzentriert bei der Sache, so dass gegen halb fünf bereits sämtliche zusätz-lichen Chorstimmen zu *You Can't Kill Rock 'n' Roll* einge-sungen sind.

»Lass uns morgen weitermachen«, beschließt er, setzt seinen Kopfhörer ab und sieht sich suchend im Raum um. »Ich muss auf meine Stimmbänder achten.«

»Stimmbänder. Klar!« Jack zieht vielsagend beide Augenbrauen nach oben. »Falls du Bier suchst, das ist im Rucksack.«

»Willst du auch eines?«

Jack schüttelt den Kopf. »Ich fahr zum Haus zurück. Der Brandschadensanierer wollte, dass ich ihm vorab schon mal ein paar Bilder zuschicke. Außerdem muss ich noch mit dem Versicherungsfuzzi telefonieren und hab auch sonst noch einiges vor heute Abend.«

»Das hört sich nach Spaß an.«

Dass er sich tatsächlich auf den Abend freut, kann Mike ja nicht ahnen.

Nachdem Jack das Wohnzimmer und den Flur aus jedem erdenklichen Winkel fotografiert hat, stehen nur noch zwei Punkte auf seiner Tagesordnung: Schlafplatz finden und mit Franzi treffen. *In Anbetracht der Umstände läuft es heute doch richtig gut!*

»Geli besteht darauf, dass du und Michl zum Abendessen kommt!«

Sepp! Natürlich hat der die offene Haustür als Einladung genommen, ungefragt eintreten zu dürfen. »Schnitzel mit Kartoffelsalat.«

Bei diesen Worten läuft Jack schlagartig das Wasser im Mund zusammen. Sogar sein Magen gibt wie auf Knopfdruck laute Knurr-Geräusche von sich. Hat er heute überhaupt schon irgendetwas gegessen?

»Das ist ungeheuer nett von Geli!«

Wenn es danach gehen würde, was er von klein auf gelernt hat, müsste er die Einladung jetzt höflich ablehnen. *Aber das ist doch nicht notwendig. Wir können uns auch irgendwo etwas kaufen. Geli braucht sich wegen uns keine Umstände zu machen.* Anschließend könnte ihn Sepp davon überzeugen, dass zwei Portionen mehr wirklich keine Arbeit machen und Geli und er sich sehr freuen würden, sie als Gäste begrüßen zu dürfen. Im Gegenteil, sie wären sogar beleidigt, wenn Jack die Einladung ausschlagen würde. Mit *Aber nur, wenn es euch wirklich nichts ausmacht* könnte Jack schließlich zusagen. Ihm ist bis heute nicht klar, ob das eine Katzbrücker Eigenheit ist, oder ob diesen Affentanz auch andere Leute machen.

In Berlin war er damit anfangs öfter auf die Schnauze gefallen. Nur zu gut erinnert er sich daran, wie ihm ein WG-Mitbewohner etwas von seiner Pizza anbot. Jack, der aus Kostengründen seit über einem Tag nichts mehr gegessen hatte, lehnte aus alter Gewohnheit ab. Natürlich hatte er die klare Erwartung, sein Mitbewohner würde ihm trotzdem ein Stück aufdrängen. Stattdessen zuckte dieser mit den Schultern und meinte: Okay, dann nicht.

»Das Essen war der Hammer, liebe Geli!« Jack formt mit Zeigefinger und Daumen der rechten Hand einen Kreis. »Danke, dass du uns eingeladen hast.«

»Das ist doch selbstverständlich! Morgen mache ich Spaghetti. Ihr mögt doch Bolognese, oder?«

Natürlich mögen sie Bolognese!

»Gibt's in Berlin eigentlich auch Schweinsbraten mit Kartoffelknödel?«, will Geli wissen, während sie die dreckigen Teller stapelt.

»In Berlin gibt es alles!«

»Dann wirst du dich sicherlich freuen, bald wieder dort zu sein, oder?« Sie sammelt das Besteck auf dem obersten Teller. So nett Jakob auch ist, sie würde sich wohler fühlen, wenn zwischen ihm und Franzi schnellstmöglich wieder ein paar hundert Kilometer Abstand liegen würden. Jack reicht ihr seine Gabel. Er versteht nicht ganz, worauf sie hinauswill.

»In Katzbrück ist es auch ganz schön«, versucht er es deshalb diplomatisch.

»Das schon.« Geli pausiert ihre Aufräumaktion und sieht fragend zwischen Jack und Mike hin und her. »Ich denke mir eben, dass jemand, der die Großstadt gewohnt ist, bestimmt nie mehr auf ein Dorf ziehen würde, oder? In der Stadt pulsiert es! Und hier«, sie zieht die Schultern nach oben und hebt entschuldigend die Hände, »hier ist nichts. Einfach gar nichts.«

»Sag niemals nie!« Mike, der mit hinter dem Kopf verschränkten Armen in einem Gartenstuhl lümmelt, sieht das zur Überraschung aller anders.

»Ist das der Titel deines nächsten Songs? *Sag niemals nie*?« Jack stößt einen bewundernden Pfiff aus. »Rein technisch gesehen bist du damit auf dem richtigen Weg. Keep it simple!« *Halte es einfach.*

»Er liegt mir ständig in den Ohren, dass ich so texte wie die Songwriter von Britney Spears oder den Backstreet Boys«, klärt Mike Geli auf, die eindeutig mehrere Fragezeichen in ihrem Gesicht hat.

»Das wäre der Idealfall«, pflichtet Jack bei. »Man muss zugeben, die haben das richtig gut hinbekommen. Je einfacher ein Liedtext ist, desto leichter kann man ihn sich merken. Und desto größer ist die Chance auf Erfolg.«

Jack schaut Geli aufmerksam an. »Was ist die meistgesprochene Sprache weltweit?«

Sie zuckt mit den Schultern. »Englisch?«

»Falsch. Die meistgesprochene Sprache weltweit ist schlechtes Englisch. Der Liedtext muss so einfach sein, dass ihn auch eine Hauptschülerin aus Chile, neunte Klasse, Note vier bis fünf in Englisch, mitsingen kann.«

»Hit me baby one more time«, schmettert Mike den Refrain des berühmten Britney Spears-Songs lauthals los.

Jack deutet mit dem Zeigefinger auf seinen Sänger. »Genau! Diesen Satz kann jeder singen. Auf der ganzen Welt. Jeder kann sich diesen verdammten Satz merken. Oder Backstreet Boys«, führt Jack, nun voll in seinem Element, weiter auf: »Everybody – Rock your body –Everybody – Rock your body right – Backstreet's back alright.«

Geli nickt nachdenklich. »Einfach und eingängig, genau wie *Sag niemals nie*.«

»In der Volksmusik ist das aber ein wenig anspruchsvoller«, mischt sich nun auch Sepp ein, der sich für seine Verhältnisse eh schon viel zu lange zurückgehalten hat. »So ein Gstanzl kann einen ganz schön komplizierten Text haben. Das orientiert sich ja auch immer ein wenig am Intellekt der Zuschauer.«

Mike, der Sepp erst seit ein paar Stunden kennt, ist kurz davor, auf diesen Satz anzuspringen. Doch Jack kommt ihm zuvor. Schnitzel mit Kartoffelsalat hin oder her, alles muss er sich nicht gefallen lassen.

»Ein Prosit der Gemütlichkeit – meinst du das mit anspruchsvoll?«

»Eines der wichtigsten Lieder überhaupt!«

»Das den Intellekt der Fans widerspiegelt.«

»Ah geh, du kennst dich ja gar nicht aus. Das ist doch kein Gstanzl! Weißt du überhaupt, was ein Gstanzl ist? Vermutlich nicht. Ihr mit eurer Computermusik.«

Als Jack entrüstet Luft holt, beschließt Sepp, sicherheitshalber das Thema zu wechseln. Noch hat er Oberwasser.

»Ich versteh gar nicht, wie ihr zwei so entspannt hier sitzen könnt. Wo doch da drüben alles abgebrannt ist. Wisst ihr denn schon, wo ihr heute schlafen werdet?«

»Ich vermute mal, dass wir zum Hirsch umsiedeln.« Auch Jack ist für den Themenwechsel dankbar. Mit Sepp über Musik fachsimpeln ist eine der härteren Prüfungen im Leben eines Musikers.

»Kommt überhaupt nicht in Frage!« Geli steht energisch vom Tisch auf und greift sich den Tellerstapel. »Ihr seid natürlich unsere Gäste. Die Wohnung im Obergeschoss steht sowieso leer, wenn Betti nicht gerade zu Besuch ist.«

So würde sie wenigstens ein Auge auf Jack haben und rechtzeitig einschreiten können, sollten sich die Dinge zwischen ihm und Franzi in die falsche Richtung entwickeln.

»Betti?« Ein Frauenname. Klar, dass Mike sofort hellhörig wird.

»Unsere Kleine. Sie wohnt mit ihrer Familie in Österreich.«

Geli verschwindet mit dem dreckigen Geschirr im Haus und als Sepp sich sicher ist, dass sie außer Hörweite ist, beugt er sich verschwörerisch über den Tisch.

»Spart euch das Geld lieber für die Renovierung, statt es dem Hirsch hinzuschmeißen. Die Geli kocht gern für euch! Seit die Kinder aus dem Haus sind, hat sie ja keine richtige Aufgabe mehr.«

Wenn Geli geahnt hätte, welchen Schmarrn ihr Mann verzapft, hätte es für ihn vier Wochen nur Kalte Platte zu Mittag gegeben.

Jack ist Sepps Gerede egal. Er ist froh, dass die Schlafplatzfrage geklärt ist, so dass er seine Gedanken der schönsten Sache des Abends zuwenden kann:

Franzi!

In gewisser Weise fühlt es sich komisch an, sich mit ihr zu verabreden, während er bei ihren Eltern am Tisch sitzt. Andererseits sind sie zwei erwachsene Menschen, die sich nach langer Zeit wiedersehen und einfach nur ein bisschen Zeit miteinander verbringen möchten. Dennoch achtet er darauf, dass niemand mitbekommt, an wen er die Nachricht verschickt:

In einer Stunde am Waldsee?

Ein Lächeln huscht über seine Lippen, als ihre Antwort aufpoppt: *Passt. Bis dann, ich freu mich.*

Die Höflichkeit verlangt es, dass er noch einen Verdauungsschnaps mit seinen Gastgebern trinkt. Doch kaum sind die Gläser abgestellt, wirft Jack einen offensichtlichen Blick auf die Handyuhr.

»Schon so spät? Ich hol dann mal langsam meine Sachen aus dem Haus und bringe sie rüber.«

Doch so schnell, wie er es sich ausgemalt hat, kommt Jack nicht weiter. Geli zeigt ihnen die Räumlichkeiten des Obergeschosses, drückt Jack einen Haustürschlüssel in die Hand und erklärt, sie sollen sich wie zu Hause fühlen. Jack bedankt sich zig Mal für die Gastfreundschaft und schafft es nach einer gefühlten Ewigkeit, sich endlich loszueisen. So schnell er kann, bringt er seine wenigen Sachen zu den Brandls und springt unter die Dusche. Auch wenn er in Eile ist, genießt er für ein paar Minuten das warme Wasser auf seiner Haut und spürt eine angenehme Vorfreude in sich aufsteigen. Er wäre sogar pünktlich am Waldsee angekommen, wenn ihm im Treppenhaus nicht *rein zufällig* Sepp über den Weg gelaufen wäre.

»Sorry, ich wurde von deinem Vater aufgehalten«, entschuldigt er sich und setzt sich neben Franzi auf den Steg. Sie lässt die Beine ins Wasser baumeln und sieht ihn verwundert an.

»Papa? Was wollte er denn?«

Jack zieht Stiefel und Socken aus und tut es ihr gleich. »Ich soll nach dem Duschen die Duschwand gründlich abziehen und das nasse Handtuch über den Heizkörper hängen.«

»Bitte? Dein Duschverhalten geht ihn doch überhaupt nichts an!«

»Na ja, irgendwie betrifft ihn das schon. Geli hat mir angeboten, bei ihnen ins Obergeschoss einzuziehen. Wenn man es genau nimmt, schlafe ich heute in deinem früheren Kinderzimmer.«

Franzis entsetzter Blick sagt alles. »Du ziehst freiwillig bei meinem Vater ein?«

»Die Alternative wäre der Hirsch gewesen.«

»Nicht nur die Alternative. Sondern auch die bessere Entscheidung.«

»Ach komm Franzi, so schlimm ist er auch wieder nicht. Außerdem kann ich ganz gut mit schwierigen Menschen umgehen.«

»Lass uns in einer Woche noch mal drüber reden.«

Jack sieht Franzi belustigt an. Doch sie scheint es ernst zu meinen.

»Also gut, abgemacht!« Er hebt seine Hand. »Ich wette, dass ich in einer Woche noch genauso entspannt darüber denken werde wie jetzt.«

Franzi klatscht grinsend ab. Der Punkt wird an sie gehen.

Anschließend beobachten sie schweigend die kleinen Wellen, die ihre Füße im Wasser verursachen. Franzi stellt sich vor, wie das wohl sein mag – Jack in ihrem alten Zimmer. Beim Zähneputzen an dem ihr so lange vertrauten Waschbecken. Jack, wie er im Bett liegt und denselben Fleck an der Decke anstarrt, den auch sie immer angestarrt hatte.

»Darf ich dich mal was fragen?«, bricht er die Stille.

Franzi mustert ihn einen Moment. »Kommt darauf an.«

Jack schaut ihr direkt in die Augen. Eine Sekunde … *diese Augen*, schießt es Franzi durch den Kopf. Zwei Sekunden, *diese wunderschönen Augen!* Drei Sekunden. Dann wendet er sich abrupt ab.

Ihr Herz klopft wild. Ob er die Energie, die sich gerade zwischen ihnen aufgebaut hat, auch spürt?

»Es ist wegen früher.« Jack spielt nervös an seinem Lederarmband, während er das sagt. »Als ich nach Berlin gegangen bin …«

»Früher ist vorbei!«, unterbricht ihn Franzi bestimmt. »Was wirklich zählt, ist nicht die Vergangenheit, sondern die Gegenwart. Wir sitzen nebeneinander am See, nur das zählt. Das *Jetzt* ist ausschlaggebend.«

Jack lässt die Schultern sinken. Sie hat recht. Und trotzdem hätte er gerne geklärt, was seit zwei Jahrzehnten unausgesprochen zwischen ihnen steht.

»Man sollte viel öfter einfach am See sitzen«, meint er nach einer Weile. »Ich habe keine Ahnung, wann ich so etwas das letzte Mal gemacht habe.«

»Ich auch nicht.«

Jack sieht Franzi sichtlich irritiert an. »Aber du hast doch nur ein paar Meter hierher.«

Sie zuckt kraftlos mit den Schultern. »Keine Zeit.«

In diesem Moment wird ihm bewusst, dass er eigentlich keine Ahnung davon hat, wie es ihr in den letzten Jahren ergangen ist. Nach seinem Umzug nach Berlin hatte er genügend eigene Probleme und der Abstand zu ihr tat ihm ganz gut. Ab und zu hatte seine Mutter etwas erzählt, aber da er nie nachfragte, verlor das Thema *Franzi* bei ihren Telefonaten schnell an Bedeutung.

»Erzähl mir von dir, Franziska Brandl.«

»Franziska Sanwald. Ich habe ganz altmodisch den Namen meines Mannes angenommen.«

»Und wie ist das Leben als verheiratete Frau und Mutter so?«

Sie sieht ihn unsicher von der Seite an, seufzt und wendet den Kopf ab. »Kinder, Haus, Garten, Job, das sind Dinge, die mich gerade bestimmen. Manchmal habe ich das Gefühl, ich sei nur damit beschäftigt, eine To-Do-Liste abzuarbeiten, anstatt zu leben. Wirklich zu leben. Ich komme mir vor wie in einem Kreisverkehr, bei dem ich ständig die Ausfahrt verpasse.«

Jack versteht ganz genau, was Franzi meint. Seit er den Plattenvertrag unterschrieben hat, sitzen ihm Viselsky und Mauerbach pausenlos im Nacken. Kaum, dass ein Album fertig produziert ist, erwarten sie neues Material von ihm. Mit seinem Traum vom Leben als Musiker hat das nicht mehr viel zu tun. Zwischen Termindruck und Plattenvertragsparagraphen scheint irgendetwas Wichtiges verloren gegangen zu sein.

»Weißt du noch, damals?«, versucht er das Gespräch wieder auf eine positive Ebene zu bringen. »Der Feuerstunt?«

Franzi seufzt und Jack muss sich sehr beherrschen, nicht nach ihrer Hand zu greifen.

»Wenn ich an damals denke«, beginnt Franzi träumerisch, »erinnere ich mich vor allem an das Gefühl, die Welt stünde uns offen.«

Sie sieht Jack lange an, bevor sie weiterspricht. »Wir waren unbedarft und furchtlos, ohne Zweifel, ohne Verantwortung, voller Selbstbewusstsein. Man könnte auch sagen, wir waren naiv.« Franzi spitzt die Lippen, zieht ihre Knie an sich heran und umschlingt sie mit beiden Armen. »Mit dem Motorrad über Feuer springen. Was da alles hätte passieren können!«

»Eine gesunde Naivität ist die Basis eines jeden Abenteuers!«, widerspricht ihr Jack grinsend.

»Out of the fire, flying high with the world at our feet.« *Aus dem Feuer, wir fliegen hoch oben und die Welt liegt uns zu Füßen.* Franzis Stimme gleicht einem leisen Flüstern, als sie den Songtext zitiert.

»Gibt es das Video eigentlich noch? Ich würde es gerne noch mal sehen.«

Sie hatten damals geplant, das Feuerstuntvideo mit seinem Lied zu unterlegen, doch dazu kam es nie. Kurz nach den finalen Gesangsaufnahmen zu *Out Of The Fire* haben sie sich getrennt.

Franzi antwortet nicht. Jack sieht ihr an, dass sie mit sich ringt.

»Habe ich was Falsches gesagt?«

»Nein, es ist nur ...« Sie holt tief Luft, bevor sie weiterspricht. »Ich habe es fertigstellen lassen, nachdem du aus Katzbrück weg bist.«

»Du hast was?« Jack traut seinen Ohren nicht. Damals standen sie vor dem Problem, sowohl einen Song als auch ein Video zu haben, aber nicht die notwendige Technik, um beides miteinander zu vereinen. Immerhin waren PCs vor zwanzig Jahren lange nicht so leistungsfähig wie heute. Man brauchte schon einen Spezialisten, um das hinzubekommen, was jetzt jeder Zehnjährige auf seinem Handy bewerkstelligt.

»Ich habe jemanden gefunden, der deinen Demosong in das Video geschnitten hat.« Nach kurzem Zögern fügt sie hinzu: »Es war mein jetziger Mann, Sebastian.«

»Sebastian Sanwald, der Informatikfuzzi? So seid ihr euch also nähergekommen, über *unser* Lied? Wie romantisch!« Jack wusste zwar, dass Franzi verheiratet ist und eine Familie gegründet hat, ihre Worte versetzen ihm dennoch einen kleinen Stich.

»Erstens ist Sebastian kein Fuzzi und zweitens – vielleicht. Vielleicht war das Musikvideo einer der Gründe, weswegen wir uns nähergekommen sind. Vielleicht aber auch nicht.«

»Verstehe.«

»Sebastian hat auch Gitarre gespielt. Kann gut sein, dass mich das an ihm fasziniert hat.«

»Du hast dir eine billige Zweitausgabe von mir angelacht? Wirklich?« Jack kann nicht anders. Es verletzt ihn, dass Franzi sein Video mit einem anderen Typen fertiggestellt und sie ihm nie etwas davon gesagt hat.

»Er ist keine Zweitausgabe von dir, Jakob. *Er* ist nicht wegen der Musik nach Berlin gegangen, ihm war die Liebe wichtiger.«

Jack unterdrückt ein Stöhnen. Ihm war klar, dass dieser Vorwurf früher oder später kommen würde. Er hatte damals das Angebot eines kleinen Indielabels angenommen und war davon ausgegangen, dass Franzi sich mit ihm zusammen ins große Abenteuer stürzen würde. Sie als Sängerin, er als Gitarrist. Doch es kam anders.

»Wir hätten es schaffen können, Franzi. Gemeinsam.«

»Du hast es ja auch ohne mich geschafft. Das meine ich keineswegs nachtragend, Jakob. Auch wenn ich anfangs fürchterlich unter der Trennung litt.«

»Am Ende hat jeder seinen Weg im Leben gefunden, schätze ich.«

»Bist du zufrieden damit, wie es ist?«

Jack schaut nachdenklich auf den See. Ist er zufrieden?

»In gewisser Weise ja. Ich habe eine erfolgreiche Band, einen Plattenvertrag, produziere gerade mein nächstes Album.«

»Aber?«

Franzi sieht ihn herausfordernd an. Obwohl es langsam dunkel wird, kann er ihren Blick auf seiner Haut spüren. Ein angenehmer Schauer durchfährt ihn. Fuck! Damit hat sie ihn damals schon immer wahnsinnig gemacht.

»Wie soll ich das erklären?«, beginnt er und strafft seine Schultern. »Ich habe jetzt all das, wovon ich immer geträumt habe. Aber es fühlt sich anders an als erwartet. Ich habe Vorgaben, an die ich mich halten muss. Zum Beispiel die Art von Musik, die ich mache. Das ist zwar meine Musik, aber das Plattenlabel gibt mir vor, wie die Songs auszusehen haben. Ich möchte mehr Gitarrensoli, mehr Druck, mehr Geschwindigkeit. Doch der Markt verlangt etwas anderes. Also schreibe ich Balladen, stimmgewaltige Lieder, Songs, bei denen Mike das Ruder übernimmt, obwohl er kaum etwas dazu beiträgt. Die ganze Arbeit bleibt an mir hängen. Es ist einfach nicht vergleichbar mit damals. Weißt du noch, als wir zusammen unsere ersten Songs komponiert haben? Wir konnten tun und lassen, was wir wollten, es gab niemanden, der uns rein-redete. Das funktioniert im großen Musikzirkus nicht.«

»Bereust du es?«

»Nein. Ich lebe trotzdem meinen Traum. Aber ich habe Angst, dass die Freude daran verloren gehen könnte, wenn es so weitergeht.«

»Hast du auch noch andere Träume in deinem Leben?«

Franzi und ihre Fragen! In weniger als einer halben Stunde bringt sie ihn dazu, sich mehr mit sich selbst aus-einanderzusetzen als in einem ganzen Jahr.

»Um ehrlich zu sein – ich würde gerne meine Träume loswerden. Ich habe zwei, die sich seit Jahren immer wie-derholen. Ich meine damit richtige Träume, nachts, wenn ich schlafe.«

»Magst du mir davon erzählen?«

»Der eine Traum tauchte auf, als ich nach Berlin bin. Ich schwimme in einem Ozean, bin orientierungslos, um mich herum nur Wasser, nichts als Wasser. Unter mir Haie und ein Wal. Ich weiß nicht, wohin ich soll, fühle mich verloren, aber der Wal gibt mir Sicherheit. Ich habe einen Song da-rüber geschrieben, *How Much Longer*.«

Franzi spielt nachdenklich mit ihrer Halskette.

»Der Ozean ist in der Traumdeutung das Unterbe-wusstsein. Und der Wal ... eigentlich ein Symbol für Ge-fahren. Oder übersteigertes Selbstbewusstsein.«

»Übersteigertes Selbstbewusstsein? Ich?«

Franzi grinst. »*Eines Tages werde ich in einem Atem-zug mit den größten Gitarristen der Welt genannt wer-den.* Deine Worte, kurz bevor du durch ein Flammenmeer gefahren bist, Jakob.«

Stimmt, das hatte er damals geglaubt. »Als das Indie-label pleite ging, hatte ich keine Ahnung, wie es weiter-gehen sollte. Es war eine schwierige Zeit. Kein Geld, keine Bude, keine Gigs.«

Franzi wusste von diesen Problemen nichts. Sie hatte immer nur die positiven Nachrichten mitbekommen.

Jakob hat eine Band.

Jakob hat ein Album rausgebracht.

Jakob auf Tournee.

Jakob ist jetzt Jack Blackbird und schreibt Autogrammkarten.

»Dann kam ein zweiter Traum hinzu«, fährt Jack fort. »Ich befinde mich auf einem langen Pfahl, hoch oben in den Wolken. Es ist windig, die Stange schwankt bedrohlich hin und her und die Plattform ist gerade so groß, dass ich darauf stehen kann. Ich bin so weit über der Erde, dass ich nichts mehr erkenne. In gewisser Weise fühle ich mich königlich, aber etwas stimmt nicht. Dann folgt meistens der Sturz in die Tiefe, die absolute Angst. Natürlich habe ich auch das in einem Song verarbeitet, er heißt *Skyfall*. Er muss noch irgendwo auf meiner Dropbox liegen.«

»Hm.« Franzi stützt ihren Kopf in beide Hände und denkt angestrengt nach. Dann holt sie ihr Handy aus der Tasche und gibt *Traumdeutung Höhe* in den Browser ein.

Sie scrollt nach unten, überfliegt die Ergebnisse, bis sie an einer Stelle innehält.

»Traumdeutung Höhe«, liest sie laut vor. »In der spirituellen Traumdeutung gilt Höhe als Symbol für das Streben des Betroffenen, sich von weltlichen Dingen zu lösen. Nur wenn er unabhängig hiervon wird, kann er sich spirituell weiterentwickeln.« Sie schaltet das Smartphone aus und legt es neben sich. »Wende dich deiner spirituellen Seite zu. Fang zum Beispiel an zu meditieren.«

»Soll ich mir jetzt Räucherstäbchen kaufen?« Jack lacht, doch es wirkt gekünstelt.

»Man kann auch ohne Räucherstäbchen meditieren. Sei dir im Alltag einfach des Moments bewusst.«

»Das heißt, wenn ich jetzt am See sitze, deinen Worten

lausche und dich dabei beobachte, wie du beim Nachdenken die Augen zusammenkneifst oder den Kopf leicht
schief legst, dann darf ich an nichts anderes denken als
an dich.«

Franzi grinst etwas verlegen und legt dabei tatsächlich
den Kopf leicht schief. Eine Erinnerung an früher blitzt bei
Jack auf. Keine konkrete Begebenheit, mehr ein Gefühl.

»Lass es mich mal so formulieren, Jakob.« Franzi lächelt,
während sie achtlos mit einem kleinen Kieselsteinchen
spielt. Ihre Finger sind nur wenige Zentimeter von Jacks
Hand entfernt.

»Wenn du mit mir am See sitzt, dann sollst du dir voll
und ganz meiner Anwesenheit bewusst sein. Und nicht
im Hinterkopf daran denken, was du morgen alles erledigen musst.«

*Wenn du wüsstest, wie bewusst ich mir deiner Anwe-
senheit gerade bin, Franzi.* Im Halbdunkel der Dämmerung
betrachtet er heimlich ihr Profil. Alles an ihr ist ihm vertraut
– ihre Stimme, die Art sich zu bewegen, ihr Geruch. Er
würde sie am liebsten berühren. Stattdessen sitzt er völlig
reglos neben ihr, während ihn eine tiefe innere Sehnsucht
nach Nähe und Geborgenheit überkommt. Nach Franzi. *Verdammt, was ist nur mit mir los? Sie ist verheiratet! Wir beide
sitzen als alte Freunde am See, nichts weiter.* Auch Jack beginnt nun, mit einem Steinchen zu spielen. Er lässt es absichtlich fallen, greift danach und für einen kurzen Moment
berühren sich wie zufällig ihre Finger. *Spürst du das auch?
Dieses Knistern in der Luft?*

»Ich bin mir voll und ganz deiner Anwesenheit bewusst,
Franzi. Mehr geht nicht, glaube ich.«

Ihre Blicke treffen sich und verharren einen Moment zu
lange ineinander, um nichts zu bedeuten.

»Ist dir kalt?«, fragt Jack, nur um irgendetwas zu sagen.

»Ein wenig.«

Ein wenig! Jack rutscht zu Franzi, legt den Arm um sie und zieht sie zu sich heran. »Nicht, dass du am Ende krank wirst«, flüstert er und kann sich dabei gerade noch verkneifen, ihr sanft über die Wange zu streichen. Franzi legt ihren Kopf auf seine Schulter, schmiegt sich an ihn und entspannt sich nach und nach. Eine Weile sitzen sie schweigend da, jeder in Gedanken versunken, den Augenblick genießend. Dann ertönen aus Jacks Hosentasche die ersten Akkorde von *All Along The Watchtower*. Verflucht! Warum hat er das verdammte Ding nicht auf lautlos geschaltet?

Franzi löst sich aus Jacks Umarmung. »Willst du nicht rangehen?«

Nein, will ich nicht!

Als Jimi Hendricks zu singen beginnt, sieht sie ihn herausfordernd an. »Na los, geh schon ran! Ich lauf nicht weg.« Und wieder dieser Moment! Diese ein, zwei Sekunden, die sie sich zu lange in die Augen sehen. Da Franzi auf seine Hosentasche deutet, zieht er widerwillig das Smartphone heraus und nimmt das Gespräch an, ohne dabei die Augen von ihr abzuwenden.

»Hallo?«

»Hey Jack. Na, was treibst du so?«, schallt ihm eine überdrehte Frauenstimme entgegen.

Jack stöhnt auf. Jeder wäre ihm in diesem Moment lieber gewesen als sie.

»Was willst du?« Seine Stimme ist barsch. Abweisend.

»Och, bist du schlecht drauf? Soll ich dich aufmuntern?«

Jack sieht sie förmlich vor sich, wie sie bei diesen Worten eine Schnute zieht. Der Blick von unten nach oben, den sie beherrscht wie keine andere, das Kleinmädchengehabe im Körper einer wandelnden Sexbombe.

»Cora. Wir haben das besprochen. Du kennst meine Meinung zu diesem Thema.«

»Meinungen ändern sich.«

»Diese nicht.«

»Wo bist du Jack? Ich komme zu dir und überzeuge dich vom Gegenteil.«

»Nirgends.«

»Egal, was du gerade machst, ich kann dir etwas Besseres bieten.« Lasziv flüsternd fügt sie hinzu: »Das weißt du, Darling.«

Jack versucht zu ignorieren, was er soeben gehört hat, und die Bilder zu verscheuchen, die in seinem Kopf aufblitzen. Coras Körper ist der absolute Wahnsinn, ganz zu schweigen davon, wie sie ihn einzusetzen vermag.

»Auch, wenn du es anscheinend immer noch nicht kapiert hast: Es dreht sich nicht alles nur um ...« Jack schafft es nicht, den Satz zu Ende zu sprechen. Es fühlt sich falsch an in Franzis Gegenwart. Das ganze Gespräch fühlt sich falsch an. Er versucht, mit ihr Blickkontakt aufzunehmen, doch sie starrt ausdruckslos auf den See. Als er fortfährt, spricht Jack mehr zu Franzi als ins Telefon. »Ich fühle mich zum ersten Mal seit langer Zeit wieder richtig wohl bei dem, was ich mache. Diesen Zustand möchte ich so lange wie möglich beibehalten. Also ruf mich bitte nicht mehr an.«

»Ich muss doch nicht eifersüchtig sein, oder Jack?«

»Das zwischen uns ist geklärt.«

»So? Ist es das?«

Jack verdreht die Augen. »Ja.«

»Sobald ich vor dir stehe, kannst du nicht mehr nein sagen, Blackbird. Also! Verrate mir, wo du bist, und ich zeige dir, was du vermisst.«

»Mach's gut, Cora.«

Ohne eine Antwort abzuwarten, drückt Jack das Telefonat weg.

»Deine Freundin?«

»Ex«, antwortet er knapp und schaltet sein Handy auf Flugmodus.

»Scheint sie ja anders zu sehen.«

Jack sieht Franzi verwundert an. »Wie kommst du darauf?«

»Tut mir leid, Jakob. Aber diese penetrante Stimme konnte ich bis hierher hören. Ich habe jedes Wort verstanden.«

Mist!

»Das war nichts Ernstes.« Er versucht die Situation herunterzuspielen. »Wir kennen uns eben. Sie nervt!«

»Sie spielt mit dir. Aber das scheint euch Männern ja zu gefallen.«

»Franzi!«

»Geht mich ja auch alles überhaupt nichts an.«

»Sag mal, zickst du jetzt?«

»Zicken? Ich? Ich bin verheiratet, Jakob, und du hast dein Leben. Wieso sollten mich deine Bettgeschichten interessieren? Das sind nur die Fakten, die jedes Kindergartenkind aus eurem Telefonat heraushören kann.«

Sie hebt ihr Kinn und schaut ihn herausfordernd an. Jack stößt genervt Luft aus. Er hat jetzt keine Lust auf Diskussionen dieser Art, schon gar nicht wegen des lächerlichen Telefonats mit Cora.

»Also gut. Du willst ehrlich sein, Franzi? Dann sei es auch. Es geht hier nämlich nicht um Fakten.«

»Nein? Um was dann?«

»Um uns.«

Die Stille, die auf seine Worte folgt, ist eisig. Am liebsten würde er sich in den Hintern beißen! Warum nur musste er diesen Gedanken aussprechen?

»Franzi«, versucht er es etwas versöhnlicher, »wir haben uns nie wirklich voneinander verabschiedet. Und nun sitzen wir hier und all das Unausgesprochene, was wir vor Jahren zurückgelassen haben, ist immer noch zwischen uns.«

Franzi zuckt mit den Schultern, als sei ihr das alles egal. »Das ist lange her, Jack. Es ist viel passiert seitdem. Wir haben uns wiedergetroffen, uns gut verstanden und über deine Träume gesprochen. Mehr nicht.«

Jack schweigt.

»Und jetzt möchte ich bitte nach Hause. Mir ist kalt und ich habe morgen einen anstrengenden Tag vor mir.«

»Das mit Cora ist vorbei.«

»Das mit Cora geht mich nichts an und es interessiert mich ehrlich gesagt auch nicht. Ich habe schon vor dem Anruf gesagt, dass ich friere. Es ist nicht wärmer geworden seitdem.«

Nein. Natürlich nicht. Im Gegenteil.

Als sie sich am Gartenzaun voneinander verabschieden, nehmen sie sich für einen Moment in den Arm. Franzi dreht sich um, winkt noch mal und verschwindet in einem für Jack fremden Haus. Hier also wohnt sie. Das ist ihre Basis, der Ort, an dem sie sich erdet.

Jack beschließt, einen kurzen Spaziergang zu machen, bevor er zu den Brandls zurückkehrt. Gedanken sortieren. Das funktioniert am besten, wenn er sich bewegt. Doch zuvor muss noch etwas erledigen werden. Er holt sein Handy aus der Tasche und öffnet die Dropbox.

Kaum, dass sie die Haustür hinter sich geschlossen hat, erhält Franzi eine Nachricht von Jack. Ein Audiofile mit dem Titel »Skyfall«, dem Song über Jacks Traum mit dem Pfahl, der vom Label abgelehnt wurde. Sie setzt sich neben dem Schuhregal auf den Boden und lehnt den Kopf gegen die Wand. Dann drückt sie auf Play und lauscht mit geschlossenen Augen den Klängen aus ihrem Handylautsprecher.

SKYFALL JACK BLACKBIRD

there is a tower as thin as a tree
once again I see myself standing on the top
is there a meaning to my dream?
a turning circle of despair, will it ever stop?

the wind in my hair
I feel like a king but there's no crown
here comes the fear
and then I'm falling down
falling down

there was a rope that lead to the horizon
I would have surely walked across if it wasn't for the fall
feelings of regret start to arise
I wonder why, it is just a dream after all

what if I'm trapped inside?
at first I frown
then comes the fear
as I keep falling down
falling down

as the clouds are moving
my vision's getting clear
and as I see the ground
I embrace the fear

I'm falling, I'm falling, I'm falling down

there is a tower as thin as a tree
once again I see myself standing on the top
is there a meaning to my dream?
a turning circle of despair, will it ever stop?

HIMMELSSTURZ

es gibt einen Turm, so dünn wie ein Baum
wieder einmal sehe ich vor meinem inneren Auge wie ich
ganz oben stehe
hat mein Traum eine Bedeutung?
ein niemals endender Kreislauf der Verzweiflung, wird es
jemals aufhören?

der Wind in meinen Haaren
ich fühle mich wie ein König, doch ich habe keine Krone
hier kommt die Angst
und dann stürze ich hinab
ich stürze hinab

es gab dort oben auch ein Seil, das auf den Horizont zuführte
natürlich wäre ich hinüber balanciert, wenn da nicht die
Sache mit dem Hinunterfallen wäre
Gefühle des Bedauerns steigen in mir auf
Ich frage mich warum, es ist doch trotz allem nur ein
Traum

was, wenn ich darin gefangen bin?
zuerst runzle ich die Stirn
dann kommt die Angst
und ich stürze immer weiter hinab

während die Wolken sich bewegen
wird meine Sicht immer klarer
und als ich den Boden näherkommen sehe
umarme ich die Angst

ich stürze, ich stürze, ich stürze hinab

es gibt einen Turm, so dünn wie ein Baum
wieder einmal sehe ich vor meinem inneren Auge wie ich
ganz oben stehe
hat mein Traum eine Bedeutung?
ein niemals endender Kreislauf der Verzweiflung, wird es
jemals aufhören?

AUS DEM FEUER

»Kommst du auch mal wieder heim?«

Jack hält in der Bewegung inne. *Auch der noch!*

»Servus, Sepp, war ein anstrengender Tag. Ich hau mich bald aufs Ohr.«

Sepp ignoriert den freundlich formulierten Wink mit dem Zaunpfahl. »Ich bin nach dem Essen zufällig am Proberaum vorbeigefahren und hab mich gewundert, dass dort kein Licht brennt. Ich dachte, ihr habt so viel zu tun? Wart ihr heute überhaupt dort? Sonst hätten wir uns den Stress mit dem Schlüssel sparen können.«

»Klar, heute Nachmittag.«

»Aha.« Sepp mustert Jack kritisch, ganz so, als wäre ihm dieser eine ausführliche Erklärung schuldig. »Dann warst du wohl beim Hirsch? Dem würd' ich ja grad noch das Geld hintragen. Dreizwanzig will der für eine Halbe Bier! Früher hat das zwei Mark gekostet.«

Oje, die *Früher-war-alles-besser*-Nummer! Jeden anderen Tag würde sich Jack vermutlich auf eine Diskussion einlassen. Von wegen: *Früher hat man auch weniger verdient, man muss die Preise in Relation mit dem Einkommen und dem damaligen Geldwert setzen und so weiter.* Aber heute?

»Erstens ist dreizwanzig völlig okay für ein Bier und zweitens war ich nicht beim Hirsch. Du brauchst dir also keine Sorgen um meine Finanzen machen.« Um einem weiteren Verhör zu entkommen, klopft Jack seinem Gastgeber freundschaftlich auf die Schulter und macht sich auf den Weg ins Obergeschoss. Er schafft keine vier Stufen.

»In Berlin vielleicht!«

Oh Mann, dieser Mensch kennt wirklich keine Gnade! In der Hoffnung, das Gespräch abzuwürgen, verkneift er sich ein genervtes *In Berlin bekommst du unter vier Euro kein Bier* und nimmt die nächste Stufe.

»Rennst du bei dir daheim auch mit dreckigen Stiefeln durch das ganze Haus? Die Geli muss eh so viel putzen, soll sie euch jetzt auch noch hinterherwischen?«

»Tschuldigung«, murmelt Jack betroffen. Vorsichtig zieht er seine Boots aus, stellt sie neben sich und will gerade weitergehen, als sich Sepp einen der Stiefel schnappt und die Schuhsohle begutachtet.

»Um Himmels Willen, wo warst du denn? Da hängt ja lauter Erde unten drin. Die musst du draußen ausklopfen! Komm mit, ich zeig dir, wie das geht.«

Und so kommt es, dass Jack mit Socken im Scheinwerferlicht des LED-Strahlers, den Sepp neben der Haustür angebracht hat, steht, und ihm dabei zusieht, wie er seine

Stiefel aneinanderschlägt. *Franzi hat recht, ich hätte besser beim Hirsch ein Zimmer mieten sollen!*

Zu Jacks Entsetzen biegt ausgerechnet in diesem Moment ein Fahrrad um die Ecke und steuert direkt auf ihn zu. Franzi! *Jetzt nur nichts anmerken lassen. Bauch rein, Brust raus, lässiger Gesichtsausdruck. Es ist völlig normal, dass ich in Socken neben Sepp stehe und dieser meine Stiefel in der Hand hat.*

»Was macht ihr denn hier?« Franzi betrachtet amüsiert die Szenerie, während sie ihr Fahrrad abstellt.

»Schieb das Rad doch hinter das Haus, sonst wird es dir geklaut. Mitten in der Einfahrt, das ist doch eine Einladung für jeden, der hier vorbeikommt!«

»Ich will ja gleich wieder weg, Papa.«

»Kommst du nicht mit rein?«

»Nein. Ich muss wieder heim. Die Kinder ...« Sie vollendet den Satz nicht und wendet sich stattdessen Jack zu, der ein wenig den Eindruck macht, als würde er für ein Fotoshooting posieren.

Dieser hofft inständig, dass Franzi nichts vom Waldsee erwähnt. Ein Sepp, der mit aller Macht zeigen muss, wer der Herr im Haus ist, ist das eine. Ein eifersüchtiger Papa, der seine Tochter in den Fängen eines Rockmusikers wähnt, etwas völlig anderes. Am liebsten wäre es ihm, wenn gar niemand erfahren würde, dass er Zeit mit Franzi verbringt, solange er sich selbst nicht im Klaren ist, ob das zwischen ihnen ein harmloses Wiedersehen oder ein Aufleben alter Gefühle ist.

»Ich habe sofort danach gesucht«, meint Franzi und nimmt einen Jutebeutel vom Gepäckträger. »Na ja, um ehrlich zu sein, ich musste nicht wirklich suchen. Ich wusste ja, wo es ist.«

Leicht verlegen hält sie Jack die Tasche entgegen und sieht ihn erwartungsvoll an.

»Was ist das?«, will Sepp wissen und stellt die Schuhe auf den Boden, um neugierig danach zu grapschen. Doch Jack ist schneller.

»Zu langsam, Papa.« Franzi zieht beide Mundwinkel nach unten, als täte es ihr ernsthaft leid. »Was macht ihr hier eigentlich?«, will sie mit Blick auf die Stiefel wissen.

»Ausklopfen! Die sind voller Dreck. Möchte wissen, woher das kommt.«

Franzi schaut automatisch zu ihren eigenen Schuhen hinab, was Sepp nicht entgeht. Zugleich ertappt und erschrocken wirft sie Jack einen hilfesuchenden Blick zu. Dieser öffnet schnell den Jutebeutel.

»Oh, ein Camcorder!«, meint er einen Tick zu laut und zu überrascht. Doch das Ablenkungsmanöver funktioniert. Statt die Schuhsohlen seiner Tochter zu inspizieren, äugt Sepp nun ebenfalls in die Tüte.

»Ein Käm... – was? Das ist doch deine alte Videokamera! Oder, Franzi? Was ist denn damit? Schenkst du sie her? Kannst du sie nicht mehr brauchen? Die ist doch noch gut!«

War klar, dass Sepp sofort Verlustängste entwickelt. Man verschenkt Dinge nicht oder wirft sie weg. Man lagert sie stattdessen ein, hebt sie auf und kann sie irgendeines Tages bestimmt wieder verwenden.

»Ich habe ein Video für Jakob, das er sich nur mit der Kamera anschauen kann, Papa. Deshalb leihe ich sie ihm aus.«

»Was denn für ein Video?« Sepp versucht verzweifelt, die Kontrolle über die Situation zu erlangen.

»Das kennst du nicht. Ein altes Musikvideo von früher.«

»Du willst jetzt aber nicht wieder anfangen zu singen, oder? Kommst ja so kaum rum mit deinem Haushalt und den Kindern.«

»Keine Angst, Papa!«

»Warum eigentlich nicht?«, mischt sich Jack in das Gespräch ein. »Du hast eine wunderschöne Gesangsstimme. Sehr eindringlich.«

Franzi winkt verlegen ab. Zum Glück steht sie außerhalb des Lichtkegels. Fehlt gerade noch, dass Jack mitbekommt, wie ihr eine leichte Röte ins Gesicht steigt!

»Sepp! Wo bist du?« Geli kommt mit dem Telefon in der Hand an die Haustür und winkt ihren Mann zu sich. »Für dich!«

»Wer denn?«, ruft Sepp zurück und macht sich gleichzeitig auf den Weg in Haus. »Wenn's der Dings ist, weißt schon, der ... äh ... der Dings, dann sag ihm, ich hätt' mich schon noch gemeldet.«

Als er im Haus verschwunden ist, atmet Jack erleichtert aus. Er nimmt die kleine Camcorderkassette aus der Tüte und betrachtet die Aufschrift.

Eine Strähne seines langen Haares hat sich vom Ohr gelöst und fällt ihm ins Gesicht.

»Ist das die Originalkassette mit all den Sachen drauf, die wir sonst auch noch gefilmt haben? Du weißt schon, Rumgeblödel, Bandprobe und so weiter?«

»Alles drauf. Eine Kopie des fertigen Videos ist auf dem USB-Stick. Ist bestimmt aufregend zu sehen, wie wir mit Anfang zwanzig waren.«

»Wie sollen wir schon gewesen sein?« Jack zuckt grinsend mit den Schultern, als er das Tape in die Tasche zurücklegt. »Jung, schön, begabt und voller Enthusiasmus.«

Franzi boxt ihn lachend gegen die Schulter. »Wir könnten das Video zusammen ansehen, wenn du möchtest?«

Jack verkneift sich ein *Das Video, das mein Nachfolger zusammengestöpselt hat?* Schließlich scheint ihm Franzi das Telefonat mit Cora auch nicht mehr nachzutragen.

»Ein Trip in die Vergangenheit! Ganz gemütlich auf der Couch. Wie wäre es mit morgen Abend?«

»Geht leider nicht. Elternabend.«

»Nachmittags?«

»Tut mir leid, aber da sind Hausaufgaben angesagt. Wenn ich die Kinder alleine lasse, machen sie alles Mögliche, nur nicht ihre Schulhefte aufschlagen.« Franzi hebt entschuldigend die Hände.

»Verstehe. Wann würde es dir denn passen?«, versucht Jack sich einem Termin zu nähern.

»Vormittags. Da sind sie in der Schule.«

»Vormittags?«, wiederholt er mit gespielter Entrüstung. »Ich bin Musiker! Du verlangst Unmögliches von mir!«

»Tja, dann eben nicht.« Was Jack kann, kann Franzi schon lange. »War mir eine Freude, mit dir gesprochen zu haben, Jack Blackbird.«

»Also gut, sagen wir elf Uhr? Denkst du, das ließe sich in deinen Familientagesablauf integrieren? Dann könnte ich vorher noch die heutigen Aufnahmen editieren. Mike schläft vermutlich sowieso bis Mittag.«

Sie verabschieden sich, jeder mit einem Gefühl der Vorfreude in der Brust und Jack steigt mit Socken und einem Grinsen im Gesicht ins Obergeschoß hinauf. Entfernt nimmt er wahr, dass Sepp noch immer telefoniert. Der Weg ins Bett ist also frei. Zuvor schließt Jack fröhlich pfeifend den

Camcorder am Fernseher an und überprüft den Akkustand. Es kostet ihn einiges an Willenskraft, sich das Video nicht sofort anzusehen.

Am nächsten Tag macht er sich bereits kurz nach acht auf den Weg zum Proberaum. Zu seinem Erstaunen trifft er dort auf Mike.

»Alter, wo warst du? Hast du wieder bei Simon gepennt?«

»Jo. Mit dem Kerl kann man echt gut abhängen.«

»Aha.« Jack fährt den Rechner hoch und beglückwünscht sich innerlich zu seiner Idee, mit Mike in Katzbrück untergetaucht zu sein. Nach dem chaotischen Beginn scheint nun doch alles seinen Lauf zu nehmen. Sie haben einen Proberaum, Mike ist weg von der Szene und mit Franzi ist ein lange verlorengegangenes Puzzleteil in sein Leben zurückgekehrt. Auch wenn er noch nicht genau weiß, was er damit anfangen soll.

»Hier drin wird nicht geraucht, Mike!« Jack muss nicht einmal seinen Blick vom Bildschirm abwenden, um zu wissen, dass Mike soeben seinen Tabak aus der Hosentasche geholt hat. Er kennt das Rascheln der Verpackung nur zu gut.

»Das ist ein verdammter Proberaum!«

»Aber nicht unser Proberaum, sondern der des Jugendblasorchesters. Was machst du eigentlich so früh schon hier?«

Mike dreht sich eine Zigarette, klemmt sie hinter das Ohr und lehnt sich entspannt gegen die Wand. »Ich konnte nicht mehr schlafen. Die Couch ist eine Katastrophe. Jede Hängematte ist bequemer als dieses durchgesessene Ding.«

»Wieso schläfst du nicht bei Sepp? Da sind vier Betten. Such dir eines aus.«

»Warum eigentlich so viel? Hat der ein Hotel oder sowas in der Art?«

»Soweit ich weiß, hat Betti eine Handvoll Kinder. Die müssen schließlich irgendwo pennen, wenn sie auf Heimaturlaub sind.«

Mike verdreht die Augen hinter seiner Sonnenbrille. Kinder! Wenn er das schon hört. Er hat sich vor drei Jahren einer Vasektomie unterzogen und würde deshalb niemals Gefahr laufen, eines seiner Betthäschen versehentlich zu schwängern.

»Tja, jedem, wie er es verdient.« Mike zuckt mit den Schultern.

»Du tust ja gerade so, als ob Kinder eine Strafe wären.« Jack denkt unwillkürlich an Franzi. Er hat ihre Kinder nie kennengelernt, kann sich aber vorstellen, dass sie sympathische, aufgeweckte Menschen sind. Wie heißen sie eigentlich? Vielleicht würde er sie bei Gelegenheit danach fragen.

»Für mich wären Kinder eine Strafe«, behauptet Mike im Brustton der Überzeugung und deutet an sich herunter. »Oder sehe ich etwa aus wie jemand, der am Elternabend im Stuhlkreis sitzt und sich Gedanken um einen Bausparvertrag macht?«

»Wer sagt denn, dass Väter nicht so aussehen können wie du? Das bisschen zerfetzte Jeans und ein ausgestreckter Stinkefinger auf dem T-Shirt ist schon lange nichts mehr, was Angst und Schrecken bei den Mitmenschen hervorruft. Mit Anzug, Fliege und Seitenscheitel würdest du vermutlich eher auffallen.«

Wie Franzis Mann Sebastian wohl zum Elternabend geht? Er war mal Musiker, es könnte also gut sein, dass er ebenfalls lange Haare hat oder tätowiert ist. Wobei auch Tätowierungen heutzutage keine Besonderheit mehr sind. Jede Hausfrau ist mittlerweile tätowiert. Und wenn es nur der Name ihres Kindes samt Geburtsdatum ist. Er hat schon unzählige Unterarme gesehen, auf denen in riesigen, schnörkeligen Buchstaben »Leonie 10-07-18« oder Ähnliches steht. Was denken sich die jungen Eltern eigentlich dabei? Klar, so ein Baby sorgt für ein Übermaß an Glückshormonen, dazu der Schlafmangel, da macht man schon mal unüberlegte Dinge. Aber mit Leonie auf dem Unterarm steht doch fest, dass jede weitere Geburt automatisch einen Termin beim Tätowierer nach sich zieht. Keiner mag Klein-Marvin erklären müssen, weshalb seine große Schwester verewigt wurde, er aber nicht. Und was, wenn es mehr als zwei Kinder werden? Muss das Dritte dann auf den Oberarm? Beschwört man damit nicht automatisch Konfliktpotenzial zwischen den Geschwistern hervor?

Dir haben sie zwar den Führerschein gezahlt, dafür ist mein Name auf Mamas Unterarm. Seit sie im Sommer statt Tanktops nur noch T-Shirts mit Ärmeln trägt, bist du quasi nicht mehr vorhanden!

Jack versucht, sich vorzustellen, wie es wäre, wenn Hedwig seinen Namen und sein Geburtsdatum quer über ihrem Arm stehen hätte – es schüttelt ihn innerlich bei dem Gedanken daran.

»Nenn mir einen erfolgreichen, großen Namen, Jack, der Verantwortung für ein Kind trägt.« Mike reckt herausfordernd sein Kinn in die Höhe. »Ich rede hier nicht von Kinder zeugen, sondern davon, dass man für den Balg da ist, die Vaterrolle ausfüllt, sich Zeit nimmt.«

Jack schaut verwundert auf. »Wo kommt denn das jetzt plötzlich her, Mike Wagner?«

»Sieh dich doch nur mal um. Mauerbach, der beste Produzent, den du hierzulande für Geld bekommen kannst – kinderlos. Viselsky, der eiskalte, auf Profit getrimmte Plattenproduzent: Schwimmt in Geld, aber schert sich einen

Dreck um seine Tochter. Stopft sie mit Kohle voll, um sein schlechtes Gewissen zu beruhigen und hat ansonsten nichts mit ihr am Hut.«

»Viselsky ist ein Arschloch und der plötzlich jetzt doch wieder allerbeste Mauerbach ist schwul und Single«, wirft Jack ein. Doch Mike redet unbeirrt weiter.

»Ich – kinderlos. Lemmy Kilmister von Motörhead, ein Idol, ein Gott – kinderlos. Rob Halford von Judas Priest – kinderlos. Nur wenn du keine Verantwortung hast, kannst du frei sein.«

»Lemmy war ein alkoholabhängiger Drogenjunkie, aber sogar er hatte ein Kind. Und Rob? Genauso schwul wie Mauerbach.«

»Lemmy hatte ein Kind?« Mike nimmt seine Sonnenbrille ab und hängt sie mit einem Bügel in den Halsausschnitt des T-Shirts. Er ist sichtlich überrascht. »Bist du sicher?«

»Er hat einen Sohn, den er aber erst kennengelernt hat, als dieser ein Teenager war. Ich glaube sogar bei einem Drogendeal.«

»Krass, das wusste ich gar nicht. Was aber wieder bestätigt, was ich gesagt habe: Er hatte zwar ein Kind, aber keine Verantwortung.«

»Alle, die du jetzt aufgezählt hast, sind entweder komplett abgefuckt oder schwul. Was soll das bitte schön beweisen?«

»Hey, ich habe mich selbst auch mit aufgezählt, Alter.«

»Wenn du nicht schwul bist, dann weißt du ja, in welche Kategorie du gehörst.«

»Check!«

»Ernsthaft? Das ist dein Ziel im Leben?«

Mike grinst süffisant, stößt sich von der Wand ab und beginnt im Proberaum auf und ab zu tigern, während er einen eindringlichen Monolog hält.

»Das Wichtigste für den Erfolg ist doch, das Musikerdasein mit allen Poren zu leben. Wenn du das nicht tust, wirst du es nie an die Spitze schaffen. Und das, Jack Blackbird, ist die größte Hürde. Daran scheitern die meisten. Sie wollen Erfolg und gleichzeitig die Sicherheit eines Bausparvertrages. Das riechen die Fans. Sie können einen echten Rockstar von einer angezogenen Handbremse unterscheiden. Schaffen werden es nur die, die tausend Prozent das leben, wovon sie in ihren Liedern singen. Der Rest verdurstet unterwegs.«

»Du meinst, Familie und die ganz großen Bühnen lassen sich nicht vereinen?«

»Niemals!«

Jack schweigt. Er ist zwar auch der Meinung, dass man sich der Musik zu hundert Prozent widmen muss, wenn man an die Spitze gelangen möchte, aber so radikal hat er das Ganze noch nie betrachtet. Über Kinder hat er sich bisher noch nie wirklich Gedanken gemacht, es gab keinen Anlass dazu. Als Mann besitzt er keine biologische Uhr, die ihn zu einer Entscheidung drängt.

»Uns beiden steht auf jeden Fall nichts im Weg.« Mike boxt ihn an die Schulter. »Ich verschwinde mal und hau mich in einem von Sepps vielen Betten eine Runde aufs Ohr.«

»Logisch. Seit wann begibt sich ein Profisänger schon in den Proberaum, um zu arbeiten?« Jack wendet sich kopfschüttelnd dem Laptop zu, um die Tonspuren des Vortages zu editieren, als Mike im Rausgehen etwas sagt, das ihm sofort den Magen zusammenschnürt.

»Übrigens hat Cora gestern bei mir angerufen. Sie wollte wissen, wo du bist.«

Cora, dieses durchtriebene Luder! »Wie bitte?«

»Hab ihr die Adresse durchgegeben.«

Jack springt von seinem Stuhl auf und stürmt auf Mike zu. »Sag mal, spinnst du? Du kannst ihr doch nicht meine Adresse geben! Hast du sie noch alle?«

»Hey, hey, komm mal wieder runter. Ich habe ihr die Adresse von Sepp gegeben.«

»Na, dann ist ja alles bestens!« keift ihn Jack vor Sarkasmus triefend an.

Mike grinst anzüglich. »Sie hat gesagt *Danke, ich werde mich bei Gelegenheit dafür revanchieren.*« Er zündet sich seine Kippe an und streckt im Gehen Zeigefinger und kleinen Finger in die Luft. »Entspann dich, Jack. Wir sind Musiker, das Leben ist ein einziger Rock 'n' Roll.«

Mike, dieser Idiot, wie konnte er nur? Und Cora, dieses Miststück! Kommt über die Hintertür an seinen Aufenthaltsort. Hat er ihr nicht deutlich genug zu verstehen gegeben, dass er sie nicht sehen will? Er kennt Cora. Sie wird keine Sekunde zögern und demnächst bei ihm auftauchen – wenn sie nicht schon längst unterwegs hierher ist. Ihm wird ganz übel bei der Vorstellung, dass die glutäugige Sexbombe bei den Brandls an der Haustür steht. Mit ihren ausgeschnittenen Tops, den perfekten Möpsen, der rauchigen Stimme. Ja, es gab eine Zeit, da liebte er all das an ihr. Aber auf Dauer hatte diese Beziehung keine Zukunft, dafür waren sie zu verschieden. Cora lebt für das Vergnügen und ist auf gewisse Art und Weise viel zu oberflächlich, als dass Jack sie als Partnerin ernsthaft in Betracht ziehen würde. Er hat schon vor einiger Zeit einen Schlussstrich gezogen, den sie jedoch geflissentlich ignoriert. Cora gehört nicht nach Katzbrück, sie gehört überhaupt nicht mehr in sein Leben. Jack ahnt, dass ihm diese selbstbewusste Leichtigkeit, die ihm anfangs so sehr an ihr gefallen hat, langsam zum Verhängnis werden könnte. Seufzend greift er nach der

Maus, öffnet die gestrigen Tonspuren und beginnt, sie zu bearbeiten.

Gegen halb elf schließt Jack das Audioprogramm und fährt den PC runter. Bei dem Gedanken an das Videoschauen mit Franzi breitet sich eine angenehme Nervosität in ihm aus. *Scheiß auf Cora, den Brand oder Mauerbach! Ich habe mir auch mal eine Stunde Auszeit verdient.*

Doch er hat die Rechnung ohne Sepp gemacht, der gerade am Hänger rumhantiert hat und ihm jetzt aufgeregt entgegenkommt.

»Wo warst du denn?«

»Ich war im Probe...«

»Die Hedwig hat mich gestern angerufen!«, unterbricht ihn Sepp. »Sie wollte wissen, wie schlimm es wirklich ist.«

»Mama?« Jacks Miene versteinert sich. Seine gute Laune verwandelt sich schlagartig in eine böse Vorahnung. »Du hast es hoffentlich nicht schlimmer gemacht, als es ist, oder?«

»Was heißt, schlimmer gemacht? Ich hab ihr die Wahrheit gesagt.«

»Und was ist deiner Ansicht nach die Wahrheit?«

Sepp kratzt sich verlegen am Kopf und druckst ein wenig herum. »Passt der Proberaum für euch? Ich meine, könnt ihr da g'scheit arbeiten?«

»Können wir. Und Mama? Welches Bild hat sie nun von ihrem Haus?«

»Was für ein Glück, dass sie diesen Raum gerade frei haben, oder? Was Besseres hätte euch doch gar nicht passieren können, jetzt wo ...«

»Sepp! Was hast du Mama erzählt?«, unterbricht Jack energisch.

»Ja mei, du kennst sie ja. Hat natürlich gleich völlig überreagiert.«

Jack fixiert Sepp mit eisigem Blick und betont jedes einzelne der nächsten Worte: »Was – hast – du – gesagt?«

»Dass es gebrannt hat.«

»Was noch?« Am liebsten würde er die Antwort aus Sepp rausschütteln.

»So wie es ist. Mehr nicht. Hast du mich nicht reden gehört gestern? Als du mit Franzi draußen standest?«

»Mama war der Anruf?«

»Ich dachte, du hörst mit. Was ist eigentlich mit dieser Videokamera, funktioniert die noch?«

Jack muss sich sehr zurückhalten, um nicht die Geduld zu verlieren. Er erfährt nun am eigenen Leib, was Franzi mit *anstrengend* meint. Bemüht ruhig sagt er:

»Würdest du mir jetzt bitte genau beschreiben, was du Mama erzählt hast?«

»Das habe ich doch schon gesagt, dass es gebrannt hat.«

»Sie wollte es doch sicher etwas genauer wissen.«

»Und wie! Tausend Nachfragen hatte sie! Als ich ihr dann gesagt hab, dass die Feuerwehr die ganze Einfahrt plattgefahren hat und sie vermutlich einen Erdaustausch machen muss, weil der Boden so verdichtet ist, dass darauf nie wieder etwas wachsen wird, hat sie angefangen zu weinen.«

Jack wirft einen Blick über den Gartenzaun. Ja, die Blumen würde man dieses Jahr nicht mehr zum Leben erwecken können. Aber Erdaustausch?

»Findest du nicht, dass du etwas übertrieben hast, Sepp?«

»Das Erdgeschoss ist auf jeden Fall für längere Zeit nicht mehr bewohnbar.«

»Hast du ihr das so gesagt?«

»Nein, natürlich nicht. Ich hab gesagt, sie soll ihre Weltreise um ein halbes Jahr verlängern, weil sie daheim eh nicht mehr ins Haus kann.« Sepp fuchtelt mit dem Zeigefinger Richtung Nachbarhaus. »Nach so einem Brand muss doch erst mal alles generalsaniert werden. Wer weiß, ob das überhaupt jemals wieder bewohnbar ist.«

»Der Brandsanierer meinte, dass er in vier bis sechs Wochen fertig wäre.«

»Ah geh.« Sepp ist für einen kurzen Moment ehrlich überrascht, hat sich aber schnell wieder im Griff. »Da wirst du dir schon so einen Hallodri an Land gezogen haben. Die lügen dir doch das Blaue vom Himmel, nur damit sie den Auftrag bekommen. Zahl ja nicht im Voraus, sonst siehst du den nie wieder!«

»Mama denkt also, das Haus ist für ein halbes Jahr unbewohnbar?« Jack versucht, sachlich zu denken. Er muss dringend seine Mutter anrufen und klarstellen, dass Sepp völlig übertrieben hat.

»Ist es ja auch. Ich hab ihr aber gesagt, dass du bei mir wohnst. Und dass für sie auch noch Platz ist, wenn sie wieder zurückkommt.«

»Mama muss doch nicht bei dir wohnen!« Jack ist kurz davor, sich die Haare zu raufen. Das wird ja immer schlimmer! »Bis sie wieder hier ist, ist das Haus längst renoviert!«

»Das glaube ich nicht«, widerspricht Sepp etwas kleinlaut.

»Oh doch, das glaube ich schon!«

»Na ja, es ist so ...« Sepp kratzt sich erneut am Kopf. *Wenn er so weitermacht, hat er bald gar keine Haare mehr*, denkt Jack in diesem Moment überflüssigerweise.

»... sie will sofort zurück. Mit dem nächsten Flug.«

»WAS?«

»Geli kocht heute Spaghetti Bolognese. Mit Salat! Magst du Spaghetti?«

»Mama kommt zurück? Jetzt?«

»Ich sag's dir, du wirst begeistert sein. Gelis Bolognese ist ein Traum!«

»Scheiße, Mann. Das ist eine Katastrophe!« Jack schlägt die Hände über dem Kopf zusammen. »Sie wird nur rumjammern, im Weg stehen und in einer Tour darüber lamentieren, wie schlecht es ihr mit der Situation geht.«

Am liebsten würde er Sepp ins Gesicht schreien, was er für ein Idiot ist. Wie konnte er seiner Mutter nur so einen Schwachsinn erzählen?

»Wenn der Brandschadensanierer mit seiner Arbeit fertig ist, wird man nichts mehr vom Brand bemerken. Das hat mir der Typ am Telefon versichert! Mama wäre nach Hause gekommen und alles wäre gewesen wie immer – bis auf ein paar neue Möbel natürlich. Verdammt, Sepp! Was hast du dir nur dabei gedacht?« Jack starrt seinen Nachbarn wütend an.

»Steiger dich doch nicht so rein. Sie wär' so oder so wieder heimgekommen.«

»Aber erst in drei Monaten!«

»Ich muss schnell rein und fragen, ob Geli meine Hilfe braucht, man kann sie ja nicht alles alleine machen lassen, jetzt wo so viele ...«

Den Rest des Satzes vernimmt Jack nur noch als fernes Gebrumme, weil Sepp im Haus verschwunden ist.

Fade out, schießt es ihm durch den Kopf. Das langsame Leiserwerden eines Liedes, bis nichts mehr zu hören ist. Anscheinend auch bei Sepp zu finden.

Eine Weile bleibt Jack fassungslos in der Hofeinfahrt stehen, unfähig sich zu bewegen. Hedwig kommt mit dem nächsten Flug zurück!

Das heißt, die Handwerker würden keine ruhige Minute haben und er selbst auch nicht. Seine Mutter ist unangefochtene Meisterin darin, sämtliche Aufmerksamkeit auf sich zu ziehen. Sie redet viel und steht immer im Mittelpunkt ihrer Erzählungen. Sogar dann, wenn sie lediglich von einer unwichtigen Fernsehsendung berichtet. Am Ende bekommt sie stets die Kurve zu sich selbst.

Gestern bei RTL, da haben sie eine gezeigt, die hat sich alles machen lassen. Busen vergrößern, Gesicht straffen, Lippen aufspritzen. Also ich würde mich so einem Risiko nicht freiwillig aussetzen. Narkose, Krankenhauskeime, was da alles passieren kann! Wenn, dann würde ich mir höchstens die Lider machen lassen, wegen der Schlupf-augen. Zum Glück habe ich eine Brille, die kaschiert das ein wenig.

Oft hat sie – ähnlich wie Sepp – auch gleich noch freundliche Verbesserungsvorschläge parat:

Du solltest dir auch bald eine Brille zulegen, Jakob! Man kann da auch Fensterglas reinmachen lassen. Das haben heutzutage viele. Hauptsache, du hast etwas im Gesicht, das von den Falten ablenkt!

Vielleicht war sie mit ein Grund, weshalb er damals so überstürzt nach Berlin gezogen ist, weit weg von zu Hause.

Jack zieht sein Handy aus der Hosentasche. Keine Nach-richt von ihr. Ob er sie anrufen und zum Bleiben überreden soll? Falls es stimmt, was Sepp sagt und sie sich wirklich vorgenommen hat, mit dem nächsten Flieger heimzukom-men, kann er sie sowieso nicht mehr aufhalten. Wenn sich seine Mutter erst einmal etwas in den Kopf gesetzt hat, ist sie sturer als eine ganze Herde Esel. Am liebsten würde Jack seinen Kram zusammenpacken und so schnell wie möglich nach Berlin zurückkehren.

»Wartest du auf mich?«

Erschrocken wirbelt er herum. Franzi.

»Ähm, sozusagen.« Jack grinst etwas verlegen und drückt sie zur Begrüßung kurz an sich.

»Ist alles okay bei dir, Jakob? Du wirkst so … gestresst?«

Jack winkt ab. »Alles gut. Es ist nichts. Hab mir nur gerade ein paar Gedanken wegen des Brandes gemacht.« Er möchte sich die Zeit mit Franzi nicht durch Gespräche über seine Mutter verderben lassen. »Bist du bereit für das Video?«

»Und wie!«

Mit einer galanten Handbewegung deutet er an, dass er ihr den Vortritt lässt und so stapft sie munter plappernd vor ihm die Treppe hoch.

»Ich bin richtig gespannt, was auf der Kassette alles drauf ist. Wir haben ja früher unglaublich viel gefilmt, weißt du noch?«

»Natürlich weiß ich das noch.«

»Vielleicht ist da auch die eine Szene drauf, als ich versucht habe, dir ein Geburtstagslied auf der Gitarre vorzuspielen. Mein Gott, war das peinlich!«

»War es nicht! Ich war sehr gerührt, damals.«

»Warst du das wirklich?« Franzi bleibt vor der Wohnungstür stehen und sieht Jack fragend an.

»Ich gebe zu, dass du nicht sonderlich gut gespielt hast, aber ich habe noch nie jemanden mit so viel Liebe singen hören. Das hat mich sehr berührt.«

Franzi dreht sich schnell um, damit er nicht bemerkt, wie verlegen sie dieser Satz macht. Sie drückt die Türklinke herunter, öffnet die Tür und zögert. Von drinnen ertönt lautes Gelächter.

Jack kennt dieses Lachen. Dieses laute, alles beherrschende Lachen. Sofort kochen Wut und Zorn gleichermaßen in ihm hoch. Wie ist sie hier reingekommen? Energisch drängt er sich an Franzi vorbei und stürmt in die Wohnung. Sein Blick fokussiert sich sofort auf Cora und Mike, die auf der Couch liegen und sich königlich zu amüsieren scheinen. Auf dem

Fernsehbildschirm versucht eine zwanzig Jahre jüngere Franzi unter Jacks Anweisung, eine Gitarrensaite aufzuziehen.

»Was hast du hier verloren?«, brüllt Jack und funkelt Cora wütend an. Diese lächelt ihm amüsiert zu, was Jack nur noch wütender macht. »Was zur Hölle fällt euch ein, meine privaten Aufnahmen anzusehen?« Er marschiert quer durch den Raum, direkt auf sie zu.

Ich bekomme das nicht rumgewickelt, Jakob, jammert Fernseh-Franzi, während Cora blitzschnell realisiert, dass es Jack auf die Fernbedienung abgesehen hat, die vor ihr auf der Couch liegt. Schnell rollt sie sich bäuchlings darauf.

»Lass mal laufen, Jack, ist grad so witzig. Die Dorfpomeranze stellt sich an wie der letzte Mensch.«

Zeig mir noch mal, wie ich das genau machen soll. Und leg endlich die Kamera weg, Schatz.

Jack versucht, Cora wegzudrücken, doch diese greift nach seinem Handgelenk und sieht ihn mit großen Augen unschuldig an.

»Na, ist mir die Überraschung gelungen?«

Schaaatz! Komm bitte her und hilf mir.

Jack entwindet sich ihrem Griff und packt Cora mit der freien Hand am Arm. Sie quietscht theatralisch auf.

»Sweetheart, du tust mir weh! Normalerweise gefällt mir das ja, aber ...«

»Halt die Klappe, Cora!«

Jakobschatz, wenn du mich liebst, ziehst du diese dummen Saiten für mich auf.

»Ups, ist da jemand ungehalten?«

Jakob. Bitte! Ich brauch dich! Leg jetzt die Kamera weg und hilf mir.

Jack schnappt sich mit der freien Hand die Fernbedienung und schaltet den Fernseher aus.

Ruhe.

»Ähm, ich …«

Alle Blicke wandern zu Franzi. Mike und Cora hatten sie bisher noch gar nicht wahrgenommen.

»Das ist doch die vom Video, oder?« Mike rappelt sich auf und sieht verwundert zu Cora. Diese nickt.

»Ein bisschen runder und deutlich älter, aber ja.«

Jack traut seinen Ohren nicht. Hat Cora das gerade tatsächlich gesagt? Dieses Biest!

»Raus!«, brüllt er. »Alle beide!«

Mike ist so überrascht von dem Wutausbruch, dass er hektisch aufspringt. »Beruhig dich mal Alter, wir sind ja schon weg.«

»Beruhigen?« Jack packt Mike am T-Shirt-Kragen, zieht ihn zu sich heran und zischt gefährlich leise: »Du sorgst dafür, dass sie auf der Stelle wieder nach Berlin verschwindet, hast du verstanden?«

»Ist ja gut, ist ja gut.« Mike versucht, einen Schritt zurückzugehen und sich aus Jacks Griff zu befreien. »Komm Cora, lass uns abhauen. Dem sind sämtliche Sicherungen durchgebrannt.«

Doch Cora scheint nicht im mindesten von Jacks Ausbruch beeindruckt zu sein. Sie steht in Zeitlupe auf und stöckelt mit ausladendem Hüftschwung zu Mike. Dann hakt sie sich bei ihm unter, stolziert auf Franzi zu und mustert diese abschätzig.

»Wir wissen ganz genau, wer von uns beiden die Ex ist. Nicht wahr, Schätzchen?«

»Raus!«, donnert Jack und zieht Franzi ins Zimmer. Als er die Tür zugeworfen hat, herrscht erst einmal eisiges Schweigen.

»Es tut mir so leid, Franzi«, beginnt Jack nach einem kurzen Schockmoment zerknirscht. »Ich konnte ja nicht ahnen, dass die zwei das Video ansehen.«

»Das ist deine Freundin?«

»Was heißt hier Freundin ... sie war, ist, eine Bekannte.« Jack sieht Franzi flehentlich an. Er würde sich in diesem Moment selbst nicht glauben, wieso sollte sie es tun?

Franzi verschränkt die Arme vor der Brust und zieht fragend beide Augenbrauen noch oben. »Bekannte.«

»Du weißt schon. Wie das eben nun mal so ist.«

»Ich weiß es leider nicht, wie ist es denn so?«

Jack lässt sich auf die Couch plumpsen, legt den Kopf zurück und schließt die Augen. Als er sie nach einer Weile wieder öffnet, sieht er Franzi, die sich keinen Millimeter bewegt hat, erschöpft an. »Franzi? Wirklich jetzt?«

»Kannst du dir auch nur ansatzweise vorstellen, wie demütigend das soeben für mich war, Jakob?«

»Kann ich.«

»Nein, kannst du nicht!« Erste Tränen rollen über ihre Wangen. »Irgend so ein Typ aus deiner Band und eine halbnackte Barbie mit fünf Pfund Metall im Gesicht sitzen auf der Couch und schauen sich unser privates Video an. Nein, sie schauen es sich nicht nur an, sie machen sich über mich lustig! Was haben sie sonst noch alles gesehen, hm?«

Jack zuckt kraftlos mit den Schultern. »Ich weiß es nicht. Ich kenne den Film nicht.«

»Dann spul zurück. Ich möchte es wissen. Jetzt!«

Sie setzt sich auf die Armlehne der Couch, so weit von Jack entfernt, dass es fast schon lächerlich ist. »Und eins stelle ich hiermit klar, Jakob Schwarzvogel: Mir ist egal, in welcher Beziehung du zu dieser ... dieser Frau stehst. Zu mir stehst du auf jeden Fall in der Beziehung *Ex* und darüber bin ich heilfroh. Bitte teile das bei Gelegenheit deiner Cora mit.«

Jack erwidert nichts. Er kann Franzi irgendwie verstehen.

Während die Kassette zurückspult, breitet sich eine unangenehme Stille im Raum aus. Beide starren auf den schwarzen Bildschirm, enttäuscht, verletzt und zornig über das, was soeben passiert ist. Es ist beinahe erleichternd, dass Jacks Handyklingelton ertönt. Dennoch stöhnt er auf, als er den Namen des Anrufers liest.

»Viselsky, auch das noch! Entschuldige bitte, da muss ich kurz rangehen.« Er steht auf, geht ein paar Schritte beiseite und wischt den grünen Hörer nach oben. »Ja?«

»Mike hat ein Haus abgefackelt?«, legt Viselsky ohne Begrüßung sofort los.

»Es gab einen kleinen Brand. Nichts Wildes.«

»Die Presse schreibt etwas anderes.«

»Du liest den Heidelkirchener Anzeiger?«

»Ich lese die *Berliner Post*.«

Jack schluckt. Scheiße, haben die also Wind von der Sache bekommen.

»*Mike Wagner, Feuerteufel*«, liest Viselsky laut vor. »*Der Sänger der Rockband Black Birds ist nicht zu bändigen. Nach seinen nächtlichen Eskapaden gerät der Rock Rebell erneut in die Schlagzeilen. Im beschaulichen Katzbrück, einem kleinen bayerischen Dorf, hat Mike Wagner womöglich ein Einfamilienhaus in Schutt und Asche gelegt.*« Es entsteht eine kurze, unangenehme Pause, bevor Viselsky in den Hörer brüllt.

»Was verdammt noch mal läuft da bei euch?«

Während er im Raum auf und ab tigert, versucht Jack, die Lage zu erklären.

»Mike kann nichts dafür. Ein paar Kerzen haben einen Brand ausgelöst. Es wurde niemand verletzt.«

»Was ist mit den Aufnahmen?«

»Konnte ich retten.«

»Wenigstens das. Wann bekomme ich etwas zu hören? Es gehen Gerüchte um, dass *First Unit* bald ihr neues

Album auf den Markt bringen. Wir müssen vor ihnen rauskommen. Wie lange braucht ihr noch?«

»Rob, ich kann nicht zaubern. Wie stellst du dir das vor?«

»Wozu seid ihr denn ans Ende der Welt gefahren? Um
Candle-Light-Dinner zu veranstalten, oder um zu arbeiten?«

»Wir arbeiten, Rob!«

»Dann arbeitet gefälligst schneller. Ende der Woche
will ich die ersten Songs hören, sonst bekommt dein Budget
jemand anderes.«

Aufgelegt.

Fuck! Jack lässt sich auf die Couch sinken und starrt
konsterniert auf das Display seines Telefons.

»Ärger?«

»Kann man so sagen.«

»Mit wem?« Franzi rutscht von der Armlehne auf die
Sitzfläche und sieht Jack mitfühlend an.

»Mit meinem Boss. Viselsky. Er dreht am Rad, weil er
von dem Brand Wind bekommen hat.«

»Und?«

»Und? Wir haben gerade mal zwei Songs im Kasten.
Mike macht nur Unfug, säuft rum, pennt ewig. Wie soll ich
da vernünftig arbeiten?« Jack sieht ehrlich verzweifelt aus.

»Dann hol dir einen anderen Sänger. Einen, der es
ernst meint mit der Musik.«

»Das geht nicht. Mike ist das Aushängeschild der Band.«

Franzi zuckt lediglich mit den Schultern. »Dann hast du
eben ab sofort ein anderes Aushängeschild. Niemand ist
unersetzlich, auch Mike nicht.«

»So einfach, wie du dir das vorstellst, ist das nicht. Ich
bin bei Viselsky unter Vertrag, er bestimmt.«

»Und nun hast du gar nichts mehr zu sagen, Jakob?«

»Na ja, doch, ...« Jack seufzt tief. »Nein«, murmelt er
schließlich, »eigentlich nicht.«

»Dann ist es auch nicht mehr deine Band. Es ist Viselskys Band.«

Natürlich ist Black Birds seine Band. Irgendwie.

»Jakob«, beginnt Franzi und legt die Hand auf seinen Arm. »Ich habe, seit du wieder in Katzbrück bist, noch nicht viel Zeit mit dir verbracht. Aber ich sehe doch, wie dich das ganze auffrisst. Du bist nicht mehr der Jakob, den ich kenne, der für seine Musik gebrannt hat, der Erfüllung im Musikmachen gefunden hat.« Sie wartet, doch Jack starrt ausdruckslos auf einen imaginären Punkt am Fußboden. Franzi ist sich nicht mal sicher, ob er überhaupt hört, was sie sagt. »Du bist angespannt, lässt dir von Mike auf der Nase herumtanzen. Wenn ich das hier richtig verstanden habe, bist du im Endeffekt nichts weiter als eine Marionette dieses Viselskey. Ist das der große Traum, von dem du früher immer gesprochen hast?«

Als Jack seinen Kopf hebt, ist sein Blick traurig, matt und nachdenklich zugleich. Einige Sekunden vergehen, bis Franzi so vorsichtig wie möglich fragt: »Was willst du jetzt tun?«

»Lass uns das Video anschauen, Franzi. Ich möchte den Feuerstunt sehen.« Er holt den USB-Stick aus dem Jutebeutel, steckt ihn in den Fernseher und drückt auf Play.

Aus den Lautsprechern ertönt rhythmisches Gitarrenspiel, während die Kamera über einen Schrottplatz schwenkt. Franzis Stimme setzt ein – kraftvoll und gleichzeitig melodiös. Das Bild ruht für ein paar Takte auf mannshohen Flammen, die in der Mitte des Platzes lodern, während im Hintergrund ein Motorrad angefahren kommt. Auf der Maschine sitzt eine jüngere Version von Jack mit offenen Haaren, Lederjacke und Sonnenbrille. Er kurvt einmal um das Feuer herum und verschwindet wieder dahinter. Die Kamera schwenkt leicht zur Seite, zoomt und man sieht

Jack, wie er mit Vollgas auf die Flammen zufährt. Der Zoom geht wieder zurück – für einen Moment meint man, das Feuer hätte ihn verschluckt –, doch im nächsten Augenblick prescht er wie ein Berserker über die Flammen hinweg. Gleichzeitig kommt der Song mit einem treibenden Doppelrefrain zum Höhepunkt, das Gitarrensolo setzt ein, während der Stunt immer und immer wieder in Slow Motion gezeigt wird. Als am Ende Franzis Stimme gemeinsam mit dem letzten Ton der Gitarre ausklingt, zoomt die Kamera in die Flammen, bis nur noch flackerndes Rot zu erkennen ist.

Jack drückt auf *Pause*.

Er ist gefesselt von dem, was er soeben gehört und gesehen hat. Qualitativ ist das Video eine Katastrophe. Doch das Gefühl, das dieser Song in ihm auslöst, die Gänsehaut, die beim Hören der Musik an seinem Körper entlangkroch, ist unbeschreiblich. Franzi scheint ebenfalls ergriffen zu sein, denn auch sie starrt weiterhin reglos auf den Bildschirm.

In Interviews predigt Jack immer und immer wieder, wie sehr Musik die Emotionen der Menschen ansprechen kann. *Sie kennen das doch sicher auch. Da kommt ein Song im Radio, der Sie in Ihrer Erinnerung schlagartig an einen anderen Ort katapultiert. Plötzlich bist du wieder im Spanienurlaub 1997. Du spürst die Hitze auf deiner Haut, hast den salzigen Geruch des Meeres in deiner Nase und fühlst die Freiheit, die der Urlaub damals für dich bedeutete. Dieser eine Song kann all das innerhalb von Sekunden in dein Leben zurückholen. Das ist die Macht und Magie der Musik.*

Out Of The Fire ist Jacks persönlicher Spanienurlaub. Er schließt die Augen, möchte ihn wirken lassen, das Gefühl der Euphorie genießen, das leise an seiner Erinnerung

klopft. Die Euphorie, die er immer dann besonders intensiv gespürt hat, wenn er früher Musik gemacht hat. Mit
Franzi.

OUT OF THE FIRE FRANZI SANWALD

the heat is on, the flames are rising
my passion perpetuates
there is a clarity within your eyes
my excitement accelerates

by your side
I am not afraid to burn
ignite my rebel flare
to the point of no return

out of the fire
flying high with the world at our feet
out of the fire
our demons always hot on our heels
out of the fire
wild at heart and always ready for a fight
kickstart a legend tonight

we are heading for new horizons
flash burn, sometimes ready to drop
no turning back, no compromising
never stop, always over the top

by your side
I'm bound to leave it all behind
ignite my rebel flare
to burn the time that's out of mind

out of the fire
flying high with the world at our feet
out of the fire
our demons always hot on our heels
out of the fire
wild at heart and always ready for a fight
kickstart a legend tonight

AUS DEM FEUER

es ist heiß, die Flammen wachsen
meine Leidenschaft ist echt
da ist diese Klarheit in deinen Augen
meine Aufregung nimmt Fahrt auf

an deiner Seite
habe ich keine Angst zu Brennen
entzünde meine rebellische Flamme
bis wir den Punkt erreichen, an dem es kein Zurück mehr
gibt

aus dem Feuer
wir fliegen hoch oben und die Welt liegt uns zu Füßen
aus dem Feuer
unsere Dämonen sind uns stets auf den Fersen
aus dem Feuer
wild im Herzen und bereit für einen Kampf
der Kickstart einer Legende heute Nacht

wir brechen auf in Richtung neuer Horizonte
Verbrennungen aller Art, manchmal sind wir an den Punkt
alles hinzuschmeißen
doch es gibt keinen Weg zurück, keine Kompromisse
wir hören niemals auf, zu viel ist nicht genug

an deiner Seite
komme ich nicht umhin, es alles hinter mir zu lassen
entzünde meine rebellische Flamme
lass uns die alte Zeit verbrennen

aus dem Feuer
wir fliegen hoch oben und die Welt liegt uns zu Füßen
aus dem Feuer
unsere Dämonen sind uns stets auf den Fersen
aus dem Feuer
wild im Herzen und bereit für einen Kampf
der Kickstart einer Legende heute Nacht

ZURÜCK ZU DIR

»Da seid ihr also!« Ohne anzuklopfen betritt Sepp die Wohnung und sieht sich um. »Der Michl ist mir gerade mit seiner Freundin begegnet. Wohnt die jetzt auch hier?«

»Bestimmt nicht!«, antworten Jack und Franzi wie aus einem Mund. Überrascht sehen sie sich an. *Zumindest in dieser Sache sind wir uns einig*, denkt Jack und wünscht sich, sie würde etwas näher zu ihm heranrücken. Sepp schleicht währenddessen um den Fernseher und betrachtet das Standbild. »Hast du den Brand etwa gefilmt?«

»Das ist ein uraltes Video, Sepp.«

»Ein Video? Bei dem schönen Wetter? Habt ihr denn nichts Besseres zu tun?«

Franzi funkelt ihren Vater herausfordernd an. »Hast du denn nichts Besseres zu tun, als hier oben rumzuschnüffeln?«

»Gehts halt mal raus an die frische Luft! Die Sonne scheint, und ihr hockts da herinnen und schauts aus der Wäsche, als wäre gerade der Leichenfledderer vorbeigekommen.«

»Ist er irgendwie auch«, murmelt Jack.

Franzi wirft ihm einen besorgten Blick zu, während Sepp unbeirrt weiterredet.

»Magst du mitessen, Franzi? Dann sag ich der Mama schnell Bescheid, dass sie ein paar Nudeln mehr reinhaut.«

»Wie meinst du das, Jakob?«

Jack schüttelt nachdenklich den Kopf. »Das Video, Viselskys Anruf ...«, beginnt er, spricht den Satz aber nicht zu Ende.

»Soll ich die Geli fragen, ob das Essen auch noch für die Kinder reicht?«

»Papa! Jetzt lass uns bitte alleine, wir wollen etwas besprechen.«

»Das könnt ihr doch draußen auch. Der Michl und seine Freundin machen das schon richtig und drehen eine Runde mit der Harley. Ist ideales Motorradwetter heute!«

»Mit der Harley? *Meiner* Harley?« Schlagartig ist Jack auf den Beinen. »Der weiß genau, dass meine Maschine tabu für ihn ist«, schimpft er und eilt zum Fenster. Tatsächlich! Das Motorrad steht nicht mehr an der Straße. Hatte er sich vorhin während des Videoschauens also doch nicht getäuscht, als er dachte, er würde ein vertrautes Knattern hören.

»Ist der Idiot von allen guten Geistern verlassen? Was will er mit dieser Provokation erreichen?« Jack marschiert auf und ab, während er hektisch auf seinem Smartphone herumwischt.

Verwundert sieht ihm Sepp dabei zu und schüttelt den nahezu haarlosen Kopf. »Um Gottes Willen, jetzt beruhig dich mal wieder. Du führst dich ja auf, als wäre sonst was passiert!« Nach dieser Anweisung widmet er sich wieder den wirklich wichtigen Dingen. »Den Fernseher musst du ausschalten, was glaubst du, wieviel Strom der frisst?« Er greift nach der Fernbedienung, betätigt den Aus-Knopf, geht anschließend zum Fernseher und drückt den roten Schalter der Mehrfachsteckdose, an die das Gerät angeschlossen ist. »Standby braucht am meisten Strom.«

»Dieser Mistkerl geht nicht ran!«, flucht Jack und pfeffert sein Handy auf den Esstisch.

»Weil er Motorrad fährt. Wie soll er da telefonieren?« Sepp setzt einen wichtigtuerischen Gesichtsausdruck auf, indem er das Kinn etwas anhebt und die Stirn in Falten legt. »Außerdem wäre er schön blöd, wenn er am Telefon hängt, während er mit seiner Freundin unterwegs ist.«

»Mit *meinem* Motorrad und *meiner* Exfreundin wohlgemerkt!« Jack stemmt die Hände in die Hüften. Seine Lippen sind zu einem schmalen Schlitz zusammengepresst.

»Ah geh. Deine Freundin ist das?«

»Ex.«

»Ja, warum regst du dich dann so auf?«

»Das würde ich auch gerne wissen, Jakob. Wenn du sie unbedingt loswerden möchtest, dann lass sie doch. Es geht dich schließlich nichts mehr an, was sie macht und mit wem.«

»Aber mein Motorrad! Sie sind mit meinem Motorrad unterwegs!«, brüllt Jack so laut, dass Franzi und Sepp erschrocken zusammenzucken.

»Sag ihm«, schlägt Sepp etwas kleinlauter als gewohnt vor, »er soll heute Abend volltanken.«

»Volltanken? Hier geht es doch nicht ums Volltanken!«

Franzi holt Luft, um etwas zu erwidern, doch Jack kommt ihr zuvor. »Mir reicht es langsam! Anscheinend macht eh jeder, was er will. Cora kreuzt ungebeten hier auf, Mike nimmt ungefragt mein Motorrad, Viselsky setzt einfach so mal 'nen neuen Abgabetermin und Sepp erzählt mir, ich soll an die frische Luft gehen. Ihr seid doch alle nicht mehr ganz sauber!«

»Ah geh, meinst nicht, dass du dich da ein bisschen zu sehr reinsteigerst? Frische Luft hat noch keinem geschadet. Geh raus, was arbeiten, so richtig ins Schwitzen kommen, einfach mal 'ne Schaufel in die Hand nehmen.«

»Papa!«, ruft Franzi energisch, »sag anderen nicht immer, was sie tun sollen!« Sie sieht Jack entschuldigend an. »Aber in einer Sache muss ich meinem Vater recht geben: Du steigerst dich gerade viel zu sehr rein.«

Jack stiert fassungslos auf Vater und Tochter. Als ob sein Gemütszustand nicht schon angespannt genug wäre, muss er jetzt auch noch mit zwei Brandls gleichzeitig diskutieren.

»Ich muss weg hier!«

»Warum hast du dich auch wieder eingemischt, Franzi«, regt sich Sepp auf, nachdem Jack ohne ein weiteres Wort die Wohnung verlassen hat. »Siehst ja, wie fertig der arme Kerl ist. Dann musst du noch eins obendrauf setzen.«

»Ich? Du bist es doch, der hier hochgekommen ist und g'scheit dahergeredet hat.«

»Ich hab lediglich den Fernseher ausgeschaltet, mehr nicht. Ist schließlich mein Stromzähler, der da dranhängt.«

Franzi will gerade etwas erwidern, als *All Along The Watchtower* erklingt. Sepp reagiert als erster. Er marschiert zum Esstisch und greift nach dem Handy. »Viselsky«, liest er vor.

»Oje, der schon wieder.« Franzi zieht den Mund in die Breite, als wäre dieser Anruf etwas Ekliges, während Sepp bereits das grüne Hörersymbol nach oben wischt.

»Hallo?«

»Papa, nein!«, zischt Franzi und springt alarmiert auf, um ihm das Handy abzunehmen. Doch ihr Vater dreht sich geschickt weg und spricht einfach weiter mit Viselsky, als wäre es das Normalste der Welt.

»Nein, hier spricht Josef Brandl. Der Jakob ist grad unterwegs.«

-

»Was weiß ich, wann der zurückkommt? Wenn er den Michl gefunden hat, vermutlich.«

-

»Meinetwegen auch Mike. Hier in Bayern heißt er auf jeden Fall Michl, so wie jeder andere auch.«

-

»Der ist mit Jakobs Freundin durchgebrannt. Auf Jakobs Motorrad.« Sepp lacht auf. »Das Schlimmste, was du einem Mann wegnehmen kannst: Die Frau und das Fahrzeug. Wobei das mit der Frau manchmal vielleicht gar nicht so ...«

-

»Nein, ich scherze natürlich nicht! Sie hätten mal sehen sollen, wie aufgebracht der gerade rausgestürmt ist. Ein tollwütiger Stier ist nichts dagegen.«

Franzi schlägt beide Hände vors Gesicht. Das kann doch wohl nicht wahr sein!

»Wenn das nicht in einer handfesten Rauferei endet, dann weiß ich auch nicht.«

-

»Zwischen Jakob und Michl natürlich. Wegen der Harley. Oder der Freundin. Oder beidem.«

»Wie aufhalten? Ich kann die doch nicht aufhalten. Kommen Sie doch her und halten die zwei selber auf. Seit sie hier sind, geht es im Dorf drunter und drüber! Zuerst brennt das Haus, dann steht der Voss-Bub plötzlich völlig neben sich und erzählt seinem Vater, dass er nicht mehr sicher ist, ob er die Werkstatt überhaupt übernehmen will. Meine Frau muss für die doppelte Anzahl Personen kochen und ich darf zwei obdachlose Musiker in meinem Haus aufnehmen, die einfach den Fernseher laufen lassen und überall Dreck machen, weil sie nicht fähig sind, ihre Schuhe auszuziehen.«

»Wenn ich es Ihnen doch sage! Der Heidelkirchener Anzeiger hat sozusagen schon einen eigenen Reporter abgestellt, nur für Katzbrück.«

»Meine Nachbarin muss wegen der beiden ihre Weltreise unterbrechen. Und den Proberaum vom Jugendblasorchester haben sie auch schon belagert.«

»Dann kommen Sie her und überzeugen sich selbst davon. Und wenn Sie wieder nach Berlin fahren, nehmen Sie die Musiker am besten gleich mit.«

Das ist zu viel. Franzi beschließt einzugreifen und versucht, das Handy zu ergattern. Doch ihr Vater dreht sich erneut weg, so dass sie das Telefon nur halb erwischt. Es flutscht Sepp aus der Hand und fällt mit einem dumpfen Schlag zu Boden. Schnell hebt es Franzi wieder auf: Das Display ist schwarz. Ein großer, unheilvoller Riss geht quer über den Bildschirm.

»Da siehst du, was du angestellt hast«, fängt Sepp sofort an, die Schuld auf seine Tochter zu schieben.

»*Ich*? Ich wollte Jakob nur retten. Du kannst dem Viselsky doch nicht brühwarm erzählen, was hier los ist!«

»Warum denn nicht?«

»Weil Viselsky ein Riesenarschloch ist, der Jakob das Leben zur Hölle macht. Der interessiert sich doch null für Musik. Jakob ist nichts anderes als ein Zahnrädchen in seiner Gelddruckmaschine.«

»Da ist er aber schön blöd, wenn er sich das gefallen lässt.«

»Jakob bleibt bestimmt nicht bei diesem Idioten. Er kündigt sicher bald seinen Vertrag und sucht sich eine andere Plattenfirma oder macht notfalls wieder alleine Musik.« Franzi verschränkt trotzig die Arme vor der Brust. »Jakob ist doch nicht bescheuert. Er hat jetzt einen Namen, die Black Birds sind bekannt, da braucht er diesen Sklaventreiber Viselsky doch gar nicht mehr.«

Ist es das, was Jakob wirklich vorhat oder nur das, was sie sich für ihn wünscht? Franzi weiß es selbst nicht so genau.

»Ganz sauber ist dieser Viselsky wirklich nicht. Der hat vielleicht einen Ton drauf! Als ob er was Besseres wäre.« Sepp schüttelt ungläubig den Kopf. »Wahrscheinlich hat er durch und durch Komplexe, sonst müsste er sich nicht so aufplustern. Redet er mit Jakob auch so? Ich kann mir gar nicht vorstellen, dass der sich das gefallen lässt.«

»Jakob lässt sich das bestimmt nicht gefallen. Er wartet vermutlich nur noch auf den richtigen Zeitpunkt, um Viselsky die Meinung zu sagen.«

»Na, hoffentlich hast du recht. Wenn er sich von dem genauso auf der Nase rumtanzen lässt wie von seiner Freundin und Michl, dann Gute Nacht.«

»Er lässt sich von niemandem auf der Nase rumtanzen, Papa! Nicht von Viselsky und schon gar nicht von dieser dahergelaufenen Monsterbusentussi.«

Franzi schleudert das kaputte Handy auf den Tisch. Als sie sich wieder umdreht, strafft sie ihre Schultern und sagt das, was sie insgeheim hofft: »Ich glaube, Jakob ist in letzter Zeit einiges klar geworden.«

»Aha. Hat das Klarwerden was mit dir zu tun, Franzi?«

»Nein.«

»Mit dem heißen Feger, der vorhin mit dem Michl davongefahren ist?«

»Papa!«

»Ich wär' auch deprimiert, wenn mir mein bester Kumpel so eine Schnitte ausspannen würde.«

»Diese Cora und Jakob sind schon lange nicht mehr zusammen.«

»Deswegen hat er sich auch überhaupt nicht aufgeregt, als die Carola mit dem Michl fort ist, oder?«

»Cora.«

»Cora ist doch kein Name.«

Franzi ist kurz davor, komplett auszuflippen. »Hör endlich auf, alle um dich herum wahnsinnig zu machen!« Sie starrt ihren Vater zornig an, dreht sich dann energisch um und marschiert zur Wohnungstür. Besser sie geht, bevor sie sich noch mehr in Rage redet und ihre angestaute Wut an ihm auslässt. Am liebsten würde sie jetzt alle anschreien. Mike und Cora, die sich über das Video lustig gemacht haben. Jakob, weil er so ein Idiot ist und ihren Vater, weil er die Wahrheit sagt. »Ich muss heim, kochen. Tschüss!«

Zum zweiten Mal innerhalb weniger Tage sitzt Jack im Bandbus und fährt mit überhöhter Geschwindigkeit durch Katzbrück. Heute hat er jedoch ein konkretes Ziel: Er will Mike finden, ihn vom Motorrad ziehen und ihm seine Faust ins Gesicht rammen.

Allein, dass der Penner mit meiner Harley abgehauen ist, würde eine Abreibung rechtfertigen. Aber Mike, dieser Vollpfosten, hat Cora auch noch verraten, dass ich in Katzbrück bin und sie einfach zu Sepp in die Wohnung gelassen. Jetzt stehe ich vor Franzi da wie der letzte Idiot! Sie glaubt mir nach diesem billigen Auftritt doch niemals, dass mit Cora nichts mehr läuft. In ihren Augen bin ich jetzt vermutlich nichts weiter als ein erbärmlicher Lügner, der nicht zu dem steht, was er tut. Und dann besitzen sie auch noch die Unverschämtheit, sich das Video anzuschauen! Sie sind in Franzis und meine Privatsphäre eingedrungen und Cora, dieses verdammte Miststück, hat sich ungeniert darüber lustig gemacht. Das muss Franzi zutiefst verletzt haben. Astreine Leistung, Mike!

Jack umklammert wütend das Lenkrad, die Fingerknöchel treten weiß hervor und sein Kiefer malmt verbissen hin und her. Was er zu diesem Zeitpunkt nicht weiß, ist, dass Sepp inzwischen mit Viselsky telefoniert hat, sein Handydisplay geschrottet wurde und ein dunkles Display nicht automatisch bedeutet, dass der Anruf beendet ist. Viselsky hat jedes Wort gehört, das Franzi und Sepp gesprochen haben. Und er tobt! Niemand nennt ihn ungestraft ein riesengroßes Arschloch! Und niemand kündigt seinen Vertrag bei Platinum Records. Keiner! Wenn, dann kündigt Platinum Records dem Künstler. Jack Blackbird, dieser Niemand, würde sich noch wundern!

Viselsky bebt innerlich. Nicht so sehr über die Erkenntnis, dass der Bandleader anscheinend langsam unzufrieden wird und sich nach Größerem sehnt. Das kommt häufig vor und zu neunzig Prozent graben sich die Künstler damit ihr eigenes Grab. Was ihn wirklich getroffen hat, ist die Art und Weise, wie diese Person über ihn – Robert Viselsky, Head of Platinum Records – gesprochen hat. Wer auch immer sie ist, sie würde es noch bitter bereuen.

Er weist seine Sekretärin an, ihm eine Dienstreise nach Katzbrück, einem Kaff irgendwo in Bayern, zu organisieren. Diesem Blackbird würde er persönlich in die Eier treten, und zwar mit Anlauf!

»Besuchen Sie ein Konzert oder was verschlägt Sie nach –« die Sekretärin muss in ihren Notizen nachsehen, »Katzbrück?«

»Eine Angelegenheit in Sachen Black Birds. Ich muss den Jungs ein bisschen auf die Finger schauen.«

Sie nickt und schweigt. *Auf die Finger schauen* heißt in der Regel nichts Gutes. Es kommt selten vor, dass sich der Chef persönlich mit den Musikern abgibt, und wenn, dann endet es meist in einer Klage oder ähnlich unschönen Dingen.

Zurück in seinem Büro, gönnt sich Viselsky erst mal einen Beruhigungsdrink. Er gießt sich ein Glas Monkey 47 Gin Distiller Cut von 2017 ein, die Flasche für knapp fünfhundert Euro, ext es, setzt sich auf seinen Bürostuhl und lässt den Blick über die goldenen Schallplatten schweifen, die an der gegenüberliegenden Wand hängen. Dieser Blackbird muss völlig wahnsinnig geworden sein! Statt jeden Tag aus Dankbarkeit auf Knien angerutscht zu kommen, weil er bei Platinum Records unter Vertrag ist, will dieser Gitarrenfreak seinen Vertrag kündigen?

Viselsky schenkt sich ein weiteres Glas ein. Was ziehen diese beiden Idioten da überhaupt ab? Sitzen in irgendeinem gottverdammten bayerischen Kuhdorf und machen einen auf Teenager. Spannen sich gegenseitig die Freundin aus, anstatt ihre Zeit im Studio zu verbringen und das Album zu produzieren. Vermutlich irgendeine Schlampe mit Silikonbusen, ein Groupie, das ihnen den Kopf verdreht. Und was hatte dieser Brandl noch angedeutet? Rauferei?

Auch das zweite Glas leert Viselsky auf Ex. Hatte er Jack nicht klipp und klar gesagt, dass er keine weiteren Schlagzeilen brauchen kann? Werden diese Musiker denn nie erwachsen? Während er sich tiefer in seinen weichen Ledersessel sinken lässt und mit Daumen und Zeigefinger die Schläfen massiert, zeigt der Gin langsam die erhoffte Wirkung. Eine wohlige Wärme breitet sich in ihm aus und er beginnt, sich zu beruhigen.

Jack Blackbird. Als er ihn vor ein paar Jahren unter Vertrag nahm, setzte Viselsky große Hoffnungen in ihn. Jack ist einer jener Menschen, die für die Musik leben, die sich damit identifizieren, in ihr aufgehen. Doch das war nicht ausschlaggebend, solche Typen gibt es wie Sand am Meer. Ständig schwafeln sie irgendetwas von Kreativität, Ausdruck, Musik als Sinn ihres jämmerlichen Lebens, von Leidenschaft und Selbstverwirklichung. Dem Labelchef kommen diese Vorträge bereits zu den Ohren raus. Wie oft sitzt irgendein Newcomer in seinem Büro, der denkt, mit Enthusiasmus und Leidenschaft könne er die Welt erobern. So läuft das aber leider nicht.

Viselsky hat Jack unter Vertrag genommen, weil er einer derjenigen ist, die lieber in einem Pappkarton leben würden, als ihren Traum aufzugeben. Jack wollte es schaffen, egal was es kostet. Er hatte seine Freundin zurückgelassen und war nach Berlin gekommen, um mit Musik erfolgreich zu sein. Er hatte kein Geld, keine Perspektive und dennoch war er davon überzeugt, dass sich alles regeln würde. Nicht, indem er irgendwelche Jobs annahm, um über Wasser zu bleiben, nein. Jack setzte alles auf eine Karte, arbeitete noch härter an seiner Musik und glaubte tief und fest daran, dass dies der richtige Weg für ihn sei. Jack ist einer, der keine Kompromisse eingeht.

Das ist die Basis. Mit solchen Künstlern kann man arbeiten. Das ist es, was vielen fehlt. Bereit zu sein, auf

Steine zu beißen. Nur für das eine große Ziel zu leben. Kein Sicherheitsnetz, kein doppelter Boden. Doch auch Jack Blackbird hat einen kleinen Makel, eine Unvollkommenheit, etwas, von dem Viselsky dachte, es würde sich mit der Zeit von selbst einstellen. Ihm fehlt diese gewisse Arroganz. Die Attitude, die die Fans auf und neben der Bühne sehen wollen. Deshalb hat Viselsky Mike Wagner in die Band gebracht. Dieser schert sich nicht um Regeln, ist ständig in der Klatschpresse und tritt auf, als wäre er der King höchstpersönlich. Sämtliche Aufmerksamkeit ist automatisch auf ihn gerichtet. Mike betritt einen Raum nicht, er erscheint. Das und sein auffälliges Äußeres passen perfekt zu der ihm zugedachten Rolle: Dem extravaganten Rocker, der die Scheinwerfer auf sich und somit auf die Band zieht. Denn egal, wie gut jemand seinen Job macht, niemand ist erfolgreich, wenn das Licht auf eine andere Bühne fällt.

Viselsky schenkt sich erneut nach. Mit Mike und Jack hat er das perfekte Paar geschaffen. Dazu Mauerbach, dieser geniale Produzent, der aus jedem Titel einen potentiellen Hit macht. Dieses Trio ist seine persönliche Gelddruckmaschine!

Er wirft einen Blick in den Kalender. Bis auf ein paar unwichtige Meetings steht für den heutigen Tag nur die wöchentliche Besprechung mit seinen A&R Managern an, ein Termin, den er getrost absagen kann. Sie würden ihm nur einige in ihren Augen erfolgversprechende Newcomer vorstellen und er würde alle ablehnen. Selten, dass einer der Vorschläge seine Aufmerksamkeit erregt. Viselsky trinkt leer, schenkt sich ein weiteres Glas ein und gibt seiner Sekretärin die Anweisung, nur noch Notfälle zu ihm durchzustellen. Sie weiß, sollte sie jemanden vorlassen, bei dem es sich in seinen Augen um keinen

Notfall handelt, würde er sie zur Schnecke machen. Danach legt Viselsky die Füße auf den Schreibtisch und schließt die Augen. Was läuft da ab in Katzbrück? Wer ist Sepp Brandl und vor allem: Wer ist diese Frau, die es wagt, so über ihn zu sprechen? Er würde es bald wissen.

Jack schaltet genervt in den vierten Gang. Er wollte in Katzbrück doch nur seinen Job machen, ein Album aufnehmen, Musik erschaffen. Stattdessen telefoniert er mit Versicherungsheinis, diskutiert mit Franzi über Cora, muss sich von Sepp sagen lassen, doch bitte mal eine Schaufel in die Hand zu nehmen, und fährt seit über einer Stunde durch die Gegend, um seinem Sänger die Fresse zu polieren. Irgendetwas läuft hier gewaltig schief! Zu seiner großen Freude leuchtet auch noch die Tankanzeige rot auf. Die nächste Tankstelle ist in Heidelkirchen. Jack stöhnt gereizt auf. Am liebsten würde er sich jetzt mit ein paar Bier betäuben und den Tag unter *nicht gut gelaufen* abhaken. Als er an der Andexstraße vorbeifährt, tritt er kurzentschlossen auf die Bremse, wendet und parkt vor dem Proberaum des Jugendblasorchesters. *Mike finde ich heute eh nicht mehr, wer weiß, wo sich die zwei rumtreiben! Also kann ich genauso gut …* Er greift nach dem Schlüssel in der Mittelkonsole, blickt auf den Tuba-Anhänger, dann zur Eingangstür. *Wenn nicht jetzt, wann dann?* Entschlossen steigt er aus und marschiert in das Gebäude.

Bevor er irgendetwas unternimmt, bleibt Jack an der Türschwelle stehen und lässt die Atmosphäre des Raumes auf sich wirken. Die eingerahmten Bilder von Auftritten des Jugendblasorchesters, eine Ansammlung von Notenständern, die sich an der Wand neben der Tür zusammendrängen, seine Marshallbox. Alles versprüht die

Energie von Musik. *Mein Leben soll eine Melodie sein, zu der ich bis zum letzten Ton tanzen werde,* schießt ihm sein Mantra durch den Kopf.

Energisch zieht er die Tür hinter sich zu, greift nach seiner Gibson und setzt sich an den kleinen Tisch in der Ecke. Mit der freien Hand klappt er seinen Laptop auf, und bereits während er sich die Gitarre umhängt, das Audiointerface zur Abnahme das Gitarrensignals anschaltet und das Kabel im Verstärker einstöpselt, spürt er, wie sich sein Puls beruhigt. Er öffnet den Ordner *Demosongs & Ideen* und klickt auf *Gitarrensolo November 2009,* ein Playback, das er vor der Zeit mit Mike aufgenommen hat. Dann setzt er seine Sennheiser HD-25 Kopfhörer auf.

Ein sehr rockiger, kraftvoller Sound ertönt und Jack wird von der intensiven Energie sofort gepackt! Er bringt seine Gitarre in Position, schlägt einen Ton an und lässt ihn stehen, bis ein pfeifendes Feedback entsteht. Dieses versieht er mit einem zuerst sanften und dann immer stärker werdenden Vibrato, das sich in seinem rhythmischen Wabern perfekt in den Groove von *Gitarrensolo November 2009* schmiegt. Nach einigen Takten beginnt er, sich von der hämmernden Wucht der Rhythmussektion zu lösen, und kommt mit elegant ansteigenden Läufen in den höheren Lagen an. Dort eskaliert er in einem intensiven Wechselspiel aus schnellen Trillern, die er schließlich in sanfte, langgezogene Töne auflöst. *Gänsehaut!*

Mit jeder Note, die er spielt, hat er das Gefühl, sich weiter zu entfernen. Von Cora, Sepp und Mike. Von Viselsky. Von den Radiosenderintendanten. Und vor allem von der gottverdammten Mauerbach'schen Hit-Single-Formel. Jack spielt das, was sein Herz ihm vorgibt. Vertieft in sein eigenes Spiel und durch die Kopfhörer abgeschottet von der Außenwelt bemerkt er nicht, dass jemand zaghaft an der Tür klopft, sie nach einigem Zögern öffnet und ihm anschließend fasziniert zuhört.

Vossi hatte heute ebenfalls keinen guten Tag. Er war am Vormittag mit einer unkomplizierten Reparatur an einem Kleinwagen beschäftigt und dennoch ist sein Vater ständig um ihn herumscharwenzelt.

Oliver, achte auf dies, Oliver, denke an das, Oliver, vergiss jenes nicht.

Wie soll er sich so als zukünftiger Chef jemals Respekt vor den Kollegen verschaffen? Das Verhalten seines Vaters ist ihm dermaßen auf den Geist gegangen, dass er kurzerhand den Berichtbogen auf dessen Schreibtisch geknallt hat und gegangen ist. Anschließend drückte er sich vor dem Proberaum herum. Seine Hoffnung, Mike würde vielleicht auftauchen, erfüllte sich nicht. Stattdessen kam Jack, donnerte die Autotür hinter sich zu und verschwand im Gebäude. Vossi zögerte erst, doch dann ging er hinterher und klopfte an die Tür des Raumes, aus dem laute Melodien, Licks und Riffs erklangen. Da Jack nicht antwortete, trat Vossi ein. *Wenn Jack lieber alleine sein will, wird er es bestimmt sagen,* redete er sich ein.

Jack spielt mit geschlossenen Augen. Seine sich ständig verändernden Gesichtszüge lassen erahnen, wie sehr er in der Musik versunken ist, so dass Vossi wie angewurzelt am Eingang stehen bleibt. Er kennt diesen unverwechselbaren Gitarrenstil, hat ihn unzählige Male auf den Black Birds-Alben aus seiner CD-Sammlung gehört. Und ausgerechnet hier und jetzt, im Proberaum des Jugendblasorchesters Katzbrück, sitzt plötzlich gerade mal drei Meter von ihm entfernt eben jener Jack Blackbird und spielt seine Licks und Läufe. Sich eine CD anzuhören, ist das eine, aber diesen Moment live erleben zu dürfen, ist eine völlig neue musikalische Erfahrung für Vossi. *Unzählige Fans würden vermutlich ihr letztes Hemd dafür geben, jetzt an meiner Stelle zu sein,* denkt er, fühlt sich aber gleichzeitig wie ein unerwünschter Gast, ein Eindringling.

Als das Playback nach einer gefühlten Ewigkeit auf sein Ende zu steuert, lässt Jack einen letzten Ton erneut zu einem langen, singenden Feedback werden, bis er schließlich zum Abklang des Schlussakkordes auch den Volume Regler an seiner Gitarre langsam herunterdreht. Dann herrscht Stille. Jack verharrt in seiner Position, die Hände an der Flying V, den Kopf gesenkt. Vossi wagt es kaum zu atmen. Es verstreichen Sekunden, die ihm wie eine kleine Ewigkeit vorkommen. Um heimlich zu verschwinden, ist es vermutlich zu spät. Aber wie ein ungebetener Gast an der Türschwelle zu stehen, fühlt sich genauso falsch an.

Dann kommt Bewegung in Jack. Er nimmt seinen Kopfhörer ab, legt ihn neben den Laptop und dreht sich nichtsahnend herum. Im selben Moment trifft sein Blick auf Vossi. Für den Bruchteil einer Sekunde scheint er ihn anzusehen, ohne ihn wirklich wahrzunehmen. Doch dann zuckt er plötzlich zusammen, stößt einen undefinierbaren Schrei aus, reißt erschrocken die Arme auseinander und fällt beinahe rückwärts vom Stuhl.

»Verdammte Scheiße, was machst du denn hier?«, brüllt er und fasst sich mit der rechten Hand an die Brust. »Du hast mich zu Tode erschreckt!«

»Ähm.« Vossi weiß nicht so recht, was er sagen soll. »Die Tür war nicht verschlossen und da dachte ich ...« Mehr bringt er zu seiner Verteidigung nicht hervor. Es folgt betretenes Schweigen.

Schließlich stellt Jack seine Gibson in den Gitarrenständer. »Wie lange stehst du schon da?« Er schnappt sich eine Wasserflasche aus der Getränkekiste und trinkt sie in einem Zug halb leer, fast so, als würde er dadurch etwas Kontrolle über die Situation zurückbekommen.

»Seit ein paar Minuten. Ich wollte dich nicht stören, aber ich konnte auch nicht wieder gehen. Mann! Das war der Wahnsinn!« Vossis Augen strahlen vor Begeisterung.

Da Jack lächelt, wagt es der Mechaniker, zwei Schritte in den Raum zu gehen und die Tür hinter sich zuzuziehen.

»Du spielst verdammt gut!« *Genau genommen ist das wahrscheinlich die Untertreibung des Jahres,* fügt er in Gedanken hinzu.

»Ich habe nur ein bisschen rumprobiert.«

»Rumprobiert?«

Jack zuckt mit den Schultern. Er weiß, dass er nicht nur ein bisschen rumprobiert hat. Vossi hat ihn in einem sehr persönlichen Moment erwischt und Jack ist sich nicht sicher, ob er sich darüber ärgern oder einfach darüber hinwegsehen soll.

»Ich hatte Gänsehaut! Am ganzen Körper. Es war elektrisierend!«

»Vielleicht sollte ich mir die Riffs merken. Wer weiß, irgendwann passt es womöglich doch auf ein Album.«

»Das muss auf jeden Fall auf ein Album! Arbeitest du nicht gerade an einem?«

Jack zieht einen Mundwinkel zu einem schiefen Grinsen nach oben. »Das, was ich gerade gespielt habe, würde Viselsky niemals durchgehen lassen.«

»Verstehe.« Vossi versteht nicht. Wer ist gleich noch mal Viselsky? Dunkel erinnert er sich daran, den Namen schon einmal gehört zu haben.

Als Jack die Wasserflasche zurückstellt und dem jungen Mann für einen kurzen Moment den Rücken zudreht, huscht ein Schatten über sein Gesicht. Der Flow, in dem er sich gerade eben noch befunden hat, wurde abrupt beendet.

Da Vossi keinerlei Anstalten macht zu gehen und ihn stattdessen weiterhin begeistert anstarrt, klappt Jack den Laptop zu. *Was soll's? Dann quatschen wir eben ein bisschen. Tut vielleicht ganz gut, mal mit jemand anderem als Sepp oder Mike zu reden.*

»Weißt du, im Musikbusiness geht es um Zahlen, um Verkäufe. Die alles beherrschende Frage ist deshalb: Was verlangt der Markt?«

Vossi nickt.

»Beim Komponieren kommt es aber auch immer darauf an, wie du gerade drauf bist, was du für einen Tag hattest, womit du dich im Alltag auseinandersetzen musst. Kreativität ist nicht auf Knopfdruck abrufbar. Sie ist ein bisschen wie …« Jack sucht nach den richtigen Worten, »ich weiß nicht, vielleicht so wie ein Regenbogen. Man kann sie weder greifen noch festhalten.« Er sieht Vossi an, der ihm aufmerksam zuhört. »Nicht jeder Tag ist dazu geeignet, nach strengen Vorgaben zu komponieren. Manchmal muss man auch sein eigenes Ding machen. Die Kreativität ungefiltert rauslassen.«

»Es war für mich schon immer total faszinierend, wie jemand aus dem Nichts heraus einen Song erschafft.« Vossi zögert kurz, bevor er weiterspricht. »Oder eine Geschichte, ein Bild, eine Skulptur. Meine Mama macht Glückwunschkarten. Sie sagt auch immer, dass sie dafür in der richtigen Stimmung sein muss.« Er hält inne, weil er nicht sicher ist, ob er Jack soeben beleidigt hat, indem er ihn auf eine Stufe mit der Hobbykalligrafie seiner Mutter gestellt hat.

Doch dieser nickt zustimmend. »Ich vermute mal, alle Kreativen kennen das Regenbogen-Problem. Egal, in welcher Branche.«

»Mit Basteln habe ich weniger am Hut. Aber ich singe manchmal«, platzt es aus Vossi heraus. *Warum erzähl ich ihm das?* Am liebsten würde er sich in ein Mausloch verkriechen. *Ich singe manchmal! Was für ein Bullshit!*

»Was singst du denn so?«

Jack klingt ernsthaft interessiert, was Vossi fast noch mehr verunsichert. Er zuckt verlegen mit den Schultern und traut sich kaum, den Gitarristen anzusehen.

»Ach, so Zeug eben. Wie du schon sagst, wie einem gerade danach ist.«

»Und nach was ist dir heute?«

Worauf will Jack Blackbird hinaus?

»Weiß nicht?«

Jack schnappt sich seine Gitarre, spielt ein paar Akkorde und summt leise dazu. Einen Song, den er mit Black Birds vor fünf Jahren rausgebracht hat und der damals im Radio rauf und runter lief. Der Mechaniker erkennt ihn sofort. Es dauert nicht lange, bis er zaghaft mitsingt. Als Jack ihn mit einer zweiten Stimme unterstützt, wird er schnell sicherer. Vossi zieht einzelne Wörter in die Länge, andere Stellen hingegen betont er härter oder singt ganze Passagen straffer als im Original. Ihm entgeht nicht, dass Jack ihm bei vielem davon mit einem ehrlichen Lächeln Zuspruch spendet. Als sie bei der Bridge ankommen, haben sie bereits eine gemeinsame Linie gefunden, sein Körper greift wie von selbst den Rhythmus auf und jegliche Bescheidenheit weicht purer Freude

Nachdem der letzte Ton verklungen ist, sieht Jack Vossi erstaunt an. Dieser grinst verschmitzt und weicht seinem Blick verlegen aus.

»Interessante Interpretation.« In den Worten schwingt Anerkennung mit. »Vor allem die Änderung in der letzten Zeile des Refrains, wirklich gut!«

»Ich ändere gerne bestehende Melodielinien ab. Es macht mir Spaß, einen Song, der mich berührt, auf meine Art auszulegen.«

»Hast du Zeit?«

»Ich habe mir heute Nachmittag frei genommen«, meint Vossi verhalten. Er ist sich nicht ganz sicher, worauf die Frage abzielt. »Morgen um halb acht muss ich wieder in der Werkstatt sein, bis dahin kann ich tun und lassen, was ich möchte.«

Jack grinst. »Gut. Dann würde ich vorschlagen, wir fahren jetzt nach Heidelkirchen, tanken, kaufen Burger und etwas Bier und widmen uns anschließend der Musik. Was hältst du davon?«

Vossi würde am liebsten ausflippen vor Freude, aber ein zaghaftes »Okay!« ist alles, was er hervorbringt. Hat ihm Jack Blackbird soeben tatsächlich angeboten, gemeinsam Musik zu machen?

Auch Jack verspürt eine gewisse Vorfreude auf den Nachmittag. Fastfood, Bier, Musik und alles ohne Plan und Ziel. Das hat er schon lange nicht mehr gemacht! Im Kopf geht er kurz die Liste seiner Verpflichtungen durch:

- Aufnahme mit Mike – gestrichen.
- Brandspezialist und Versicherungsfuzzi – finden den Weg alleine ins Haus. Die Tür steht sowieso sperrangelweit offen, genauso wie sämtliche Fenster. Sonst zieht der Gestank ja nie raus.
- Hühner – werden bestimmt von Sepp versorgt. Jack hat beobachtet, wie er heimlich im Stall rumgeschlichen ist, Futter und Wasser aufgefüllt hat, und mit den frisch gelegten Eiern in der Hand wieder verschwunden ist.
- Viselsky, Mauerbach, Franzi, Cora – können warten. Franzi ist vermutlich mit ihren Kindern beschäftigt und die anderen sind ihm momentan schlicht und ergreifend egal.

Er verspürt tatsächlich so etwas wie gute Laune. Zum Glück weiß er nicht, dass Sepp im selben Moment ungefragt einen weiteren Anruf entgegennimmt. Diesmal ausgerechnet von Hedwig.

»Brandl?«

»Jakob?«

»Nein, Sepp hier. Hedwig, bist du das? Das Display vom Handy ist kaputt. Ich hab jetzt einfach mal rumgewischt, als es geklingelt hat. Du kannst von Glück reden, dass ich überhaupt abheben konnte!«

»Wo ist Jakob? Warum geht er nicht ans Telefon?«

»Mei, Hedwig, wenn du wüsstest, was hier los ist.«

»Gebrannt hat's. Das weiß ich doch längst.«

»Das ist das Geringste, Hedwig. Der Jakob dreht grad völlig durch. Ist ohne Handy aus dem Haus gestürmt, weil seine Freundin mit diesem Michl durchgebrannt ist.«

»Jakob hat eine Freundin?«

»Freilich!«

»Wen?«

»Sag bloß, du wusstest das nicht. Ist schon was Längeres anscheinend.«

Hedwig gibt sich zwar nicht die Blöße, darauf zu einzugehen, doch innerlich kocht sie. Jakob hat eine Freundin – schon länger – und sie als Mutter keine Ahnung davon. Un – er – hört!

»Hast du sie kennengelernt?« Sie versucht, sich nichts anmerken zu lassen.

»Freilich. Die ist ja hier.«

»In Katzbrück? Hat die bei mir im Haus übernachtet, während ich vor Sorgen fast umkomme?« *Wusste ich es doch! Jakob ist nicht alleine nach Katzbrück gekommen!*

»Nein, bisher hat sie noch nicht bei dir übernachtet. Die ist ja heute erst angereist. Keine Ahnung, wo sie schlafen wird. Der Michl wird schon was finden.«

»Welcher Michl? Sepp! Jetzt lass dir doch nicht alles aus der Nase ziehen!«

»Mei ...« Hedwigs Ungeduld führt lediglich dazu, dass er es umso mehr genießt, mit den Informationen nur stückchenweise herauszurücken. »Gut schaut sie aus, die Carola. Bisschen viel Blech im Gesicht, aber die Figur ist eins a.«

»Carola? Carola wie noch?«

»Was weiß ich? Sie hat sich mir nicht vorgestellt. Die ist nur mit dem Michl davongefahren. Jakob war außer sich, das kannst du mir glauben.«

»Was ist denn das bitte schön für ein ...« Hedwig ringt mit sich, doch schließlich bleibt ihr nichts anderes übrig, als auszusprechen, was ihr auf der Zunge liegt, »Flittchen?« Sie versucht, die wilden Bilder zu ordnen, die durch ihren Kopf schwirren. »Bist du sicher, dass es Jakobs Freundin ist, Sepp?«

»Sonst hätte er sich wohl kaum so aufgeregt, oder?«

Am anderen Ende der Leitung herrscht eisiges Schweigen. Jakob hat eine Freundin, die in Katzbrück mit einem Michl davongefahren ist.

»Bist du noch dran, Hedwig? Hallo?« Sepp marschiert mit dem Telefon in die Küche und schiebt sich genüsslich ein Stück Schokolade in den Mund.

»Es wird ganz offensichtlich höchste Zeit, dass ich wieder nach Hause komme.«

»Hast du also doch eine Reiserücktrittsversicherung? Nicht, dass du auf den Kosten sitzen bleibst, war sicher nicht billig, deine Weltreise. Vielleicht kann ja wer anderes für dich einspringen? Das müsste doch gehen, oder? Ich hab zwar nächste Woche Vorstandssitzung beim Heimatkundlichen Arbeitskreis, aber das lässt sich schon regeln ...«

»Nicht nötig, ich habe bereits alles organisiert. Meine Maschine landet heute um zwanzig Uhr vier in München.

Ich nehm' dann den nächsten Zug nach Heidelkirchen. Eigentlich rufe ich nur an, um Jakob zu sagen, dass er mich vom Bahnhof abholen soll.«

»Das ist jetzt blöd, weil der Jakob ja nicht da ist.«

»Dann holst du mich eben, Sepp.«

»Ich?«

Das fehlt gerade noch! Eine Fahrt bis nach Heidelkirchen und zurück, wegen nichts und wieder nichts. Was das unnötig Kilometer auf den Tacho treibt. Nein, das geht auf gar keinen Fall! »Ich schau, dass ich den Jakob finde und sag ihm, dass er dich holen muss.«

»Das wäre mir sehr recht. Er soll mich so schnell wie möglich anrufen.«

»Ich werd's ihm ausrichten.«

Als Sepp das Telefon beiseitelegt, hat er ein spitzbübisches Grinsen im Gesicht. Hedwig kommt zurück – Jakob und dieser Michl werden sich ganz schön warm anziehen müssen.

BACK TO YOU JACK BLACKBIRD

a silver line on the horizon
simple thoughts are on my mind
there's crazy people all around me
I need a break but there's no time

so I re-define the meaning
of what they call »to hang in there«
while building castles in the air

I play the game of madmen
until I'm coming back to you
I'll do the best I can
until I'm coming back to you

sometimes I feel I've lost connection
but I still carry you inside
leading a life full of distraction
still simple thoughts are on my mind

so I re-define the meaning
of what they call »to be full of grace«
a cold heart that needs a warm embrace

I play the game of madmen
until I'm coming back to you
I'll do the best I can
until I'm coming back to you

between the silence and the noise
there is a doorway to my soul
the lighthouse for the drifter
the sweet sound of rock 'n' roll

I play the game of madmen
until I'm coming back to you
I'll do the best I can
until I'm coming back to you

ZURÜCK ZU DIR

ein Silberstreifen am Horizont
einfache Gedanken in meinem Kopf
verrückte Menschen, so weit das Auge reicht
ich brauche eine Pause, doch ich habe keine Zeit

also definiere ich die Bedeutung
von dem, was sie als »durchhalten« bezeichnen würden, neu
während ich munter weiter meine Luftschlösser baue

ich spiele das Spiel der Verrückten
solange, bis ich zu dir zurückkehre
und gebe dabei mein Allerbestes
bis zu dem Tag, an dem ich zu dir zurückkehre

manchmal habe ich das Gefühl, jegliche Verbindung
verloren zu haben
aber dennoch trage ich dich in mir jederzeit
ich führe ein Leben voller Ablenkungen
und trotzdem habe ich einfache Gedanken in meinem Kopf

ich definiere die Bedeutung
von dem, was sie als »von Würde erfüllt sein« bezeichnen
würden, neu
ein kaltes Herz, das sich nach einer warmen Umarmung sehnt

ich spiele das Spiel der Verrückten
solange, bis ich zu dir zurückkehre
und gebe dabei mein Allerbestes
bis zu dem Tag, an dem ich zu dir zurückkehre

zwischen all der Stille und dem Krach
gibt es einen Pfad zum Innersten meiner Seele
der Leuchtturm für die Treibenden
der süße Klang des Rock 'n' Roll

ich spiele das Spiel der Verrückten
solange, bis ich zu dir zurückkehre
und gebe dabei mein Allerbestes
bis zu dem Tag, an dem ich zu dir zurückkehre

NUR EIN SPIEL

Vossi kaut die gesamte Fahrt von Heidelkirchen nach Katzbrück nur an seinem Burger und spricht kein Wort. Mit hochgezogenen Schultern sitzt er auf dem Beifahrersitz und starrt vor sich hin. Als Jack den Bus vor dem Proberaum parkt, macht der Mechaniker keinerlei Anstalten auszusteigen.

»Bist du festgewachsen? Wir haben eine Mission, sie heißt Musik. Hörst du sie nicht rufen?« Jack bleibt leicht verwundert an der offenen Fahrertür stehen. »Was ist los? Raus mit der Sprache!«

Vossi steigt aus und schlurft dem Musiker gedankenverloren hinterher. »Darf ich dich etwas fragen?«, beginnt er schließlich etwas zögerlich. »Das beschäftigt mich, seit ich dich vorhin beim Gitarrespielen gesehen habe.«

Er wagt es kaum, Jack anzusehen. Doch dieser zuckt nur gleichgültig mit den Schultern. Vermutlich will der Kfz-Mechaniker irgendeinen Trick, Fingersatz oder Schlagrhythmus wissen.

»Spielst du Gitarre, um der Realität zu entfliehen?« Als die Worte seinen Mund verlassen haben, hält Vossi die Luft an. Die Frage ist ziemlich persönlich, hoffentlich nimmt sie ihm Jack nicht übel.

Doch der scheint keineswegs verärgert, eher erstaunt, interessiert. »Wie kommst du darauf?«

»Nun«, Vossi zögert kurz. »Du hast mich nicht bemerkt, als ich in den Raum kam. Klar, ich war leise, aber trotzdem. Irgendwie spürt man doch, wenn jemand da ist. Du allerdings warst so eins mit der Musik, als wärst du in eine andere Welt versunken.«

Jack antwortet, ohne zu überlegen. »Ich spiele nicht, um der Realität zu entfliehen. Ich spiele Gitarre, weil es meine Realität ist. Meine innere Heimat, der Bereich meines Lebens, in dem ich mich absolut wohl fühle, zur Ruhe komme.«

Vossi nickt und tut ein bisschen so, als wüsste er, wovon Jack redet.

»Wenn ich spiele, dann hören meine Gedanken auf zu kreisen. Ich konzentriere mich auf die Musik, auf meine Finger, auf den Druck, den ich auf die Saiten ausübe. Da bleibt kein Raum mehr, sich Sorgen zu machen oder Pläne für den nächsten Tag zu schmieden. Es ist völlig egal, was man verbockt hat, was andere gesagt haben, was noch zu erledigen ist. Wenn ich spiele, bin ich voll und ganz im Moment.« Jack denkt an Franzi und ihr Gespräch am See. *Sich des Augenblicks bewusst sein.*

»Etwas Ähnliches habe ich neulich über Kletterer gelesen.« Normalerweise ist es nicht Vossis Art, persönliche Dinge in den Autos der Kunden anzusehen. Doch an diesem Tag musste er besonders lange warten, bis die Hebebühne frei wurde, so dass er aus reiner Langeweile in der Zeitschrift blätterte, die auf dem Beifahrersitz lag. »Wenn Kletterer an der Wand hängen, sind sie so konzentriert auf das, was sie tun, dass sie ganz im Hier und Jetzt sind. Angeblich ist es ein vergleichbarer Zustand wie beim Meditieren.«

»Ja, das habe ich schon mal gehört. Rudolf Schenker, der Gründer der Scorpions, hat in seinem Buch *Rock Your Life* denselben Vergleich gezogen.« Jack wischt sich die Finger an der Jeans ab, greift nach seiner Gitarre und nickt mit dem Kopf Richtung Mikrofonständer. »Na los, stöpsle das Ding ein und lass uns ein bisschen jammen. Ich habe Lust auf eine entspannte Lärmmeditation.«

Zur selben Zeit, als sich Jack und Vossi mit ein paar alten Black Birds-Songs warmspielen, …

… passiert Hedwig die Sicherheitskontrolle auf dem Flughafen,

… fährt Sepp mit dem Fahrrad durch Katzbrück und hält Ausschau nach Jack,

… versuchen Mike und Cora auf einem abgelegenen Waldweg ein paar trockene Zweige zum Brennen zu bringen,

… entdeckt das weiße Huhn, dass Sepp die Gehegetür nicht richtig verschlossen hat,

… erhält Viselskys Sekretärin die Buchungsbestätigung für den Flug Berlin-München.

… grübelt Franzi beim Abfragen der Englisch-Vokalen darüber nach, was Jakob an dieser Cora gefunden haben mochte.

»Grüß dich, Simon! Wo willst du denn hin?« Sepp bremst sein Fahrrad ab und stellt beide Beine auf den Boden. Mit einem bewundernden Blick begutachtet er Simons E-Bike, das im Gegensatz zu seinem Uraltrad in der Sonne glänzt. »Machst du eine Radltour?«

»Ich und Sport?« Simon lacht kurz auf bei dem Gedanken daran. »Schau ich etwa so aus? Ich muss nur kurz in den Forst. Nix Wildes.«

»Ein bisschen Bewegung würd' dir aber nicht schaden.« Sepp nickt Richtung Simons Bauch und klopft sich auf seinen eigenen, der im Gegensatz zu Simons Wampe beinahe zierlich wirkt.

»Mei, wenn mir halt das Bier so schmeckt. Da kannst nix machen, der Kessel wächst und wächst.«

»Seit ich in Rente bin, sind meine Pfunde wie von alleine wieder weggegangen.« Sepp strafft seinen Körper. »Mehr Bewegung, der Mittagsschlaf ist weggefallen, weniger Essen.«

»Mei Sepp, das Arbeiten von damals kannst du nicht mehr damit vergleichen, was heute los ist. Wir haben nicht alle zwei Stunden Brotzeit- oder Kaffeepause. Heute wird jeder Arbeitsschritt dokumentiert. Da bleibt keine Zeit mehr für einen Ratsch zwischendurch. Geschweige denn Mittagsschlaf!«

»Wenn ich nur daran denk, was ich alleine auf dem Betriebsausflug an Kalorien zu mir genommen hab!« Sepp schüttelt belustigt den Kopf. »Wir sind immer zum Oktoberfest nach München rein, jedes Jahr. Das war was, sag ich dir!« Seine Augen funkeln bei der Erinnerung an die gute alte Zeit. »Angefangen hat es mit einem zünftigen Weißwurstfrühstück im Verwaltungsgebäude. Bevor wir überhaupt die Münchner Stadtgrenze erreicht haben, hatte jeder schon mindestens drei bis vier Weizen intus.«

»Wir machen dieses Jahr eine Stadtführung in Schrobenzell.«

»Mein Beileid. Den Schwarzvogel Jakob hast du nicht zufällig gesehen, oder?«, wechselt Sepp ohne Überleitung das unangenehme Thema. »Ich muss ihm sein Handy bringen, weil die Hedwig jetzt ihre Weltreise abbricht.«

»Wegen dem Haus?«

»Und weil Jakobs Freundin bei mir zuhause ein- und ausgeht. Als ob das eine Riesenstaatsaffäre wäre.«

Simons Augen wachsen zu zwei untertassengroßen Gebilden an. »Jacks Freundin? Bei dir?«

»Hättest ihn sehen sollen, den Jakob, wie der sich aufgeregt hat! Auf und davon ist er, als wär' der Teufel hinter ihm her. Weißt du zufällig, wo er sein könnte?«

Natürlich weiß das Simon nicht. Leicht verdattert wünscht er Sepp noch viel Erfolg bei der Suche und radelt Richtung Wald. Jacks Freundin bei Sepp. Jack, der deswegen ausflippt. Sepp, der nun durch Katzbrück radelt und Jack sucht – angeblich wegen Hedwig. Simon ist so in Gedanken, dass er den penetranten Brandgeruch erst wahrnimmt, als er bei der vereinbarten Stelle ankommt.

»Sagt mal, geht's noch?«, brüllt er aufgebracht. »Ihr könnt doch nicht rumzündeln! Wisst ihr, wie trocken hier zurzeit alles ist?«

Cora, die mit dem Rücken zu ihm steht, wirbelt erschrocken herum. Im Gegensatz zu Mike hatte auch sie leichte Bedenken, was seine Idee mit dem Feuer im Wald angeht. Insgeheim ist sie erleichtert, dass mit Simon ein anscheinend verantwortungsbewusster Mensch vor Ort ist.

»Mach dich locker, Simon.« Mike steht lässig grinsend neben der Feuerstelle. »Ich habe alles unter Kontrolle.«

»Aha!« Simon steigt eilig von seinem Rad ab und starrt Mike verärgert an. »Auch den Funkenflug?«

»Besonders den Funkenflug. Mit fliegenden Funken kenne ich mich aus.«

»Mensch Mike, ein Feuer. Im Wald. Um diese Jahreszeit. Hast du eine Vorstellung davon, wie schnell sich das zu 'nem Flächenbrand ausbreiten kann?«

»Jetzt mach dir mal nicht gleich in die Hosen, Simon. Ich habe es extra in der Mitte des Weges platziert.«

»Als ob sich Flammen an den Weg halten würden. Was soll das alles überhaupt?«

»Pass auf, ich erkläre es dir.« Mike legt Simon den Arm um die Schulter und deutet auf die Harley. »Cora und ich werden mit dieser Harley von da kommen und hier entlangfahren.« Er zeigt mit dem Finger an dem Feuer vorbei. »Und du, mein Freund, wirst uns dabei filmen.«

»Das ist jetzt nicht dein Ernst! Was soll die Nummer? Warum willst du dabei gefilmt werden, wie du an einem Feuer vorbeifährst?«

Mike hat nicht vor, auszuweichen. Sein Plan ist es, die Maschine mittendurch zu jagen. Das würde das Feuerstuntvideo von Jack wie einen Kindergeburtstag aussehen lassen. Stobende Flammen, brennende Äste, die in alle Richtungen davonspringen, das wird tausendmal effektvoller als so ein kleiner Sprung, wie Jack ihn damals gemacht hat. Ganz zu schweigen von Coras stolzer Oberweite.

»Das brauchen wir für ein Musikvideo.« Mike holt sein Smartphone aus der Tasche, entsperrt es, öffnet die Kamera und drückt es Simon in die Hand.

»Wir haben nur einen Versuch, also streng dich an, Kumpel!«

Simon starrt etwas unsicher auf das iPhone in seiner Hand. *Vielleicht ist es das Beste, den Wahnsinn so schnell wie möglich hinter sich zu bringen. Je länger ich mit Mike diskutiere, desto später können wir das Feuer löschen.*

Auch Mike scheint keine Zeit verlieren zu wollen. Er klopft Simon auf die Schulter und schwingt sich auf Jacks Harley. »Es ist so weit, Baby!«

Zu Simons Überraschung zieht sich Cora ohne zu zögern ihr Shirt über den Kopf und wirft es achtlos auf den Boden. Er kann nicht anders, als ihre Brüste anzustarren, die von einem roten Spitzen-BH sexy in Szene gesetzt werden. Als ob ihre nackten Schenkel in der ultrakurzen Hose nicht verboten genug wären!

»Ist dir etwa heiß, Feuerwehrmann?« Im Vorbeigehen streicht sie ihm mit der Fingerspitze über die Wange und legt sie anschließend verführerisch an ihre Unterlippe. Dann schwingt sie ein Bein über die Harley, greift mit beiden Armen um Mikes Taille und schmiegt ihren schlanken Körper an ihn.

Was zur Hölle passiert hier gerade? Träume ich?

Erst als Mike auf eine Stelle am Wegrand deutet und ihm Anweisungen gibt, kann Simon seinen Blick von Cora losreißen.

»Film von dort aus. Versuch, nicht zu wackeln. Und ganz wichtig: Egal, was passiert, immer schön draufhalten. Hast du verstanden?«

Mike zieht seine Sonnenbrille auf, startet den dröhnenden Motor und fährt los.

Diese Rockmusiker haben ein Leben! Schwere Maschinen, heiße Bräute, keine geregelten Arbeitszeiten. Wenn die einen Betriebsausflug machen, dann sicher keine lahmarschige Stadtführung in Schrobenzell.

Während Mike in gut fünfzig Meter Entfernung wendet, begibt sich Simon in Position. Er hält das Smartphone konzentriert vor sich, so dass sowohl die Flammen als auch das Motorrad im Hintergrund zu sehen sind, und drückt auf Aufnahme. Dann reckt er seinen Daumen in die Luft als Zeichen, dass es losgehen kann. Mike lässt den Motor einige Male bedrohlich aufheulen, bevor er die Kupplung kommen lässt und Gas gibt. Die schwere Maschine nimmt schnell an Fahrt auf und brettert mit siebzig Sachen über den Waldweg. Simon schluckt. Nicht so sehr wegen des Motorrads, sondern vielmehr wegen der Show, die sich darauf abspielt. Cora hat sich, beide Füße fest auf den Fußrasten, aufgestellt. Mit der linken Hand hält sie sich an Mikes Schulter fest, die rechte streckt sie zur Siegerpose Richtung Himmel. Die Szenerie – eine Mischung aus friedlicher Natur, tief röhrendem Motor, heißem Feuer und Sex – ist beeindruckend.

Rockstar müsste man sein!

Doch Simon hat nicht lange Zeit, das Schauspiel zu genießen. Denn anstatt an der Feuerstelle vorbeizufahren, rast Mike mit einem lauten Jubelschrei mitten hindurch. Brennende Zweige schleudern auseinander, ein Meer aus Funken und Flammen peitscht durch die Luft. Simon wirft sich erschrocken zu Boden, die Arme schützend über seinem Kopf, das Telefon unversehrt in der Hand.

»Kreizkruzefixhimmelherrgottsakrament, du damischer Depp, du damischer!«, flucht er, untermalt von Mikes und Coras ekstatischem Gejohle. Während sie wenden und zurückfahren, rappelt sich Simon auf und begutachtet zuerst seinen zerschürften Unterschenkel, dann das verstreute, glühende Geäst. Sein Herz pocht wie wild – ob vor Schreck, Aufregung oder Coras Oberweite kann er nicht beurteilen. Fakt ist: Hier muss auf der Stelle gelöscht werden!

Ab diesem Moment ist Simon voll und ganz im Feuerwehrmodus.

»Und? Hast du alles drauf?« Mike kommt mit dem Motorrad neben Simon zu stehen.

»Du hast doch den Arsch auf!« Simon spuckt wütende, kleine Speicheltropfen durch die Luft. »Schau dir das mal an! Wir müssen sofort löschen! Ich ruf jetzt die Kollegen.

Ein Feuer anzünden! Im Wald! Weit und breit kein Tropfen Wasser! Dir haben sie doch ins Hirn geschissen!«

»Jetzt zeig das Video!« Mike ignoriert den Tobsuchtsanfall und nickt Richtung Handy.

»Scheiß mal auf dein blödes Video!«, brüllt Simon und zieht sein eigenes Telefon aus der Hosentasche, um die Kollegen zu alarmieren. Dabei versucht er angestrengt zu ignorieren, dass Cora, die gerade von der Harley steigt, immer noch kein Shirt anhat.

Wortlos marschiert sie zu den kleinen Glutnestern am Wegesrand und kickt sie mit dem Fuß Richtung Feuerstelle. »Hört auf zu streiten und helft mir lieber. Los!«

»Sie hat recht.« Mike steigt nun ebenfalls von der Maschine ab und klappt den Seitenständer aus. »Steck das Telefon weg und hilf uns. Wir brauchen keinen Löschtrupp, das kriegen wir alleine hin.«

Als alles auf einen Haufen geschichtet und sichergestellt ist, dass sie nichts übersehen haben, starrt Simon auf die Feuerstelle. Er muss sich eingestehen, dass die Flammen, Gefühlsausbruch hin oder her, vorerst unter Kontrolle sind. Dennoch kann er Mike und Cora unmöglich einfach mit einer derartigen Aktion davonkommen lassen. »Und jetzt, ihr Schlaumeier? Wollen wir das hier in den Rucksack packen und mitnehmen?«

Cora und Mike sehen ihn verständnislos an.

»Oder wollt ihr hier warten, bis es abgebrannt ist?«

»Denkst du nicht, dass es von selbst ausgeht?« Mike hat sich bislang noch keine Gedanken darüber gemacht. Für ihn zählte lediglich der Stunt. Alles, was danach kommen würde, interessierte ihn nicht.

»Von selbst?« Simon kann es nicht fassen. Meint Mike das wirklich ernst? »Ein Windhauch, ein paar Funken, und hier geht gar nichts mehr aus, Mike! Du setzt dich jetzt schön auf deine Maschine, fährst ins Dorf und holst zwei Gießkannen mit Wasser. Und das wiederholst du so oft, bis ich sage, dass es genug ist.«

»Okay, Mister Feuerwehrmann.« Mike deutet eine leichte Verbeugung an. »Aber bevor du dir jetzt in die Hosen machst, gibst du mir mein Handy zurück, ich will mir den Film ansehen.«

Nachdem Mike das dritte Mal zwei volle Gießkannen in den Wald gebracht hat, ist das Feuer endlich zu Simons Zufriedenheit gelöscht.

»Woher hast du die eigentlich?« Simon deutet auf die Kannen.

»Standen im Garten von Jacks Mutter. Der Versicherungstyp ist gerade da und dachte, ich sei Jack. Als ich sie zum zweiten Mal aufgefüllt habe, wollte er wissen, was ich damit mache.« Mike lacht dreckig, als er weiterspricht. »Ich habe ihm gesagt, dass ich ein Feuer lösche, das ich versehentlich gelegt habe.«

Weder Simon noch Cora finden den Gag besonders komisch.

»Können wir dann langsam die Biege machen?« Cora lehnt gelangweilt an einem Baum und betrachtet einen ihrer Fingernägel, der bei der Aktion wohl etwas gelitten hat. »Oder willst du noch irgendwo einen dritten Brand legen?«

»Einen dritten? Dann bist du also für den Schwarzvogelbrand verantwortlich?« Simon wundert langsam gar nichts mehr. Von wegen Kabelbrand!

»Wer mit dem Feuer spielt, muss auch in Flammen stehen können«, meint Mike achselzuckend. »Ich geh kurz pissen.« Mit diesen Worten verschwindet er im Gebüsch.

»Tja ...«, richtet sich Simon ziemlich geistreich an Cora. Ohne große Verwunderung stellt sie fest, dass sein Blick an ihren Brüsten hängen bleibt.

»Die würdest du wohl gerne mal anfassen?«

»Wer würde das nicht?« Unwillkürlich zieht er den Bauch ein und stellt sich aufrechter hin.

»Träum mal schön weiter, Dickerchen. Diese zwei Babys spielen in einer anderen Liga.«

Wenn sie in ihrem Leben eines gelernt hat, dann dass man schamlosen Gaffern auf keinen Fall mit Angst, Wut oder Respekt begegnen darf. Die beste Strategie ist, sie mit ihren eigenen Waffen zu schlagen: Völlig überzogenes Selbstbewusstsein und keine Angst vor zweideutigen Anspielungen.

»Tja, sehr schade drum. Du weißt nicht, was dir entgeht«, versucht Simon seine Ehre als Mann zu retten, doch Cora lacht nur müde auf.

Mike, der die Unterhaltung mitbekommen hat, stapft grinsend auf den Weg zurück und baut sich breitbeinig neben der Harley auf. »Wer seine Grenzen richtig einschätzen kann, kassiert weniger Niederlagen, Simon.«

»Ist das –«, Simon nickt Richtung Cora, »ist sie deine Freundin?«

»Freundin?!« Mike schüttelt es regelrecht bei dem Gedanken daran, sich fest an eine einzige Frau zu binden. »Cora kenne ich aus dem Musikbusiness. Sie ist die Tochter unseres Plattenlabelchefs.«

»Die Tochter des Chefs?« Simon klappt die Kinnlade herunter. Wenn sein Chef so eine Tochter hätte … und die dann alleine mit ihm im Wald …

»Dann ist sie also Tabu für dich.« Simon setzt ein mitleidiges Gesicht auf. »Wie schade, Mike. Wirklich sehr, sehr schade.« Nach der Abfuhr von Cora kann er sich diesen kleinen Triumph nicht entgehen lassen.

Doch Mike schiebt seine Sonnenbrille in die Haare und schüttelt amüsiert den Kopf. »Simon, merkt dir eines: Für mich ist nichts und niemand tabu. Ich bin Mike Wagner.«

»Jaja, der große Mike Wagner«, ruft Cora und wirft theatralisch ihre Arme in die Luft. »Du marschierst durch dein Leben wie ein Kind, dem keine Grenzen gesetzt werden, und hast bisher einfach nur unwahrscheinliches Glück gehabt.«

»Glück?« Mike geht auf Cora zu, packt sie an der Taille und zieht sie an sich. »Das Glück kommt schließlich auch nur zu denen, die es verdient haben, nicht wahr?«

»Früher oder später wirst auch du mal auf die Schnauze fallen«, schnurrt Cora und windet sich elegant aus Mikes Armen. »Und dann zeigt sich, ob du es schaffst, wieder aufzustehen.«

»Ach komm, sei doch nicht so ...«, Mike sucht nach dem passenden Wort. Als er es findet, spuckt er es beinahe verächtlich aus. »bieder. Mach dich locker, Schätzchen.«

»Mach dich locker?« Cora kennt die Probleme, die Mike bei Jack und ihrem Vater verursacht. »Ich weiß, dass du gerne deine Grenzen austestest. Aber vielleicht solltest du auch ab und zu ein bisschen darauf achten, nicht ständig die Grenzen anderer zu überschreiten.«

»Baby, komm wieder runter!« Er rückt seine Sonnenbrille zurecht und kneift Cora in die Wange. »Lächle. Das Leben ist ein Spiel, was soll schon passieren?«

Sie stößt Mikes Hand energisch beiseite. Der Typ rafft es einfach nicht! »Mike, echt jetzt? Du weißt, dass ich es selbst nicht allzu ernst nehme mit Verantwortung, Moral oder Rücksichtnahme. Aber das, was du gerade machst ...« Sie verdreht genervt ihre Augen. »Dein *Spiel*, wie du es nennst, wird dir irgendwann das Genick brechen. Ein Bericht über Brandstiftung ist etwas anderes als der Rock 'n' Roller, der es beim Feiern übertrieben hat.«

»Wenn du meinst.« Mike schwingt sich lässig auf die Harley und klopft mit der Hand hinter sich auf den Beifahrersitz. »Bis dahin habe ich aber ein besseres Leben als so ziemlich jeder, den ich kenne. Also mach dir nicht zu viele Gedanken über mich und steig lieber auf. Wir fahren nach Heidelkirchen und gönnen uns einen spießigen Kaffee mit spießigem Kuchen in einem noch spießigeren Café. Und anschließend machen wir es uns an diesem Badeweiher gemütlich, von dem Jack mir erzählt hat.« Er wirft ihr einen Luftkuss zu und entlockt ihr damit ein widerwilliges Lächeln. Kopfschüttelnd schwingt sie ein Bein über die Harley und umschlingt Mike mit beiden Armen. Als er losfährt, schmiegt sie sich näher als notwendig an ihn. Jack hat ihr deutlich zu verstehen gegeben, dass er kein Interesse mehr an ihr hat. Mal sehen, wie er damit klarkommt, wenn sie mit seinem Sänger Mike ... in seiner Heimat ... an seinem Badeweiher ... auf seiner Harley ... eine schöne Zeit verbringt.

ONLY A GAME MIKE WAGNER

another scandal's at hand on the playground of rumors
typewriter heroes put a price on fame
you say the'll set me up for a dangerous trial
what if I was the one to deliver more sand
so they can shovel more dirt on my name?
what if I did it with a smile?

you say »No! No! No!« it's time to get serious
I can't take all the blame
you wanna see me all furious
I'd say chill it and smile, it's only a game
it's only a game
La La La La La La La La
it is only a game

you say they'll poison my life and the ones that I care for
you hear my heart breakin', what a terrible sound
they'll turn on the lights to make a shining disgrace
one man's meat is another one's poison
I wonder if that counts the other way round
have the players been played? Now watch that look on
your face!

you say »No! No! No!« it's time to get serious
I can't take all the blame
you want to see me all furious
I'd say chill it and smile, it's only a game
it's only a game
La La La La La La La La
it is only a game

is there an ace up my sleeve?
all my life I took the gambler's route
is there an ace up my sleeve?
there's only one way to find out

it's only a game
it's only a game
La La La La La La La La
it is only a game

auf dem Spielplatz der Gerüchte braut sich der nächste
große Skandal zusammen
Schreibmaschinenhelden setzen ein Preisgeld auf meinen
Ruhm aus
du sagst, sie bringen mich in Position, um mir gnadenlos
den Prozess zu machen
was wenn ich dir sage, ich bin derjenige, der den Sand
zuliefert
damit sie noch mehr Schmutz auf meinen Namen kippen
können?
und was, wenn ich dir sage, dass ich genau das mit einem
Lächeln tue?

du sagst »Nein! Nein! Nein!«, es ist an der Zeit die Sache
ernst zu nehmen
ich kann doch noch nicht all die Vorwürfe auf mich
nehmen
du erwartest, dass mich all das rasend macht
ich sage nur, mach' dich mal locker, und immer schön
lächeln
es ist nur ein Spiel, es ist nur ein Spiel
La La La La La La La La
es ist nur ein Spiel

du sagst sie werden mein Leben vergiften, und auch
diejenigen die mir nahestehen
du hörst jetzt schon, wie mein Herz zerbricht
was für ein furchteinflößender Klang
sie werden die hellsten Lichter anmachen und alle auf
meine Schande richten
des einen Freud ist des anderen Leid
ich frage mich, ob das auch anders herum genauso gilt
wurden die Spieler zu den Ausgespielten? Nun sieh dir
diesen Blick auf deinem Gesicht an!

du sagst »Nein! Nein! Nein!«, es ist an der Zeit die Sache
ernst zu nehmen
ich kann doch noch nicht all die Vorwürfe auf mich
nehmen
du erwartest, dass mich all das rasend macht
ich sage nur, mach' dich mal locker, und immer schön
lächeln
es ist nur ein Spiel, es ist nur ein Spiel
La La La La La La La La
es ist nur ein Spiel

habe ich etwa ein Ass im Ärmel?
mein ganzes Leben lang bin ich stets auf dem Pfad des
Spielers geschritten
habe ich etwa ein Ass im Ärmel?
es gibt nur einen Weg, das herauszufinden

es ist nur ein Spiel, es ist nur ein Spiel
La La La La La La La La
es ist nur ein Spiel

VOM JUNGEN ZUM MANN
(VOM MANN ZUM KÖNIG)

Als Sepp die Tür zum Proberaum aufreißt, traut er seinen Augen kaum.

»Da schau an, der Voss-Bub! Was machst denn du hier?«

Vossi, der sich vorkommt, als wäre er bei etwas Verbotenem ertappt worden, bricht seinen Gesang abrupt ab. »Wir machen Musik.« Was soll er auf diese Frage auch anderes antworten? Doch Sepp beachtet ihn schon nicht mehr und steuert direkt auf Jack zu.

»Du hast vielleicht ein Leben! Während deine Mutter vor Sorge umkommt und ich wie ein Blöder durch Katzbrück radle, um dich zu finden, sitzt du hier gemütlich rum.«

»Ich freue mich auch, dich zu sehen, Sepp!« Die positive Energie, die Jack beim Musizieren mit Vossi verspürt hat, ist mit einem Schlag verschwunden. »Warum auch immer du mich suchst – mach schnell. Ich habe nämlich zu tun und absolut keine Zeit für deine Verbesserungsvorschläge.«

»Reg dich doch nicht gleich so auf, kein Mensch will dir etwas Böses!«, verteidigt sich Sepp beinahe ein wenig eingeschnappt. »Ich bring dir nur dein Telefon. Du solltest mir dankbar dafür sein, dass ich es dir hinterhertrage.«

»Vielleicht habe ich es ganz bewusst nicht mitgenommen, weil ich für einen Nachmittag einfach mal nicht erreichbar sein möchte?« Das stimmt zwar nicht ganz, aber Jack ist dermaßen genervt von Sepps Auftritt, dass er automatisch in den Angriffsmodus schaltet. »Ist dir schon mal der Gedanke gekommen, dass es mir momentan wichtiger ist, mich meinem Beruf zu widmen, als auf das dämliche Smartphone zu glotzen?«

Sepp, der mittlerweile zur Bierkiste geschlendert ist, deutet auf die leeren Flaschen. »Habt ihr die alle heute getrunken? Da brauchst du aber nicht mehr mit dem Auto heimfahren.«

»War's das dann? Können wir weitermachen?«

»Du sollst deine Mutter anrufen.« Sepp zieht Jacks Smartphone aus der Hosentasche und hält es ihm hin. »Sie will dir sagen, wann du sie abholen sollst. Sie sitzt quasi schon im Flieger nach München.«

Jacks Blick wandert zwischen Sepp und dem Telefon hin und her. Dass quer über das Display seines Handys ein dicker Riss verläuft, ist in diesem Moment völlig nebensächlich für ihn. »Du verarscht mich doch, oder? Das ist nicht lustig, Sepp!«

»Ich radle bestimmt nicht stundenlang durch Katzbrück, um lustig zu sein!«

Jacks Magen zieht sich zu einem Knoten zusammen. Auf der Klaviatur des Wahnsinns hat sein Leben soeben ein neues Level erreicht.

»Sie hat dich angerufen. Aber du warst ja nicht da, also bin ich rangegangen.«

»An mein Telefon? Sag mal, spinnst du?«

»Irgendwer muss es ja tun.« Sepp legt das Handy auf den Verstärker und stemmt die Hände in die Hüften. Neugierig betrachtet er die rote Flying V, die Jack umhängen hat. »Dann zeig mal, was du kannst. Spiel einen auf!«

»Du kannst doch nicht einfach meine Anrufe annehmen!«

Sepp deutet auf die Gitarre. »Traust du dich nicht? Vor mir brauchst du dich wirklich nicht genieren, ich hör es nicht raus, wenn du einen Fehler spielst.«

Genervt öffnet Jack den Gitarrengurt und stellt das Instrument in den Ständer. Dann greift er nach dem Handy, entsperrt es und wählt die Nummer seiner Mutter. Vossi verfolgt das Geschehen wortlos, wohingegen Sepp ein erstauntes *Aha, geht's wieder!* nicht unterdrücken kann. Insgeheim macht er drei Kreuze, dass das Display wohl doch nicht ganz hinüber ist und sich wieder erholt zu haben scheint.

»Mama? Ich bin's. Du kommst zurück?«

-

»Nein, ich war im Proberaum.«

-

»Wie? Freundin?«
Jack wirft Sepp einen giftigen Blick zu.

-

»Da musst du etwas falsch verstanden haben. Ich habe keine Freundin. Selbst wenn, ich wüsste nicht, was ...«

-

Während Jack die Tür öffnet, um draußen weiter zu telefonieren, klopft Sepp Vossi auf den Rücken.

»Lass dir von den Musikern ja keine Flausen in den Kopf setzen. Siehst ja, was das für ein Leben ist: Stress pur.«

Vossi, der sich in diesem Moment so fehl am Platz wie noch nie in seinem Leben vorkommt, nickt kaum merklich. Auch wenn es ihm leidtut, dass Jack so viele Probleme am Hals hat – noch mehr bemitleidet er gerade sich selbst. Zum ersten Mal in seinem Leben hat er mit einem Profimusiker zusammen Musik gemacht. Dabei verspürte er eine ungeahnte Freude und Freiheit, wie er es niemals für möglich gehalten hätte. Warum nur muss ausgerechnet jetzt der Brandl Sepp in den Proberaum platzen und alles zerstören?

»Mei, war eigentlich schon ganz schön, mit dem Jakob Musik zu machen.«

»Das Geschrei nennst du Musik?«

Sepps Worte versetzen Vossi einen schmerzhaften Stich. Er versucht, sich nichts anmerken zu lassen. »Wir haben ein wenig rumprobiert«, meint er schulterzuckend und nestelt am Mikrofon herum.

»Kommt eigentlich noch der TÜV in die Werkstatt deines Vaters? Mein Hänger ist mal wieder fällig. Ihr habt doch bestimmt einen Freundschaftspreis, oder?«

Geschrei. Am liebsten würde er Sepp zur Rede stellen, ihm klarmachen, dass er von dieser Art Musik nicht die leiseste Ahnung hat, weil er hauptsächlich Volksmusik und alte Schlagerschinken hört. Stattdessen antwortet er tonlos: »Der TÜV ist immer donnerstags bei uns. Musst dich halt anmelden.«

»Ich komm nächste Woche einfach vorbei. So einen Hänger kann man ja immer schnell mal dazwischenschieben.«

Ein trauriger Ausdruck huscht über Vossis Gesicht.

- *Der Voss-Bub und sein Geschrei.*
- *Der Voss-Bub kümmert sich schon um meinen TÜV-Termin.*
- *Der Voss-Bub, der die Werkstatt übernehmen, aber keine betrieblichen Entscheidungen treffen darf.*
- *Der ewig Voss-Bub, dem man sagt, was er kann, was er mal wird und was er besser bleiben lassen soll.*

Warum lösen Sepps Worte so ein beklemmendes Gefühl in ihm aus? *Weil ich mich in Jakobs Gegenwart wohlgefühlt habe.* Jack Blackbird hat ihn respektvoll behandelt. Bei ihm ist er nicht der Voss-Bub aus Katzbrück sondern jemand, der eine interessante Art zu singen hat. Vossi hebt nachdenklich den Kopf und schaut Sepp dabei zu, wie er an den Saiten der E-Gitarre zupft und irgendetwas von *auch noch eine alte Gitarre auf dem Dachboden rumliegen, bestimmt wertvoll*, murmelt.

Nein!, befiehlt er sich selbst. *Ich will nicht für den Rest meines Lebens der Voss-Bub bleiben. Von nun an gibt es keinen Voss-Bub mehr!* Oliver Voss strafft seinen Körper, ballt die Hände zu Fäusten und stemmt beide Beine fest in den Boden. Ganz so wie ein Boxer, der bereit ist, jeden Schlag abzufangen. Er wird sich Respekt verschaffen und eigene Entscheidungen treffen. Vor allem aber wird er sich von Menschen wie Sepp nicht mehr den Tag versauen lassen.

»Sepp!« Seine Stimme klingt überraschend laut und selbstbewusst. »Egal, was du, Hedwig oder wer auch immer heute erlebt habt. Jakob ist hier in seinem Proberaum. Wenn er Angestellter bei irgendeiner Firma wäre, würdest du dann in sein Büro rennen? Einfach so? Während der Arbeitszeit?«

»Er ist ja kein Angestellter.«

»Dieser Proberaum ist sein Arbeitsplatz.«

»Ah geh, was hast du denn jetzt? Ich mein es doch nur gut.« Sepp lässt von der Gitarre ab und schiebt seine Hände in die Hosentaschen.

Vossi denkt an seinen Vater, der ebenfalls nicht mit Ratschlägen spart. Kaum, dass ein Problemauto auf der Hebebühne steht, taucht er auf und kommentiert jeden Handgriff.

»Manchmal muss ein Mensch auch seine eigenen Erfahrungen machen.«

»Wie meinst jetzt das?«

»So wie ich es sag.«

»Aha.« Sepp schaut Richtung Tür. Er hat Vossis Stimmungswandel zwar wahrgenommen, kann ihn aber nicht so recht einordnen. »Mich geht das ja alles nichts an, ich hab ihm nur sein Telefon gebracht, mehr nicht. Was kann ich dafür, wenn die Hedwig plötzlich ihre Weltreise abbricht?« Er schlendert schulterzuckend zum Ausgang. »Daheim wartet ein Haufen Arbeit auf mich, ich kann nicht ewig meine Zeit hier vertrödeln. Grüße an deinen Vater, ich komm nächste Woche mit meinem Hänger zum TÜV vorbei.«

Komm nur, denkt Vossi, *aber ich werde dich ganz sicher nicht zwischen zwei Termine hineinquetschen.*

Beim Hinausgehen stößt Sepp beinahe mit Jack zusammen, der kopfschüttelnd in den Proberaum zurückkehrt.

»Alter, wer so eine Mutter hat wie ich ...«, stöhnt er und lässt sich auf den nächsten Stuhl fallen. »Die Versicherung hat sich auch gemeldet. Sie wollen prüfen, ob grobe Fahrlässigkeit vorliegt.«

Vossi schluckt schwer. »Und nun?«

»Wir machen weiter Musik.«

»Echt jetzt? Musst du nicht Dinge erledigen, wie zum Beispiel … ich weiß nicht. Das Haus für die Rückkehr deiner Mutter herrichten oder so?«

»Da gibt es nicht viel herzurichten. Der Brandschadensanierer fängt frühestens nächste Woche an, das habe ich ihr auch gesagt. Wenn meine Mutter meint, sie muss ihren Urlaub trotzdem abbrechen, kann ich ihr leider nicht helfen.«

Jack holt seine Gitarre aus dem Ständer und legt den Gurt um. »Als ich mit meiner Mutter telefoniert habe, ist mir etwas klar geworden: Es bringt nichts, gegen eine Lawine anzukämpfen. Ich kann weder meine Mutter davon überzeugen, im Urlaub zu bleiben, noch den Brand ungeschehen machen. Die Dinge sind passiert und es kommt, wie es kommt. Was soll's? Ich kann mich jetzt zermürben, oder ich mache einfach mit dem weiter, was ich ohnehin vorhatte: Musik!«

Auch, wenn Vossi nicht ganz glauben kann, dass Jack im Moment nichts Wichtigeres zu tun hat, als mit einem Automechaniker im Raum der Jugendblaskapelle Musik zu machen, wendet er sich dem Mikro zu und schließt die Augen. »Gut! Ich bin bereit.«

Der Song ist für dich, Papa. Und auch ein wenig für dich, Sepp Brandl.

»Alles klar bei dir?«, will Jack wissen.

»Ich hab da 'ne Idee zwecks dem *Boy To Man*-Text von vorhin. Lass mich doch noch mal zu dem schnellen Punkriff singen«, bittet Vossi und fügt in Gedanken hinzu

Ich bin Oliver Voss und mache Musik mit Jack Blackbird.

Es ist kurz vor acht, als sie, jeder mit einem Bier in der Hand, die Aufnahmen zum dritten Mal durchhören. Jack legt den Kopf in den Nacken und atmet tief durch. Der Tag mit Vossi erinnert ihn ein bisschen an früher.

»Was für ein Brett, Alter!«

Vossi, ganz in der Musik versunken, genießt seine erste Aufnahme als Sänger mit einem stolzen Lächeln im Gesicht. Als sich der Song dem Ende nähert, dreht Jack den Volumenregler auf Zimmerlautstärke herunter und sieht ihn fragend an.

»Sag mal, die Franzi, denkst du, sie ist glücklich?«

Vossi, noch immer ziemlich aufgekratzt und voller Adrenalin, überrascht diese Frage. »Meinst du die Sanwald Franzi? Denk schon. Warum?«

»Wir kennen uns von früher, als sie noch Brandl hieß. Damals war Musikmachen noch so ähnlich wie das, was wir heute gemacht haben. Einfach fließen lassen, ohne Termindruck, ohne Vorgaben, ohne Verkaufszahlen. Franzi ist eine super Sängerin, wusstest du das?«

Der Mechaniker zieht erstaunt beide Augenbrauen nach oben. Das ist ihm neu. »Weshalb hat sie aufgehört?«

»Na ja, ich bin nach Berlin und sie hat studiert. Jeder hat das gemacht, was ihm in dem Moment richtig erschien.«

»Bereust du es?«

Jack schüttelt den Kopf. »Im Leben bereut man doch immer nur die Dinge, die man nicht getan hat. Lieber etwas ausprobieren und gegen die Wand fahren, als es nicht zu tun und sich später ständig zu fragen *Was wäre passiert, wenn ...*« Jack betrachtet nachdenklich seine Fingernägel. »Trotzdem wäre es interessant zu wissen, was passiert wäre, wenn Franzi damals mit nach Berlin gegangen wäre.«

»Oder was gewesen wäre, wenn du in Katzbrück hättest bleiben müssen. So wie ich zum Beispiel. Weil dein Vater es so wollte.«

»Wenn, dann eher wegen meiner wahnsinnigen Mutter.« Jack lacht bitter auf.

»Du hättest vermutlich keinen Plattenvertrag, du hättest Mike Wagner nicht kennengelernt und du wärst jetzt nicht Jack Blackbird, sondern immer noch der Schwarzvogel Jakob. So wie ich der ewige Voss-Bub bin.«

»Du bist ein angesehener Kfz-Mechaniker, Vossi. Das ist ein bodenständiger Job. Nur, weil ich einen außergewöhnlichen Weg gewählt habe, heißt das nicht, dass er besser ist als dein Weg.«

»Trotzdem bin ich in Katzbrück und du in Berlin.«

»Solange du zufrieden mit deiner Entscheidung bist, ist alles in Ordnung.«

»So etwas Ähnliches hat Mike auch zu mir gesagt: *Triff deine Entscheidungen selbst.*«

Jack sieht Vossi aufmerksam an. »Und? Hast du sie selbst getroffen?«

»Vorhin hab ich dich gefragt, ob das mit dem Musik machen so etwas wie der Realität entfliehen ist. Jetzt versteh ich es!« Selbstbewusst strahlt Vossi Jack an. »Als du vorhin so kraftvoll und tight das Strophenriff gespielt hast und ich zu singen angefangen habe, spürte ich etwas, tief in mir drin. Eine Freude und irgendwie auch, wie soll ich es beschreiben, eine Art Respekt mir selbst gegenüber. Die Textzeilen waren plötzlich so real!«

Jack weiß, wie schwer es ist, einem Außenstehenden die einzigartige Magie zu beschreiben, die entsteht, wenn Menschen auf einer ähnlichen Wellenlänge gemeinsam einen intensiven Song spielen. Doch er kennt das Gefühl! »Und? Was hat es mit dir gemacht?«

»Ab heute bin ich nicht mehr der Voss-Bub, sondern Oliver Voss, der zukünftige Inhaber einer Kfz-Werkstatt. TÜV-Termine nur nach Vereinbarung während der Geschäftszeiten. Dies gilt besonders für Sepp Brandl.«

Jack hält grinsend sein Bier Richtung Vossi, so dass dieser anstoßen kann. »Auf Oliver und Jack«, meint er und bedauert es insgeheim ein wenig, dass Vossi nicht den Weg des Sängers eingeschlagen hat. Mit einem guten Gesangscoach und ein wenig Glück könnte er ihn sich durchaus auf der Bühne vorstellen. Jack betätigt den Play-Knopf, und ihre heute gemeinsam ausgearbeitete Demo-version von *Boy To Man – Man To King* ertönt erneut aus den kleinen Lautsprechern. Während beide schweigend dem Song lauschen, öffnet sich die Tür. Jacks Miene verfinstert sich schlagartig. Mike.

all my life I've been searching for answers
who's in charge?
who's the one to decide?
you keep coming, asking for service
you got no appointment?
get out of my sight!

can't you see I've got much more important things to do?
and as I speak I'm realizing that the feeling is true

little boy won't take anymore
don't disturb as I am spreading my wings
let me settle the score
from a boy to man,
from a man to a king
from a man to a king
from a man to a king
from a man to a king

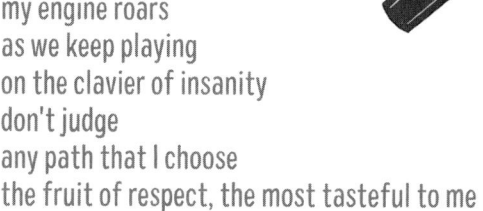

my engine roars
as we keep playing
on the clavier of insanity
don't judge
any path that I choose
the fruit of respect, the most tasteful to me

can't you see how strong it feels with a »Black Bird« by
your side
and as I sing I'm realizing that everything's gonna be alright

little boy won't take anymore
don't disturb as I am spreading my wings
let me settle the score
from a boy to man,
from a man to a king

VOM JUNGEN ZUM MANN (VOM MANN ZUM KÖNIG)

mein ganzes Leben schon suche ich nach Antworten
wer sagt an?
wer trifft die Entscheidungen?
du kommst wieder und wieder zu mir und willst meine
Dienste beanspruchen
du hast keinen Termin? Dann geh mir bitte aus den Augen

du siehst doch, dass ich deutlich wichtigere Dinge zu tun
habe
und jetzt, da ich das laut ausspreche, merke ich dass es
die Wahrheit ist

der kleine Junge wird sich von nun an nichts mehr
gefallen lassen
bitte nicht stören! Ich breite gerade meine Flügel aus
um ein für alle Mal diese eine letzte Rechnung zu
begleichen
vom Jungen zum Mann, vom Mann zum König
vom Mann zum König
vom Mann zum König
vom Mann zum König
vom Mann zum König

meine Maschine brüllt
wie ein Löwe als wir weiterspielen
auf der Klaviatur des Wahnsinns
verurteile nicht
irgendeinen der Pfade, die ich einschlage
zeig mir Respekt, vielleicht kommst du dann selbst auf
den Geschmack

spürst du nicht, wie stark es sich anfühlt mit dem großen
schwarzen Vogel an deiner Seite?
und noch während ich singe, spüre ich, dass alles in
Ordnung kommen wird

der kleine Junge wird sich von nun an nichts mehr
gefallen lassen
bitte nicht stören! Ich breite gerade meine Flügel aus
um ein für alle Mal diese eine letzte Rechnung zu
begleichen
vom Jungen zum Mann, vom Mann zum König

SCHWARZER VOGEL

»Oh!« Mike hält verdutzt inne. Er hat nicht damit gerechnet, dass Jack ohne ihn weiterarbeiten würde. Schon gar
nicht mit Vossi. Cora, die einen Schritt hinter ihm steht,
drängt sich an ihm vorbei.

»Hi Jack«, flötet sie, wobei sie das a bei Jack unnötig in die
Länge zieht. »Hi ...« Fragend sieht sie den jüngeren Mann an.

»Oliver. Meine Freunde nennen mich Vossi.«

»Hi Vossi!« Sie streckt ihm die Hand entgegen, die er
mechanisch ergreift. Was für ein unglaublich heißes
Fahrgestell!

Jack interessiert sich nicht für Coras Körper, sein Blick
ist auf Mike gerichtet. »Was wollt ihr hier?«

Der scharfe Ton in Jacks Stimme holt Vossi von Coras knappen Shorts in die Realität zurück. Irgendetwas stimmt hier nicht. Ob es um die Frau geht? Auf jeden Fall ist mehr im Spiel als ein Sänger, der nicht zu den Aufnahmen erschienen ist.

Mike antwortet nicht sofort. Stattdessen lässt er erst einmal seinen Blick provokant durch den Raum schweifen. Natürlich ist ihm sofort klar, was hier vor sich geht. Das angeschlossene Mikro, das geöffnete Audioprogramm auf dem Laptop, die verbrauchte Luft, Jacks Verstärker, der noch sein verräterisches Grundrauschen von sich gibt, Zettel mit englischen Sätzen in einer fremden und darüber Akkordsymbole mit Jacks Handschrift.

Er mustert Vossi abfällig. »Was wird das hier? Jugend forscht?«

»Wir haben nur ein bisschen...«, setzt Vossi an, doch Jack unterbricht ihn.

»Die Session war ziemlich gut heute. Unglaublich, was es ausmacht, wenn der Sänger von Anfang an voll da ist und man einfach drauflos jammen kann.«

»Drauflos jammen? Mit einem Automechaniker?«

Vossi zuckt bei Mikes abfälligem Tonfall zusammen. Er selbst hatte ihn doch ermutigt, sich auszuprobieren. Wenn auch zugegebenermaßen auf seine ganz eigene Art und Weise: *Hab Mut, Junge! Das ist wie beim Sex: Nach dem ersten Mal weißt du, wie es geht und je öfter du es machst, desto besser wirst du.*

»Ich weiß nicht, was du hast, Mike.« Jack lehnt sich entspannt in seinem Stuhl zurück. »Dave Mustaine war auch Automechaniker. Er hat sogar einen Song geschrieben, *The Mechanix*. Ist uns ja allen ein Begriff.« Er lässt seinen Blick von Mike, über Vossi zu Cora schweifen. »Na ja, vielleicht doch nicht allen ...«

»Dave Mustaine wurde von Metallica rausgeschmissen, weil er zu viel gesoffen hat!«

»Ach ja? Wird man aus der Band geschmissen, wenn man zu viel säuft? Tatsächlich?«

Mike verdreht die Augen. »Was soll das Jack, willst du mir etwa drohen?«

»Natürlich nicht, schließlich unterhalten wir uns über Dave, oder?«

»Dave hat nach seinem Rauswurf weitergemacht. Er hat Megadeth gegründet, eine der erfolgreichsten Metal-Bands weltweit.«

»Dave Mustaine war ein abgefucktes Wrack, Mike. Wenn das dein Ziel ist, dann viel Spaß!«

Der Sänger verschränkt demonstrativ seine Arme vor der Brust und starrt Jack finster an. »Wenn ich mich recht erinnere, haben wir so etwas wie Termindruck, oder? Ich mein ja nur, weil du hier mit einem Hobbymusiker deine Zeit vertrödelst, statt unsere Sachen weiter auszuarbeiten.«

Vossi sinkt immer tiefer in sich zusammen. Er will alles sein, nur nicht der Grund für einen Streit!

»Mein lieber Mike«, beginnt Jack und zwinkert Vossi heimlich zu, der langsam nicht mehr so recht weiß, wo er hinschauen soll. »Wenn ich mich recht erinnere, warst du derjenige, der heute Nachmittag nicht im Proberaum erschienen ist. Deshalb kann ich es gut verstehen, dass dir die Düse geht, wenn du mich hier mit einem anderen Sänger sitzen siehst. Mit einem begnadeten noch dazu!«

»Begnadet! Dass ich nicht lache!«

»Hast du ihn singen gehört?«

»Das brauche ich gar nicht. Es reicht mir, wenn ich ihn sehe.«

»Jetzt mach mal halblang, Mike! Wenn du unbedingt jemanden angreifen willst, dann such dir den richtigen Gegner raus!« Jack tippt sich dabei selbst auf die Brust.

»Dein äußeres Auftreten gibt dir vielleicht eine gewisse Autorität gegenüber der Welt dort draußen, doch deswegen darfst du noch lange nicht mit Beleidigungen um dich werfen.«

»Alter, was geht mit dir? Willst du jetzt einen auf altklug machen?«

»Die Frage ist nicht, was ich will«, lautet die ruhige Antwort, »sondern was du willst. Warum bist du hergekommen?«

Wenig überrascht stellt Jack fest, dass Mike ertappt zur Seite schaut. Natürlich will er was, er will immer irgendwas.

»Ich wollte einfach nur ein bisschen mit Cora hier abhängen, mehr nicht. Kann ich mir eins nehmen?« Er nickt mit dem Kopf Richtung Getränkekiste. Jack reicht ihm wortlos eine Flasche.

Während sich Mike das Bier öffnet, mustert Cora mit angewidertem Gesicht den Raum. »Hier sollen wir übernachten? Bist du noch ganz bei Trost, Mike?«

Jacks Augen weiten sich überrascht. Er hatte mit vielem gerechnet, aber nicht, dass die beiden im Proberaum übernachten möchten.

»Glaubst du ernsthaft, ich würde auf einer Isomatte schlafen? Auf dem Boden?« Sie schiebt die Hüfte nach vorne und spielt mit dem Träger ihres Tops. Jack beobachtet sie wachsam. Er vermutet bereits, worauf das hinauslaufen wird. Und tatsächlich wirft sie ihm einen äußerst verführerischen Augenaufschlag zu.

»Ich könnte ja mit zu dir kommen, Jack.«

»Vergiss es!«, fährt er sie barsch an, um jegliche weitere Diskussion im Keim zu ersticken.

Von der klaren Abfuhr völlig unbeeindruckt, deutet Cora mit einer ausschweifenden Geste im Proberaum umher. »Aber hier kann ich schlecht bleiben.«

»Kein Mensch hat dich darum gebeten, nach Katzbrück zu kommen.« Jack hebt bedauernd seine Schultern und dreht die Handflächen nach außen, so dass Cora nichts anderes einfällt, als eine Klein-Mädchen-Schnute zu ziehen.

»Bei Sepp kannst du jedenfalls nicht übernachten. Mike und ich sind schon genug ungebetene Gäste.«

Es entsteht eine unangenehme Stille, in der keiner so recht weiß, was er sagen soll. Cora wird heute sicher nicht mehr nach Berlin abreisen, so viel ist allen klar.

»Der Hirsch hat bestimmt noch was frei!«, platzt es plötzlich aus Vossi heraus. Schlagartig richten sich alle Augen auf ihn und Cora mustert ihn überrascht von oben bis unten. Man könnte fast meinen, sie hätte vergessen, dass er auch im Raum ist.

»Du kannst natürlich auch gerne bei mir ...«, fügt er hinzu, lässt den Satz aber unvollendet. Coras giftiger Blick ist Antwort genug.

»So wie es aussieht, ist Jack momentan eh nicht auf Kuschelkurs und etwas zu Essen wird sicherlich auch nicht schaden.« Cora verschränkt die Arme vor der Brust und schaut Mike herausfordernd an. »Eine zivilisierte Umgebung und ein Bad habe ich mir wohl verdient. Hoffentlich hat dieser Hirsch eine anständige Suite.«

Vossi, der eine Möglichkeit sieht, dem Streit zwischen Jack und Mike zu entkommen, springt eifrig auf. »Ich kenne den Hirsch Rüdiger! Weißt du was? Ich bringe dich hin und sorge dafür, dass du das beste Zimmer bekommst, das er hat.«

Da sie keine wirkliche Alternative hat, nimmt Cora das Angebot an. Beim Verabschieden streift sie Jack kurz am Arm, beugt sich zu ihm hinab und flüstert: »Ich schicke dir meine Zimmernummer.« Dann hakt sie sich bei Vossi unter, wirft den beiden Musikern einen Handkuss zu und verlässt mit wiegenden Hüften den Proberaum. Jack atmet tief durch, als sich die Tür hinter ihr schließt. Wann sieht diese Frau endlich ein, dass er nichts mehr mit ihr zu tun haben möchte?

Vossi hat das Gefühl, in eine andere Welt katapultiert worden zu sein. Erst die unglaubliche Session mit Jack, und jetzt marschiert er mit der heißesten Braut des Planeten durch Katzbrück. *Ich sollte vielleicht öfter mal einen Nachmittag freinehmen*, denkt er schmunzelnd, als sie den Hirsch betreten. Er ist sich vollkommen bewusst, dass ihnen einige der Gäste überrascht hinterherschauen. Man kennt sich auf dem Dorf. Und Vossi in Begleitung einer dermaßen heißen Braut ist etwas, das Aufmerksamkeit erregt.

Beim Einchecken ordert Cora direkt eine Flasche des teuersten Schampus' auf ihr Zimmer, bedankt sich anschließend bei dem Mechaniker fürs Herbringen und stöckelt mit ihrer Umhängetasche, in der sie nur das Nötigste mitgenommen hat, zum Aufzug. Mit der Kreditkarte ihres Vaters würde sie sich morgen neu einkleiden. Da er sich sein schlechtes Gewissen mit Geld freikauft, empfindet sie auch keinerlei Skrupel dabei, es mit beiden Händen auszugeben.

Ihr Vater hatte kurz nach ihrer Geburt das Weite gesucht. Angst vor Verantwortung, Angst vor Bindung. Zu jung. Ein Kind passte nicht in seine Welt, hatte er ihr später erklärt. Ihre Mutter musste mit der Situation klarkommen, ob sie wollte oder nicht. Sie wurde nie gefragt, ob sie zu jung war oder ihr die Aufgabe zu viel wurde. Wenigstens zahlte er regelmäßig Alimente, und als er später richtig Kohle scheffelte, drückte er ihr die goldene MasterCard in die Hand.

Ich weiß, ich war kein guter Vater und werde es vermutlich auch niemals sein. Aber wenigstens finanziell sollst du dir keine Sorgen machen müssen, Coraschätzchen.

Sie steckte die Kreditkarte ein, schmiss ihr Studium und führt seitdem das angenehme Leben als verwöhnte Tochter eines reichen Daddys. Einmal im Monat treffen sie sich zu einem gemeinsamen Mittagessen, doch auch diese Termine werden immer häufiger abgesagt, so wie morgen auch wieder. Sie kann also ohne Weiteres in diesem bayerischen Kuhdorf bleiben. Bei Jack Blackbird, dem tiefgründigen Musiker mit den sanften Händen. Cora ist nicht wirklich verliebt in ihn, aber sie mag ihn und kann darüber hinaus nicht besonders gut damit umgehen, abgewiesen zu werden. Wenn sie auftaucht, kleben die Männerblicke für gewöhnlich an ihr, wie Bienen an einem Honigtopf. Und Jack, dessen ist sie sich sicher, würde sie auch bald wieder nicht nur mit seinen Blicken ausziehen.

»Musstest du Cora hier anschleppen?«, fährt Jack Mike an, der es sich auf einem der freien Stühle bequem gemacht hat.

»Ich habe sie nicht angeschleppt, sie ist von alleine hergekommen.«

»Du hast ihr gesagt, wo wir sind.«

»Sie ist erwachsen und kann tun und lassen, was sie will.« Mike hebt beide Hände, als könne er damit seine Unschuld beweisen. »Wenn ich etwas gefragt werde, gebe ich eine ehrliche Antwort. Kann doch kein Mensch ahnen, dass du plötzlich zu deiner alten Flamme zurückkehrst.«

Jacks Blick verfinstert sich schlagartig. »Ich bin nicht zu meiner alten Flamme zurückgekehrt. Meine alte *Flamme*, wie du sie nennst«, er malt bei dem Wort *Flamme* mit beiden Zeigefingern Gänsefüßchen in die Luft, »ist glücklich verheiratet und hat zwei Kinder.«

»Autsch.«

»Hör auf, mir etwas zu unterstellen! Wir sind lediglich zwei Menschen, die früher die gleiche Leidenschaft für Musik hatten.«

»Aha.« Mike legt den Kopf schief und zieht gleichzeitig eine Augenbraue nach oben. Er könnte genauso gut sagen *Erzähl mir doch keinen Scheiß, Alter.*

»Und jetzt sag mir, wo meine Harley ist!«

»Wieso lenkst du ab?«

»Ich lenke nicht ab. Zum Thema Franzi ist alles gesagt. Also – wo ist mein Motorrad?«

»Draußen.«

Jack unterdrückt den Impuls, sofort aufzustehen und nach seiner Maschine zu sehen.

»Du weißt, dass ich dich für diese Aktion am liebsten verprügeln würde?«

»Verprügeln? Mich?« Mike zieht einen Mundwinkel nach oben, als ob ihm diese Vorstellung zu langweilig für ein komplettes Grinsen wäre. »Warum tust du es dann nicht, Jack? Komm her, verprügle mich.« Er streckt beide Arme seitlich aus, als wäre er bereit, jeden Schlag anzunehmen.

Jack fixiert ihn eine Zeit lang, bleibt aber sitzen. Dann trinkt er den letzten Rest seines Biers, stellt die Flasche zurück in die Kiste und beugt sich nach vorne. Mit den Ellbogen stützt er sich auf seinen Oberschenkeln ab und lässt endlose Sekunden verstreichen, während er seinen Sänger ausdruckslos mustert. »Du bist heute zu weit gegangen.«

»Ach komm, jetzt übertreib mal nicht. Deinem Schätzchen ist nichts passiert!« Mike trinkt sein Bier ebenfalls leer, hält die Flasche aber weiterhin in der Hand, während er breitbeinig in seinem Stuhl fläzt. »Ich wollte einfach schnell weg. Bei Sepp in der Wohnung waren wir ja wohl nicht mehr gefragt. Um nicht zu sagen: Ich habe das deutliche Signal wahrgenommen, dass du mit dieser Franzi lieber alleine sein wolltest.« Der Sänger zwinkert vielsagend, doch Jack geht nicht darauf ein. Er nimmt ihm die Flasche aus der Hand und stellt sie zu den anderen in die Bierkiste.

»Über diese Aktion sprechen wir noch, verlass dich drauf!«

»Sollen wir einen Stuhlkreis bilden?«

Jack funkelt Mike böse an. »Meine Maschine ist mir heilig, das weißt du. Niemand setzt sich ungestraft auf diese Harley.«

»Komm mal wieder runter, ich habe sie doch auch von Berlin hierhergefahren.«

»Um ehrlich zu sein, Mike: Das Einzige, was mich davon abhält, dir auf der Stelle eine zu verpassen, ist das Album. Wir müssen bis Ende der Woche vier Songs an Mauerbach schicken. Nicht, dass der Gesang das Problem wäre, Vossi wohnt nur ein paar Meter von hier. Aber wenn ich dir jetzt meine Faust ins Gesicht ramme, kann ich morgen womöglich nicht optimal Gitarre spielen. Also halt jetzt einfach die Fresse, sonst überlege ich es mir vielleicht doch noch anders!«

»Vossi wohnt nur ein paar Meter von hier, Faust ins Gesicht rammen, sag mal, hörst du dich selber reden, Blackbird?«

Jack antwortet nicht. Stattdessen steht er auf und marschiert Richtung Ausgang. Es ist alles gesagt.

»Warte, ich komme mit!«, ruft ihm Mike hinterher und springt auf. Da Cora nicht mehr hier ist, gibt es für ihn auch keinen Grund, noch länger im Proberaum zu bleiben. Zu schade, dass sie auf Jack und Vossi getroffen sind, es hätte ein schöner Abend werden können...

Jack genießt die frische Luft. Am liebsten würde er einen ausgedehnten Spaziergang machen und dabei seinen Gedanken nachhängen. Doch Mike lässt sich nicht abschütteln. Ein paar Minuten gehen sie schweigend nebeneinander her, bis er beschließt, seinen Groll hinunterzuschlucken. Es bringt ja doch nichts, sich zu streiten.

»Schläfst du heute nicht bei Simon? Gibt's Ärger im Paradies?«, startet er eine seichte Konversation, um Mike zu signalisieren, dass er nicht weiter auf Konfrontation aus ist.

»Noch eine Nacht auf dieser Hängematte von Couch und du kannst mich in die Tonne treten. Und bei dir? Was ist mit dieser Franzi? Läuft da was?«

»Nein.«

»Mit Cora?«

»Auch nicht.«

»Sie ist immer noch scharf auf dich.«

»Cora kann es nur nicht verkraften, dass sie abgewiesen wird.«

»Hättest du was dagegen, wenn ich mit Cora ...?«

»Macht, was ihr wollt!«

»Franzi?«

Jack bleibt abrupt stehen und funkelt Mike wütend an. »Was soll das? Hast du Notstand oder willst du mir eins reinwürgen?«

Mike, der ebenfalls stehengeblieben ist, verzieht sein Gesicht zu einem überheblichen Grinsen.

»Also doch.«

»Was?«

»Franzi. Du bist scharf auf sie.«

»Mike!« Jack holt tief Luft, schließt die Augen und atmet dann langsam wieder aus. »Auch, wenn du es nicht für möglich hältst: Es gibt zwischen Himmel und Erde noch ein bisschen mehr, als nur aufeinander *scharf* sein. Franzi war ein wichtiger Teil meines Lebens und sie wird es immer bleiben.«

»Aber geheiratet hat sie einen anderen«, meint Mike schulterzuckend.

»Ja, hat sie. Und ich bin nach Berlin, um mich mit dir und Viselsky rumzuschlagen. Aber davor waren wir zusammen und hatten eine unglaublich intensive Zeit miteinander. Nur, weil wir unterschiedliche Lebenswege gewählt haben, macht es nicht ungeschehen, was passiert ist.«

»Intensiv?«

»Bereichernd trifft es vielleicht besser.«

»Bereichernd?«

»Sie war meine erste große Liebe. Wir sind zusammen aufgetreten – ich an der Gitarre, sie am Mikro.«

»Aufgetreten? Wo?«

»Kannst du bitte aufhören, alles zu wiederholen, was ich sage?«

»Ich wusste nicht, dass du ein Katzbrücker Jugendstar warst. Wie hieß eure Band?«

»Jackzi.«

Mike starrt ihn mit großen Augen an. »Jackzi?«

»Du sollst aufhören, Dinge zu wiederholen!«

»Ihr habt euch wirklich Jackzi genannt?« Mikes Ungläubigkeit weicht einem amüsierten Glucksen, das nahtlos in einen ausgewachsenen Lachanfall übergeht. »Jackzi! Das ist ja so, als würden wir *Makob* heißen oder *Jike*!«

»Nein!«, schreit Jack überraschend bestimmt und hält entnervt in der Bewegung inne. Mikes Lachen erstickt auf der Stelle. Mit dieser Reaktion hatte er nicht gerechnet.

»Wir würden niemals Makob oder Jike heißen. Weil Black Birds *meine* Band ist, die *ich* aufgebaut habe. Du hattest nur das wahnsinnige Glück, dass dich Viselsky als Sänger haben wollte. Doch das hindert mich nicht daran, Personalien zu überdenken!«

Es herrscht ein paar Sekunden Stille, bevor Jack mit finsterem Blick fortfährt. Diese Dinge gären schon zu lange in ihm. Die Wahrheit muss endlich ausgesprochen werden. »Gute Musik zu machen, bedeutet harte Arbeit,

Mike! Black Birds war schon ein Name, bevor du dazugekommen bist. Falls du denkst, wir könnten ohne dich nicht überleben, dann muss ich dich enttäuschen. So leid es mir tut: Du warst nicht der beste Sänger in der Auswahlliste. Du siehst lediglich gut aus und bist öfter in der Presse. Deshalb hat Viselsky dich ausgesucht.«

»Und genau das ist es, worauf es letztendlich ankommt, Jack! Denkst du etwa, ich bin blöd? Natürlich weiß ich das. Und trotzdem bin ich auf jedem Albumcover am größten abgebildet und stehe bei jedem Auftritt in der Mitte der Bühne. Wer ist jetzt der wahre Checker von uns beiden, hm? Du, der eine Band aufgebaut hat, die Songs komponiert, sich mit dem Labelchef rumstreitet, Babysitter für den Sänger spielt und trotzdem immer nur am Rande steht? Oder ich?«

Jack starrt Mike mit weit aufgerissenen Augen an. Was bildet sich dieser Affe eigentlich ein, so mit ihm zu reden? »Weißt du, es ist eine Sache, saufend und pöbelnd durch Clubs zu ziehen, auf der Bühne den Großen zu spielen und fremde Motorräder zu klauen. Wenn du wirklich Eier in der Hose hättest, würdest du dich mit Viselsky rumstreiten und dir Gedanken über Terminpläne machen. Aber das ist ganz offensichtlich eine Nummer zu groß für dich.« Jack geht einen halben Schritt auf seinen Sänger zu. Ihre Gesichter sind weniger als eine halbe Armlänge voneinander entfernt. »Ich hingegen übernehme die komplette Verantwortung – für die Songs, Abgabefristen und jetzt auch noch für dich. Darum geht es im Leben, das ist der Unterschied zwischen uns. Ich habe die Hosen an, während du dich aufführst wie ein pubertierender Jugendlicher, der einfach nicht erwachsen werden will.

»Ja klar, Jack!«, giftet Mike zurück, »Du und dein völlig überzogenes Verantwortungsbewusstsein! Weißt du, was dein Problem ist, Blackbird?« Eine Pause entsteht, wie vor dem letzten großen Refrain. Dann zischt es zwischen Mikes Zähnen hervor. »Du willst es immer allen recht machen und dadurch reibst du dich auf. Ich habe keinen Bock, deshalb deine schlechte Laune aushalten zu müssen. Wie oft hast du in den letzten Jahren auf den Tisch gehauen? Hast du jemals gesagt *Ab sofort wird nach meinen Spielregeln gespielt*?«

»Du hast keine Ahnung, Mike. Du spazierst durch dein Leben, als wäre es ein Spiel.«

»Ist es auch.«

»Nein, ist es nicht! Du hattest bisher nur Glück, mehr nicht.«

»Vielleicht habe ich gerade deshalb Glück, weil ich es zulasse? Wer tagein, tagaus verbissen an seinem Leben feilt, der lässt dem Glück doch gar keinen Raum.« Mike legt seinen Kopf schief und grinst. »Sieh mich an. Seit ich angefangen habe, mein eigenes Ding durchzuziehen und nicht mehr nach der Pfeife anderer tanze, geht es mir gut.«

Jack holt Luft, um etwas zu erwidern, lässt es dann aber bleiben. Eine leise Stimme in seinem Inneren flüstert ihm zu, dass es nichts bringt, Mike einen weiteren Vortrag zu halten. Und womöglich hat dieser arrogante, durchgeknallte Typ nicht ganz unrecht mit dem, was er sagt.

»Du denkst also, ich stehe meinem eigenen Glück im Weg? Weil ich nicht auf den Tisch haue?«

Mike nickt. »Jep.«

»Komischerweise habe aber *ich* eine Band aufgebaut und *du* nicht. Mir liegt die Musik mehr am Herzen als alles andere in meinem Leben. Und trotzdem arbeite ich mit jemandem wie Viselsky zusammen, für den Musik nichts weiter als eine Ware ist. Und mit einem Sänger, für den die Musik ein einzig großer Showplatz ist. Ich spiele nach den Regeln des Business, damit der Laden läuft und Leute wie du eine Arbeit haben.«

»Ist ja gut, Jack. Ich weiß, dass du es nicht leicht hast und hart für unseren Erfolg arbeitest«, lenkt Mike ein. Ihm ist klar, dass viel Wahres in dem steckt, was Jack ihm soeben um die Ohren gehauen hat. Um dem Streit ein Ende zu bereiten, wechselt er das Thema.

»Gegen Cora hast du dich ja schon behauptet.«

»Erinnere mich bitte nicht daran. Du weißt, dass sie ein Fehler war.«

»Ein nachvollziehbarer Fehler. Sie ist ziemlich heiß, nicht wahr?« Er zwinkert Jack zu, was dieser im Licht der Straßenlaterne nur allzu gut wahrnimmt.

»Heiß und klebrig, würde ich sagen. Ich habe das Gefühl, ich kriege sie nicht mehr los.« Nach einer kurzen Pause fügt er hinzu: »Genauso wie meine Mutter. Sie kommt in zwanzig Minuten in Heidelkirchen an.«

Mike zieht scharf die Luft ein. »Oh.«

»Bin gespannt, ob sie in das Taxi steigt, das ich ihr bestellt habe.«

»Wieso bleibt sie nicht in ... keine Ahnung, irgendwo, wo das Meer rauscht und die Sonne scheint?«

»Weil sie meine Mutter ist. Wenn sie nur die geringste Chance auf Drama sieht, muss sie daran teilhaben.«

»Potential für Drama hat sie ganz bestimmt. Schau dir nur mal ihr Haus an, ...«

»Das *du* angezündet hast! Und wer hat sie jetzt an der Backe?«

»Die kriegt sich schon wieder ein. Ich lasse einfach meinen Charme spielen.«

»Unterschätze meine Mutter nicht. Ihr fehlt jeglicher Respekt vor deinem Promistatus. In ihren Augen wirst du nichts weiter sein als irgendein x-beliebiger tätowierter, langhaariger Typ.«

Mike zuckt mit den Schultern. »Damit komme ich klar. Und wo will sie schlafen? Doch nicht bei Sepp im Dachgeschoss, oder?«

»Ich habe ihr ein Zimmer beim Hirsch reserviert und ihr erzählt, dass die Kosten von der Versicherung übernommen werden.«

»Tatsächlich? Dann könnten wir doch auch ...«

»Mike!«, unterbricht Jack ziemlich barsch. »Ich habe keine Ahnung, ob und wieviel die Versicherung bezahlt.«

Der Sänger, der ein paar Sekunden braucht, bis er diese Information verarbeitet hat, boxt Jack in die Seite. »Sieh an, sieh an, unser Jack ist doch nicht ganz so spießig, wie ich dachte – belügt seine eigene Mutter, um sie von sich fernzuhalten. Wer hätte das gedacht? Weißt du, was mir am besten an der ganzen Sache gefällt? Dass nun beide beim Hirsch sind: Cora und deine Mutter. Vielleicht lernen sie sich ja im Speisesaal kennen und werden so etwas wie Freundinnen?«

Jack, dem bei dem Gedanken überhaupt nicht zum Lachen zumute ist, hat genug von Mikes idiotischen Kommentaren. »Lass es einfach gut sein. Wir sind gleich daheim, bis dahin würde ich gerne die Ruhe genießen.«

»Haust du gerade auf den Tisch?« Mike lacht, als wäre diese Vorstellung ein Ding der Unmöglichkeit.

»Ja, tu ich. Und du richtest dich besser danach.«

Nachdem sie, ohne ein weiteres Wort zur sprechen, bei Sepp ankommen sind, verzieht sich Jack bald ins Bett. Er verfällt in einen unruhigen Schlaf, in dem er davon träumt, wie er in einem endlosen Ozean voller Haie schwimmt.

Auch Cora hat eine unruhige Nacht hinter sich. Jacks erneute Abweisung und der viele Schampus haben dazu geführt, dass sie in tiefem Selbstmitleid gebadet hat, bevor sie irgendwann vor Erschöpfung eingeschlafen ist. Am nächsten Morgen sitzt sie im Frühstücksraum an einem kleinen Tisch neben dem Fenster und rührt gedankenverloren in ihrem Latte Macchiato. Vom reichhaltigen Buffet hat sie sich lediglich ein Schälchen Marmelade sowie ein Croissant auf den Teller gelegt, den sie nun angewidert von sich wegschiebt. Sie würde das Essen nicht anrühren, genauso wenig wie sie im Stande ist, ihren Mund zu einem Lächeln zu bewegen. Es ist wieder einer dieser Momente.

Reiß dich zusammen!, flüstert ihre innere Stimme, während sie mit den Tränen kämpft. *Es gibt keinen Grund! Dir mangelt es an Nichts. Du bist auffallend schön. Du hast Geld im Überfluss. Du bist selbstbewusst. Du führst ein aufregendes Leben. Jeder andere würde vermutlich sofort mit dir tauschen. Du brauchst Blackbird nicht, du empfindest nicht einmal besonders viel für ihn. Also hör auf, dich wegen ihm schlecht zu fühlen!*

Cora schluckt schwer und wischt mit dem Zeigefinger am unteren Augenlid entlang. Sie fühlt sich leer und wertlos. Eine tiefe innere Traurigkeit ergreift Besitz von ihr, ein Zustand, den sie nur allzu gut kennt. Warum holt sie dieser schwarze Schatten immer wieder ein, streckt seine schrecklichen Klauen nach ihr aus? Es kommt ihr falsch vor, als vom Leben bevorzugter Mensch niedergeschlagen zu sein, und dennoch fühlt sie sich verloren. Einsam. Ungeliebt.

Der Milchschaum auf ihrem Latte Macchiato fällt langsam von einer krönenden Schönheit in eine von Luftlöchern durchsäte Kaffeehaube zusammen, während ihre Gedanken um eine Frage kreisen, die sie sich schon oft gestellt hat: Fehlt es ihr an Beständigkeit? Gibt ein gewisses Maß an Langeweile vielleicht auch Sicherheit, Stabilität? In Momenten wie diesen ist sie fast ein wenig neidisch auf Menschen, die ein fades Durchschnittsleben führen. Auf Lieschen Müller, die sich täglich ins Büro schleppt, nur um abends den Tag vor dem Fernseher zu beenden, neben einem unscheinbaren, leicht schwabbeligen Mann mit schütterem Haar. Würde es ihr auf Dauer vielleicht besser gehen, wenn sie mehr wie Lieschen Müller wäre?

»Cora? Schätzchen, bist du das?«

Die tiefe Männerstimme reißt sie in das hier und jetzt zurück. Cora sitzt schlagartig aufrecht und blickt dem Mann entgegen, der mit einem Teller in der Hand neben ihr steht.

»Papa? Was machst du denn hier?« Ihre Stimme überschlägt sich beinahe vor Überraschung.

»Dasselbe könnte ich dich auch fragen. Weshalb bist du in diesem Kuhdorf?« Rob Viselsky setzt sich auf den freien Stuhl gegenüber und mustert sie aufmerksam. In seinem Kopf blitzen Gesprächsfetzen auf, die er zwischen diesem Sepp und der Frau am Telefon mitbekommen hat. Seine Augen verengen sich zu Schlitzen, als ihm klar wird, weshalb er seine Tochter hier antrifft.

»Jack? Du bist wegen Jack hier? Wegen eines *Musikers*?« Das letzte Wort spricht er mit so viel Abscheu, dass Cora ein kalter Schauer über den Rücken läuft. Er hatte sie mehrfach davor gewarnt, sich mit einem seiner Künstler einzulassen. Das seien durchweg unzuverlässige, traumtänzerische Typen mit Hang zur Selbstüberschätzung, Depression oder anderen schwerwiegenden Problemen.

»Ich äh … nein, das ist mehr beruflich. Wir haben ein Musikvideo gemacht. Ich wurde als Model gebucht.« Cora kommt die Lüge so überzeugend über die Lippen, als würde sie der Wahrheit entsprechen. Es ist nicht das erste Mal, dass sie bei ihrem Vater improvisieren muss.

»Aha. Model.«

Er glaubt mir nicht.

»Ich habe dir erzählt, dass ich das mit dem Modeln versuchen möchte.«

»Das soll ich dir abnehmen, Cora? Wirklich?«

Cora greift nach ihrem Handy, ruft das Video auf, das sie gestern im Wald gedreht haben und hält es ihrem Vater unter die Nase. Sie ist gottfroh, dass Mike es ihr am Abend noch zugeschickt hat. Viselsky betrachtet die Aufnahme, lehnt sich anschließend zurück und schlägt die Beine übereinander. Abgesehen von der Tatsache, dass seine Tochter halbnackt zu sehen ist, muss er zugeben, dass die kurze Sequenz bereits in der Rohfassung nicht schlecht ist.

»Wessen Idee war das?«

»Mikes.«

»Und dafür fliegst du von Berlin hierher?« Viselskys Augenbrauen ziehen sich erneut zusammen, auf seiner Stirn entsteht eine tiefe Falte. Cora weiß, dass sie die Gefahrenzone noch längst nicht verlassen hat. Ein falsches Wort und ihr Vater würde ihre Lüge durchschauen. Die beste Taktik ist wohl, von sich abzulenken.

»Meine Agentur meint, es würde sich lohnen. Wenn ich es in das abschließende Musikvideo schaffe, könnte mir das einen gewaltigen Push verleihen.«

»Musikvideo nennst du das also, wenn du halbnackt auf einem Motorrad sitzt.« Sein Tonfall ist schneidend, als er weiterspricht. »Wieso kommst du nicht zu mir, wenn du in ein Musikvideo möchtest?«

»Papa! Ich will es alleine schaffen. Ohne deine Hilfe!« Das entspricht sogar der Wahrheit.

»Alleine schaffen?« Viselsky lacht süffisant auf. Abgesehen davon, dass sie die Kreditkartenabrechnung von Monat zu Monat in die Höhe treibt, hat seine Tochter noch nicht wirklich viel geschafft. Dass sie ihn eiskalt anlügt, macht ihm schmerzhaft bewusst, welche Rolle er in ihrem Leben spielt.

»Was genau willst du schaffen, Cora? Dir einen Ruf als billiges Groupie zu erarbeiten?«

»Groupie?« Ihre Stimme ist lauter als beabsichtigt, so dass eine ältere Frau am Nachbartisch tadelnd zu ihr herübersieht.

Er liegt mit seiner Vermutung gar nicht mal so falsch. Ich schmeiße mich Jack an den Hals, als hinge mein Leben davon ab. »Wie kommst du darauf, mir so einen vollkommenen Schwachsinn zu unterstellen?«

»Deine Reaktion ist Antwort genug, Cora.«

Viselsky sieht sie unterkühlt an. Sein Blick ist so durchdringend, dass sich Coras Magen zu einem Klumpen zusammenzieht, der mit jeder Sekunde, die verstreicht, schwerer zu werden scheint. Selten spürt sie die Distanz, die zwischen ihr und ihrem Vater herrscht, so deutlich wie jetzt. Sie schluckt, kann aber nicht verhindern, dass erste Tränen in ihr aufsteigen.

Nein!, denkt sie und schiebt ruckartig ihren Stuhl zurück. *Du kannst mir nichts anhaben! Du bist mein Erzeuger, mehr nicht!* Mit geballten Fäusten springt Cora auf. Ihr Herz pocht bis zum Hals.

»Hast du dir jemals Gedanken darüber gemacht, wie ich mich fühle? Wie es in meinem Leben aussieht?« Cora ist es egal, dass sie die Aufmerksamkeit der anwesenden Frühstücksgäste auf sich zieht. »Hast du nicht! Ich kann dir auch genau sagen, weshalb: Weil du eiskalt, berechnend und gefühllos bist. Dir geht es lediglich darum, deinen Ruf zu wahren. Ich bin nichts weiter als eine lästige Angelegenheit, die du mit Geld ruhigstellst.«

Viselsky, dem deutlich anzusehen ist, dass er mit diesem Angriff nicht gerechnet hat, ist im ersten Moment zu perplex, um zu reagieren.

Cora lacht gekünstelt auf. »Mein Vater, der berühmte Musikproduzent! Was machst du eigentlich hier? Spionierst du mir hinterher? Kontrollierst du mich? Das kannst du mit deinen Angestellten machen, aber nicht mit mir!«

Sie schnappt sich Handy und Zimmerschlüssel und verlässt mit großen Schritten den Raum. Er soll nicht sehen, wie ihr Tränen übers Gesicht laufen. Keiner soll das!

Viselsky schüttelt fassungslos den Kopf. Das große, wackelige Konstrukt, das sie beide verband, ist in weniger als drei Minuten in sich zusammengebrochen.

Meine Tochter ist ein billiges Flittchen, das mit meinen Musikern rummacht, mich belügt und sich halbnackt filmen lässt. Er hofft inständig, dass es keine weiteren Aufnahmen von ihr gibt, in denen sie womöglich nackt und in eindeutigen Posen zu sehen ist. Er hat ihr nie wirklich Vorschriften gemacht, nur eine Sache war ihm immer wichtig gewesen: Keine Musiker! So eine unauffällige Kamera ist schnell installiert und manche Menschen würden wer weiß wie weit für einen Plattenvertrag gehen. Wenn er den Black Birds jemals die Kündigung unter die Nase halten würde, musste er wohl hoffen, dass diese nichts gegen ihn in der Hand haben.

»Ihre Tochter? Ganz schön frech, würde ich sagen.«

Neben Viselsky steht eine ältere, etwas zu grell geschminkte Frau mit übervollem Teller in der Hand.

»Und Sie sind?«, verlangt er zu wissen, ohne auf ihre Frage einzugehen.

»Ein Gast dieses Hotels, der sich durch Ihre laute Auseinandersetzung gestört fühlt.«

Viselsky lehnt sich im Stuhl zurück, überkreuzt die Arme vor der Brust und lässt in aller Seelenruhe seinen Blick über sie schweifen.

»Ich schlage vor, Sie wenden sich mit Ihrem Problemchen an den Inhaber und hören auf, mich zu belästigen.«

»Darauf können Sie Gift nehmen! Was bin ich froh, dass mein Sohn so ein netter Mensch ist. Gar nicht auszudenken, wenn ein dermaßen verzogener Fratz aus ihm geworden wäre.« Sie macht auf dem Absatz kehrt, mosert im Weggehen jedoch weiter. Laut genug, dass Viselsky sie verstehen kann: »Kein Wunder, dass sich die Tochter so respektlos verhält – bei diesem Vater!«

»Jakob! Wach auf! Die Weiße ist weg!«

Jack reibt mit dem Handrücken über seine Augen und versucht, sich zu orientieren. Als er sich langsam daran erinnert, was er heute Nacht geträumt hat, ist er auf der Stelle hellwach. Der Ozeantraum! Er fühlte sich wie immer hilflos und hatte keine Orientierung. Doch dieses Mal ist er nicht in seiner ausweglosen Situation verharrt. Heute Nacht ist er auf weichem Sand Richtung Ufer gegangen. Verdammt, er hat geträumt, er hätte den Ozean geteilt!

»Steh endlich auf und hilf mir suchen, bevor Hedwig ankommt und uns die Hölle heiß macht!«, klingt Sepps Stimme gedämpft durch die Tür.

»Welche Weiße? Wovon sprichst du?«

Statt einer Antwort wird plötzlich das Licht eingeschaltet und Franzis Vater steht neben dem Bett.

»Die Gehegetür war auf. Ich hab schon überall geschaut, aber sie ist spurlos verschwunden. Wir müssen mit dem Auto die Gegend absuchen. Du fährst!«

Jack bleibt demonstrativ liegen und starrt auf den kleinen Fleck an der Decke. Soeben hat er noch den Ozean geteilt und nun steht der Brandl Sepp vor seinem Bett und will wegen eines entlaufenen Huhns einen Suchtrupp aufstellen. Was läuft nur falsch in seinem Leben?

»Komm jetzt, raus aus den Federn, Jakob!«

»Wenn's unbedingt sein muss.« Jack weiß, dass er früher oder später sowieso nachgeben würde, also kann er es auch gleich machen. »Sollten wir das Vieh in einer halben Stunde nicht gefunden haben, brechen wir ab. Ich habe heute viel zu tun.«

»Hedwig wird ausrasten, wenn die Weiße fehlt.«

»Mama wird so oder so ausrasten, wenn sie das Haus sieht. Auf ein Huhn mehr oder weniger kommt es jetzt auch nicht mehr an.« Jack blinzelt gegen das Licht und mustert Sepp, der sich nervös am Kopf kratzt. »Kann es sein, dass du ein schlechtes Gewissen hast, weil du die Tür nicht richtig verschlossen hast?«

»Wer sagt denn, dass ich das war?«

»Weil außer dir keiner im Gehege war.«

»So ein Schmarrn! Die Tür könnte jeder aufgemacht haben. Man braucht nur durchs Gartentor hintenrum ...«

»Ist gut, Sepp!«, unterbricht ihn Jack. »Ich bin in fünf Minuten unten. Und jetzt lass mich bitte kurz alleine, oder willst du mir beim Anziehen behilflich sein?«

Während er sich die Zähne putzt, wandern Jacks Gedanken zur vergangenen Nacht zurück. Zum ersten Mal, seit ihn dieser Albtraum aufsucht, war er ihm nicht hilflos ausgeliefert gewesen. Weshalb? Liegt es an den gestrigen Ereignissen?

Ich habe Mike die Meinung gesagt, ohne vorher abzuwägen, wie er wohl reagieren würde. Ich habe Musik gemacht, ohne Rücksicht auf Viselskys Daumenschrauben zu nehmen. Ich habe einen ganzen Tag verloren, ohne auch nur eine Sekunde über Mauerbachs Terminkalender nachzudenken. Und ich fühle mich großartig, weil ich es endlich geschafft habe, dem Ozean zu entfliehen.

Auch wenn es ihm etwas Angst bereitet, den Gedanken zu Ende zu bringen, in einem Punkt muss er Mike zustimmen:

Wenn man es jedem recht machen will, bleibt man irgendwann selbst auf der Strecke. Jack spuckt Zahnpasta ins Waschbecken und spült seinen Mund mit Wasser aus. Beim Blick in den Spiegel fasst er einen Entschluss.

In Zukunft werde ich es nicht nur den anderen, sondern auch mir selbst recht machen! Doch zuerst gehe ich auf Hühnersuche.

Franzi steht im Garten und hängt Wäsche an die Wäschespinne, als Jack an ihrem Haus vorbeifährt. Sepp bedeutet ihm anzuhalten und lässt das Fenster herunter.

»Hast du ein weißes Huhn gesehen?«, plärrt er.

Franzi reagiert nicht.

»Franzi!«, brüllt Sepp erneut, doch diese bückt sich in aller Seelenruhe nach dem nächsten Wäschestück – einer blaugrün gestreiften Männerunterhose – und hängt es an die Leine.

Gestreift trägt der Herr Informatiker also, schießt es Jack durch den Kopf. *Eine Information, die mein weiteres Leben unglaublich bereichert.* Er schiebt das merkwürdige Gefühl, das sich in ihm breit macht, beiseite und versucht, jeglichen weiteren Gedanken an Franzis Ehemann und dessen Unterwäsche abzuschütteln.

»Ist die taub geworden oder was ist da los?«, beschwert sich Sepp ein wenig hilflos.

»Vielleicht hat sie Kopfhörer drin?« Jack drückt kurzentschlossen auf die Hupe, was Franzi erschrocken zusammenzucken lässt. Als sie Jacks Auto erkennt, nimmt sie einen Kopfhörer aus dem Ohr und kommt lächelnd an den Gartenzaun.

»Tut mir leid, ich war so vertieft. Steht ihr schon lange hier?«

»Keine zehn Sekunden. Was hörst du?«, will Jack wissen und deutet auf den Bluetooth Kopfhörer in ihrer Hand.

Franzi kneift verlegen die Lippen zusammen.

»So peinlich?« Jetzt ist Jack wirklich neugierig. »Du weißt, dass die Musik, die jemand hört, einiges über ihn aussagt. Solltest du also …«

»Out of the fire«, unterbricht ihn Franzi.

Der sagenumwobene Feuerstunt-Song! Damit hatte Jack nicht gerechnet. Eine Welle der Zuneigung durchströmt ihn und für einen kurzen Moment befürchtet er, es könnte ein peinliches Schweigen entstehen. Doch zum Glück ist Sepp dabei.

»Du hast nicht zufällig die weiße Henne von Hedwig gesehen? Sie ist uns ausgebüchst.«

»Wie konnte das denn passieren?«

»Sepp hat die Gehegetür aufgelassen«, antwortet Jack, während Sepp gleichzeitig »Irgend so ein Depp hat die Stalltür aufgemacht«, schimpft.

»So, so, die Stalltür, wer das wohl gewesen ist?«, orakelt Franzi kichernd und Jack muss sich eingestehen, dass sie kein bisschen an Ausstrahlung verloren hat. Im Gegenteil: Die kleinen Lachfältchen um ihre Augen lassen sie weicher wirken.

»Bei mir ist heute leider noch kein Huhn zu Besuch gewesen. Aber ich drück euch die Daumen, dass eure dramatische Vermisstensuche erfolgreich endet.«

Sie zwinkert Jack zu, steckt den Kopfhörer wieder ins Ohr und tänzelt zur Wäschespinne zurück.

Sie hört unseren Song! Die restliche Zeit der Hühnersuche ist Jack so gut gelaunt, dass ihn nicht einmal Sepps ständige Kommentare etwas ausmachen.

Eine dreiviertel Stunde später haben sie jeden Straßenzug in der näheren Umgebung mehrmals abgefahren.

»Schreiben wir die Henne ab.«

»Waltraud ist Hedwigs Liebling!«, protestiert Sepp.

»Die können wir nicht einfach abschreiben.« Ihm ist sichtlich unwohl bei dem Gedanken, seiner Nachbarin ohne besagter Waltraud unter die Augen zu treten.

»Dann überleg dir mal schnell, wie wir aus der Sache rauskommen.« Jack bremst den Wagen ab und deutet auf eine Person, die in Sepps Hofeinfahrt steht. Hedwig.

»Wo steckst du, Jack?« Ihre schrille Stimme empfängt ihn, kaum, dass er die Autotür geöffnet hat. »Ich komme nach einer unendlichen Tortour in Katzbrück an, finde meinen Garten vollkommen verwüstet und das Haus bis auf die Grundmauern zerstört vor und mein Sohn hat nichts Besseres zu tun, als spazieren zu fahren?«

»Hallo Mama.«

»Das hier nennst du nicht schlimm? Es ist eine Katastrophe, Jakob, eine absolute Katastrophe!« In ihrer hellgrünen Dreiviertelhose und dem tunikaähnlichen Fransenshirt strahlt sie tatsächlich so etwas wie Urlaubsflair aus. Auch, wenn die nach unten gezogenen Mundwinkeln und die in Falten gelegte Stirn eine andere Geschichte erzählen.

Jack zaubert sich ein Lächeln ins Gesicht und geht auf seine Mutter zu, um sie zu begrüßen. »Wie war der Flug?«

Sie drückt ihn kurz an sich, ignoriert seine Frage und zetert weiter. »Wo soll ich wohnen, Jakob? Bin ich jetzt obdachlos? In diesem Saustall kann doch kein Mensch leben, das dauert Monate, bis mein Haus wieder einigermaßen bezugsfertig ist.«

»Ich habe dir gesagt, dass du nicht zurückkommen brauchst. Es ist alles in die Wege geleitet. In ein paar Wochen wird das hier wieder wie neu sein.«

Hedwig stößt einen undefinierbaren Laut aus, der sowohl Entrüstung als auch absolute Erschöpfung bedeuten könnte.

»Wolltest du mir deine Freundin vorenthalten? War das der Grund, weshalb du alles kleingeredet hast?«

»Freundin? Welche Freundin?«

»Na die, mit der du in meinem Eigentum gehaust hat? Womöglich ist sie schuld an dem Brand.«

»Erstens habe ich keine Freundin und zweitens waren Kerzen schuld am Brand.«

»Kerzen!« Hedwig macht einen Gesichtsausdruck, als hätte ihr Jack soeben eröffnet, dass er einen Shop für Bastelzubehör eröffnen möchte. »Seit wann braucht ein Mann Kerzen? Alleine, ohne Frau?«

Jack zuckt mit den Schultern, während er angestrengt überlegt, was er nun mit seiner aufgebrachten Mutter machen soll. Ob er Sepp und Geli bitten kann, sie aufzunehmen? Ein kurzer Blick auf ihr griesgrämiges Gesicht genügt, und die Entscheidung ist gefallen. Lieber finanziert er ihr ein Zimmer, als sie den ganzen Tag um sich zu haben.

»Wie wär's, wenn du erst mal wieder zum Hirsch zurückfährst?«

Hedwig antwortet nicht. Sie starrt über seine Schulter hinweg zur Straße. »Hast du ein Taxi bestellt, Jakob?«

Obwohl sich Jack sicher ist, dass ihn heute nichts mehr überraschen kann, setzt sein Herz einen Schlag aus, als er sieht, wer aus dem Fahrzeug aussteigt. Viselsky!

»Jack!«, donnert dieser gleich los und marschiert mit schnellen Schritten auf ihn zu.

»Rob! Was machst du denn hier?«

»Der unflätige Herr aus dem Frühstücksraum vom Hirsch! Was wollen Sie auf meinem Grundstück?«

Viselsky antwortet auf keine der Fragen. Stattdessen sieht er sich prüfend um. »Ganz schönes Chaos hier. Ist das das Haus, das ihr angezündet habt?«

Hedwig: »*Ihr*?«

Viselsky: »Wer ist diese vertrocknete Schreckschraube?«

Jack: »Das ist meine Mutter.«

Hedwig: »Verlassen sie sofort mein Grundstück!«

Viselsky: »Jack, wir haben eine Besprechung. Jetzt.«

Hedwig: »Wenn Sie nicht von der Versicherung sind oder beim Aufräumen anpacken, dann können Sie Ihre Besprechung abhalten, wo Sie wollen, aber nicht bei mir.«

Jack: »Mama, das ist Rob Viselsky von Platinum Records, meinem Plattenlabel.«

Hedwig: »Und wenn er der Kaiser von China ist!«

Viselsky: »Was anderes, als sich zu beschweren und rumzumosern, können Sie wohl nicht? Sie sollten mal Urlaub machen, meine Dame.«

Hedwig: »Ich wünsche nicht, dass du mit solchen Menschen zusammenarbeitest, Jakob.«

Sepp: »Da ist sie!«

Schlagartig drehen sich alle nach Sepp um, der aufgeregt zum Nachbargrundstück auf der anderen Straßenseite deutet.

»Da! Hinter der Tonfigur neben der Haustür!«

Tatsächlich, die weiße Henne! Jack hätte nie gedacht, dass er sich mal so über Sepp oder ein weißes Huhn freuen würde! Er eilt ohne ein weiteres Wort davon und überlässt Hedwig und Viselsky ihrem Schicksal.

»Ich von links und du von rechts«, gibt Sepp unnötigerweise Anweisungen. »Lass sie ja nicht davonkommen!«

Von beiden Seiten schleichen sie sich an das Tier heran. Als er nah genug ist, packt Sepp zu. Das Huhn erschrickt, gackert wie verrückt und flattert aufgeregt mit den Flügeln.

»Zefix! Jetzt halt still!«, flucht er, was nicht gerade zur Beruhigung des Tieres beiträgt. Der Tonengel, hinter dem sich Waltraud zu verstecken versucht, kommt bei der ganzen Aktion gefährlich ins Wanken. Jack will erst den Engel retten, entscheidet sich in der Hektik dann aber doch für das Huhn, packt es an den Beinen und verschafft Sepp die Möglichkeit, es am Körper zu umgreifen und hochzunehmen.

»Da verfahren wir Unmengen von Benzin und du sitzt nur ein paar Meter weiter auf der anderen Straßenseite.«

»Hinter der Figur war sie aber auch schlecht zu sehen«, wirft Jack ein und schiebt die Scherben mit dem Fuß auf einen Haufen. »Tja. Der Engel hat mit der Aktion wohl sein Leben ausgehaucht.«

»Ah geh, Schmarrn. Das kann man doch kleben.« Sepp hält das schimpfende Huhn fest umklammert, während er sogleich seinen nächsten Gedanken ausspricht: »Entweder kleben oder der Versicherung melden. Die zahlen das schon. Wobei – bei dem alten Ding werden vermutlich nicht mehr als zehn Euro rausspringen.«

Jack dreht sich kopfschüttelnd zur Haustür um und drückt den Klingelkopf. Er wird dem Nachbarn schildern, was passiert ist, sich entschuldigen und die Figur ersetzen.

Während Jack einen Fünfzig-Euro-Schein aus seiner Geldbörse zieht, spaziert Sepp mit Waltraud auf dem Arm in Hedwigs Einfahrt. Viselsky starrt ihn entgeistert an. *Ich bin tatsächlich am Arsch der Welt angekommen.*

Viselsky: »Ist das Ihr Mann?«

Hedwig: »Gott bewahre!«

Viselsky: »Würde aber einiges erklären.«

Sepp: »So, die Weltreisende ist auch mal wieder daheim. Hast du dir gleich einen neuen Lover mitgebracht oder ist das der Brandschadensanierer?«

Hedwig: »Was machst du mit Waltraud? Wieso läuft sie frei rum?«

Sepp: »Mei, die ist halt ausgebüchst, weil die Tür offen war.«

Hedwig: »Als ob es nicht reichen würde, dass er mein Haus in Schutt und Asche legt. Nichts kann man dem Jungen anvertrauen, gar nichts! Nicht mal ein paar Hühner.«

Jack (schreit von der anderen Straßenseite rüber): »Sepp, sag ihr, dass du die Tür aufgelassen hast, nicht ich!«

Viselsky: »Sie sind Sepp? Der Sepp, mit dem ich telefoniert habe?«

Sepp: »Wer will das wissen?«

Viselsky: »Natürlich, jetzt erkenne ich die Stimme! Sie waren es. Sie und diese Frau.«

Hedwig: »Wieso hast du die Tür aufgelassen, Sepp? Ich dachte, Jakob kümmert sich um meine Hühner?«

Sepp: »Der Jakob! Kümmern! Wenn ich nicht da gewesen wäre, wären sie schon längst verhungert und verdurstet.«

Viselsky: »Wer ist die Frau, die mit Ihnen im Raum war?«

Hedwig und Sepp: »Welche Frau?«

Viselsky: »Die, die Jack anschmachtet. Die, die sich so unverschämt über mich geäußert hat.«

Hedwig: »Also doch!«

Sepp: »Sie schmachtet Jakob nicht an!«

Hedwig (schreiend): »Jakob! Komm bitte sofort rüber, wir müssen etwas klären!«

Sepp: »Ich bring Waltraud mal zurück in den Stall.«

Während Sepp über den zerfurchten Rasen Richtung Hühnerstall marschiert, kommt Jack widerwillig in die Einfahrt zurück. Weder auf Hedwig noch auf Viselsky hat er jetzt Lust und Nerven. *Hier prallen zwei Welten aus meinem Leben aufeinander, die einfach nicht zusammengehören. Und das nicht nur in einem, sondern in mehreren Bereichen.*

- Großstadt – Dorf
- Berlin – Bayern
- Businessman – Rentnerin
- Weltmännisch – Hühnerstall im Garten
- Macho – alleinerziehende Mutter der alten Schule
- Geld spielt keine Rolle – Wer den Pfennig nicht ehrt, ist des Talers nicht wert
- Maßgeschneiderter Designeranzug – Modeschmuck
- Redet nur das Nötigste – redet ununterbrochen

Jack muss sich jedoch eingestehen, dass es auch einige Überschneidungen bei den beiden gibt.
- Bestimmt über Jack – nörgelt ständig an Jack rum
- Meint, er ist was Besseres – meint, sie ist was Besseres
- Erwartet, dass Jack Babysitter für Mike spielt – erwartet, dass Jack Babysitter für Haus und Hühner spielt
- Ist sein Vorgesetzter – ist seine Mutter
- Starrt ihn an – starrt ihn an

»Ihr habt euch bereits bekannt gemacht?« Er versucht einen lockeren Einstieg in das Gespräch. Tief in seinem Inneren wünscht er sich tatsächlich Oberschiedsrichter Sepp wäre noch hier.

»Nicht so sehr, wie du dich mit meiner Tochter bekannt gemacht hast, Jack.«

Der Eiswind in Viselskys Stimme lässt Jack erstarren. Woher weiß er von ihm und Cora?

»Das ... das ist längst vorbei, Rob. War nur eine kurze Geschichte.«

Hedwig hält vor Überraschung die Luft an, während sich in ihrem Kopf die Puzzleteile zusammensetzen.

»Nur eine kurze Geschichte?«, fragt Viselsky scharf. »Du weißt, was ich dir gesagt habe: Finger weg vom Team.«

»Ich weiß.« Jack ist kurz davor zu erzählen, dass Cora es auf ihn abgesehen hat, nicht umgekehrt. Aber dann würde er nur wie ein jämmerlicher Waschlappen dastehen, der versucht, die Schuld auf andere zu schieben.

»Mein Jakob würde dieses ungezogene Flittchen niemals anfassen!«

»Mama, halte dich da bitte raus!«

»Raushalten? Ich habe seine Tochter heute Morgen kennengelernt und ich bin mir hundertprozentig sicher, dass zwischen dir und dieser übellaunigen Göre nichts von Bedeutung passiert sein kann.«

Als Jack nicht antwortet, setzt sie hinterher: »Oder, Jakob?«

»Mama, geh doch einfach mal in den Garten zu Sepp.« Er packt sie am Oberarm und schiebt sie sanft, aber bestimmt Richtung Hühnerstall. Als sie mit einem theatralischen *Womit habe ich das nur verdient?* um das Hauseck verschwunden ist, atmet Jack tief durch. Die beiden Welten, die durch ihn verbunden sind und dennoch so gar nicht zusammenpassen, sind für kurze Zeit wieder getrennt. *Teile den Ozean.*

»Wo ist Mike? Hol ihn. Wir haben etwas zu besprechen.« Viselsky hat seinen Standpunkt zu Jacks Techtelmechtel mit seiner Tochter deutlich gemacht, mehr gibt es für ihn dazu nicht zu sagen.

Für Jack ist klar, dass dies eine deutliche Warnung war. Ab sofort würde er einen noch größeren Bogen um Cora machen. Mit einem seltsamen Gefühl im Bauch, dass sich irgendwo zwischen Angst und Entschlossenheit bewegt, steigt er die Treppen zum Obergeschoss hoch, um Mike zu holen.

Viselsky zündet sich in der Zwischenzeit eine Zigarette an und sieht sich prüfend um. Er betrachtet die fünf verrosteten Metallteile, die auf Stäben am Gartenzaun entlang in der Erde stecken. Spiralen und Herzen, dazwischen große blaue Tonkugeln. Was soll das sein? Ein Zwischenlager für den Sperrmüll? Fehlen nur noch ein paar Gartenzwerge und das idyllische Hinterwäldlerklischee wäre perfekt. Was hat ihn nur geritten, hierher zu kommen? Natürlich kennt er den Grund: Die Frau, die es wagt, so abfällig über ihn zu reden. In diesem Moment kommt Viselsky ein absurder Gedanke, den er jedoch sofort wieder verwirft: Was, wenn auch andere hinter seinem Rücken so über ihn sprechen?

»Rob, welche Ehre!« Mike schlendert die Eingangstreppe hinunter und zündet sich ebenfalls eine Zigarette an.

»Mike.« Viselsky macht keine Anstalten, auf Mikes lockeren Plauderton einzugehen. »Wir fahren zum Hirsch. Dort gibt es einen Besprechungsraum, in den wir uns zurückziehen können.« Er wirft die halb aufgerauchte Kippe auf den Boden und drückt sie mit seinem handgenähten Lederschuh aus. »Jetzt.«

»Du kannst bei mir mitfahren, Rob.« Jack deutet auf den Bus, doch Viselsky ist bereits losmarschiert und dreht sich nicht mal um, als er antwortet. »Ich nehm' das Taxi.«

»*Ich* fahre bei dir mit, Jakob! Das hier deprimiert mich viel zu sehr, als dass ich noch eine Minute länger bleiben möchte.« Auch Jack dreht sich nicht um, als Hedwigs Stimme hinter ihm ertönt. In dem ganzen Wahnsinn zwischen Hühnersuche und Labelboss ist ihm seine Mutter auf dem Beifahrersitz auch schon egal.

Hedwig plappert die kurze Fahrt zum Hotel-Gasthof Hirsch durch. Die beiden Musiker hätten sich gerne darüber ausgetauscht, was es wohl zu bedeuten hat, dass Viselsky persönlich in Katzbrück aufgetaucht ist, doch Hedwig lässt ihnen keine Chance dazu.

»So ein arroganter Schnösel! Ist sich wohl zu fein, in ein gewöhnliches Auto zu steigen? Na gut, wenn er meint. Ist ja nicht mein Geld. Weshalb ist der eigentlich so reich? Oder tut er nur so? Kann man mit Musik so viel verdienen? Ich dachte, das bekommt alles ihr Musiker? Ihr bekommt doch genügend, oder Jakob? Ist schließlich deine Musik, natürlich bekommst du das meiste Geld und er ist lediglich daran beteiligt. Trotzdem versteh ich nicht, wieso er so reich zu sein scheint und du … na ja. Hat er vielleicht nebenher noch eine andere Firma? Für was brauchst du den überhaupt? Kannst du das nicht alleine machen?«

Der Monolog wäre wohl endlos so weitergegangen, wenn sie nicht auf dem Gästeparkplatz vor dem Hotel angekommen wären.

»Lass dich ja nicht von seinem Anzug einschüchtern, Jakob. Das ist alles nur Fassade!«, gibt sie ihrem Sohn als letzten mütterlichen Ratschlag mit, um sich dann übergangslos der Speisekarte vor dem Hotel zu widmen und sich über die horrenden Preise aufzuregen.

Trotz der großen Anspannung, die in der Luft liegt, muss Mike grinsen. Er weiß ziemlich genau, wieviel Einfluss Kleidung und Aussehen auf die eigene Persönlichkeit und das Umfeld haben. Selbst jemand, der sich nichts um seinen Kleiderstil schert, drückt etwas aus. Man kann nicht nicht kommunizieren.

Als Jack den langen Flur zum Besprechungsraum entlanggeht, hallen Hedwigs Worte in seinem Kopf nach.

Ist schließlich deine Musik. Für was brauchst du den überhaupt?

Seine Mutter hat weder Ahnung, wie man Musik erschafft, noch, wie das Business funktioniert. Und trotzdem trifft sie einen Nerv bei ihm. Ja, es ist seine Musik. Aber er braucht Viselsky. Dieser skurpellose, eiskalte

Plattenfirmen-Mogul ist ein wichtiger Teil seiner Künstlerexistenz, die er so sehr liebt, dass er auch heute noch alles dafür stehen und liegen lassen würde. Doch, und das wird Jack in dem Moment klar, Viselsky braucht auch ihn. Black Birds ist eine der erfolgreichsten Bands seines Labels, eine tragende Säule von Platinum Records. Viselsky wäre bestimmt nicht persönlich nach Katzbrück gekommen, wenn ihm die Band nicht wichtig wäre.

Mit jedem Schritt, den sich Jack dem Besprechungsraum nähert, weicht seine Nervosität einer wohlig warmen inneren Ruhe. Zusammenhangslose Bilder blitzen in seinem Kopf auf.

Der Brand. Franzi am See. Das Video. Cora auf Sepps Couch. Jammen mit Vossi. Mike, dieser Idiot, dem er so deutlich wie noch nie zuvor die Meinung gesagt hat. Er hat den Ozean geteilt, nur um von Sepp und seinem Hühnerproblem geweckt zu werden. Hedwig und Viselsky in der Hofeinfahrt. All das hat etwas in ihm losgetreten. Mit einer Mischung aus Trotz, Zuversicht und Leck-mich-am-Arsch-Gefühl öffnet er die Tür und betritt zusammen mit Mike den Raum.

Viselsky hat bereits am Tischende Platz genommen und erwartet sie. Er deutet auf die Stühle rechts von ihm und gibt ihnen zu verstehen, dass sie sich dort setzen sollen. Nachdem Jack und Mike Platz genommen haben, lehnt er sich in seinem Stuhl zurück und mustert die beiden Musiker wortlos. Jack kommt es vor wie eine kleine Ewigkeit, doch er lässt es geduldig über sich ergehen. Dann beugt sich Viselsky vor, stützt beide Unterarme auf dem Tisch ab und beginnt eindringlich zu sprechen.

»Ihr wisst, dass ich eine Menge Geld in euch investiere?«

Jack und Mike nicken synchron.

»Da draußen lechzen unzählige Bands danach, eine Chance zu bekommen. Sich beweisen zu dürfen. Sie würden ohne mit der Wimper zu zucken über glühende Kohlen laufen und dabei Glassplitter schlucken, um auch nur ansatzweise die Unterstützung zu erhalten, die ihr von mir bekommt. Euch dürfte klar sein, dass es mich nur einen Fingerschnips kostet, euch gegen eine andere vielversprechende Band auszutauschen. Das Musikbusiness ist schnelllebig. Gnadenlos.«

»Rob, das wissen wir. Wir geben unser Bestes und ich denke, dass ...«, setzt Jack an, doch Viselsky unterbricht ihn barsch.

»Ich bin noch nicht fertig! Dieser Affenzirkus, den ihr hier veranstaltet, hat auf der Stelle ein Ende!« Seine Stimme wird hart und duldet keinerlei Widerspruch. »Dass ihr in dieses Kaff fahrt, um ein Album aufzunehmen, okay. Das ist eure Sache. Aber dann nehmt verdammt noch mal ein Album auf und hört auf, euch wie zwei pubertierende Pickelgesichter zu verhalten!«

»Moment!«, grätscht Jack dazwischen. »Du wirst dein Album pünktlich bekommen. Alles andere ist für dich nicht von Bedeutung. Wir machen hier nichts, was gegen unsere vertragliche Vereinbarung verstößt.«

»Ihr zündet ein Haus an. Ihr verbreitet Chaos im Dorf. Ihr verursacht nichts als negative Presse!«

Viselsky fixiert Jack mit eisigem Blick. Dieser zuckt jedoch nicht wie erwartet zusammen und flüchtet sich in Entschuldigungen, sondern schweigt. Da Viselsky nicht weiterspricht, beugt sich auch Jack nach vorne.

»Es geht um Cora, habe ich recht?«

»Jack!« Auf Mikes Gesichtszügen ist das blanke Entsetzen zu sehen.

»Halt die Klappe, Mike«, zischt Jack. »Das hier ist eine Verhandlung zwischen Bandchef und Labelboss.«

Mike sinkt entgeistert in seinem Stuhl zurück. Als Sänger hat er bei dieser Verhandlung nichts zu melden, das stimmt.

»Jack Blackbird!« Die Ader an Viselskys Schläfe tritt deutlich hervor. Nur mühsam schafft er es, nicht die Beherrschung zu verlieren. »Dass du es wagst, dieses Thema anzusprechen!«

»Wenn wir schon mal hier sind, können wir doch alles klären, was es zu klären gibt, oder etwa nicht?« In Jack kehrt eine seltsame Ruhe ein. Je aufgebrachter Viselsky reagiert, desto sicherer fühlt er sich und das wiederum scheint Viselskys Zorn anzuheizen.

»Sie ist meine Tochter und du bist bei mir unter Vertrag. Das sind mehr als genug Gründe, weshalb du deine dreckigen Finger von ihr lassen solltest.«

»Cora sucht nach Anerkennung, Rob. Sie hat keinen Halt in ihrem Leben.«

»Halt die Klappe!«, brüllt Viselsky. »Was weißt du schon über Cora!« Er rast innerlich vor Wut.

Mike starrt Jack mit weit aufgerissen Augen an. Er hat seinen Finger genau in die Wunde gelegt.

»Rob, ich weiß eine ganze Menge über sie. Deine Tochter kann es nicht ertragen, abgewiesen zu werden. So schillernd und selbstbewusst sie nach außen auch erscheint, so zerbrechlich ist sie im Innern.«

»Was erlaubst du dir?! Was! Zur Hölle! Erlaubst du dir!« Viselskys Stimme überschlägt sich vor Zorn, während er bei jeder Silbe mit der Faust wütend auf den Tisch donnert. Mike vergräbt seinen Kopf in beide Hände, als könne er nicht glauben, was hier gerade vor sich geht. Jack hat nicht nur den Finger in die Wunde gelegt, er hat mit beiden Händen hineingegriffen und sie brutal auseinandergerissen.

»Das ist nur meine persönliche Meinung, mehr nicht«, sagt Jack ruhig.

»Deine persönliche Meinung interessiert mich einen feuchten Dreck, Blackbird.«

Mike, der sich sichtlich unwohl fühlt, versucht beschwichtigend einzugreifen und das Thema wieder auf eine neutrale Ebene zu bringen. »Leute, lasst uns doch über das reden, weswegen wir hier sind: Musik.«

»Ich bin mir nicht sicher, ob das noch notwendig ist«, zischt Viselsky, ohne Jack aus den Augen zu lassen.

»Das kannst du nicht machen, Rob!«, schreit Mike, dem die Drohung wie ein kalter Blitz in die Eingeweide fährt.

»Und ob ich das kann!« Viselsky funkelt Jack herausfordernd an. »Ihr liefert mir ein Hitalbum. Eines, das einschlägt und alle anderen vom Markt fegt. Wenn die Verkaufszahlen nicht durch die Decke gehen, war es das. Dann seid ihr raus.« Damit lehnt er sich herablassend grinsend in seinem Stuhl zurück. Er hat soeben einen spitzen Dolch auf Jacks Brust gerichtet.

»Aber …« Mikes hilfloser Blick wandert zu Jack. »Sag doch verdammt noch mal was.«

Jack schlägt die Beine übereinander und lehnt sich ebenfalls zurück.

»Er hat recht.«

»Spinnst du jetzt komplett?« Mike springt von seinem Stuhl auf und tigert unruhig im Raum auf und ab. »Was ist denn hier plötzlich los? *Dann war's das.* So ein Bockmist!«

Auch Viselsky schaut einigermaßen überrascht drein. Blackbird stimmt ihm zu?

»Wenn das nächste Album nicht der absolute Killer wird, lösen wir den Vertrag auf. Entweder wir schaffen jetzt den Sprung in die nächste Liga, oder wir lassen es bleiben. So wie es momentan läuft, ist es das alles nicht wert.« Jacks Stimme klingt sachlich und überlegt. Mit jedem Wort fühlt er sich sicherer. Viselskys Dolch hat schlagartig an Schärfe verloren.

»Was redest du denn da?« Mike bleibt direkt vor Jack stehen und breitet in einer hilflosen Geste beide Arme aus. »Überleg doch mal, …«

Doch Jack sieht Mike so eindringlich an, dass dieser verstummt. »Ich bin noch nicht fertig.«

Dann wendet er sich wieder Viselsky zu. »Rob, ich schlage dir hiermit vor, den aktuellen Vertrag aufzulösen und einen neuen zu erstellen. Und zwar zu folgenden Bedingungen: Du bekommst von mir das beste Album, das Black Birds je gemacht hat. Im Gegenzug bekomme ich die absolute künstlerische Freiheit. Ich erwarte«, fährt Jack mit entschlossener Stimme fort, »dass du alle Register ziehst, um es entsprechend zu promoten. Nur, wenn wir zusammen an einem Strang ziehen und jeder von uns seinen Beitrag leistet, können wir die angestrebten Verkaufsziele auch erreichen. Mauerbach bekommt genügend Budget, um sich für die Dauer des Projektes exklusiv um Black Birds zu kümmern. Die Musikvideos produzieren wir mit deinen Kollegen von Crew United. Wir machen ab sofort keine halben Sachen mehr. Wenn das nächste Album nicht das mit Abstand erfolgreichste wird, lösen wir den Vertrag auf.«

Viselsky schweigt. Noch nie hat ihm ein finanziell rentabler Künstler mit einer Vertragsauflösung gedroht. Jack hat ihm nun ebenfalls einen Dolch auf die Brust gesetzt.

»Und dann?« Mikes Miene spiegelt völlige Fassungslosigkeit wider.

»Dann mache ich weiter Musik, allerdings nach meinem Tempo, mit Menschen, die genauso leidenschaftlich dafür brennen wie ich selbst. Das gilt auch für zukünftige Geschäftspartner.« Jack richtet seinen Blick herausfordernd auf Viselsky. Sein Herz pocht wie verrückt. Hat er das soeben wirklich alles gesagt? Wenn Viselsky ihn jetzt aus dem Raum schmeißt und ab sofort nur noch per Anwalt mit ihm kommuniziert, würde er dennoch kein einziges Wort bereuen.

Doch Viselsky mustert Jack mit schräg gelegtem Kopf und schweigt. Im Laufe der Jahre hat er schon alle Arten von Musikern erlebt. Seiner Erfahrung nach lassen sie sich in drei Kategorien einordnen:

- Diejenigen, die zwar gut sind, aber nicht das ihrer Kunst entsprechende Erscheinungsbild haben oder die falsche Einstellung zu ihrem Beruf mitbringen. Sie leben weder das, was sie besingen, noch können sie es richtig zur Schau stellen. Von denen sollten man als Plattenlabel die Finger lassen.
- Blackbird und Mike gehören zur nächsten Kategorie: Künstler, nach der jede Plattenfirma Ausschau hält. Sie haben nicht nur Talent, Attitude und die richtige Einstellung zu ihrer Kunst, sie brennen für die Musik und ordnen ihr kompromisslos ihr gesamtes Leben unter.
- Dann gibt es noch die dritte Kategorie. Solche Künstler sind äußerst selten. Das sind diejenigen, zu denen man aufsieht, die einem Respekt einflößen. Musiker, die andere Menschen inspirieren. Ist es möglich, dass mit Jack Blackbird genau so einer vor ihm sitzt? Falls ja, würde das für seine Plattenfirma vor allem eines bedeuten: Geld, Geld und noch mehr Geld!

»Normalerweise stelle ich die Bedingungen, Blackbird.«

»Normalerweise hast du auch irgendwelche Greenhorns am Verhandlungstisch sitzen.« Jack streckt seine rechte Hand über den Tisch. »Jeder von uns gibt sein Bestes. Das ist ein fairer Deal, Rob.«

Viselsky mustert ihn einen Moment. Er ist Geschäftsmann und ein Black Bird-Album, das alle anderen in den Schatten stellt, eine verlockende Aussicht.

»Eine Verhandlung auf Augenhöhe. Das gefällt mir, Jack.« Rob Viselsky schlägt ein. Der Deal ist besiegelt.

BLACK BIRD JACK BLACKBIRD

there are dark clouds in the distance
starlight reflects in the beak
the sirens have been calling
to remind him of what he did seek

the jaws held on to expectations deep within
but not anymore as the raven spreads his wings

black bird, time has come to reclaim the sky
are you set to make a stand?
revelation is at hand

they threaten and they pressure
they dare him not to sing
as they put more weight on his wings
a fire is rising within

no turning back, evolution has begun
an overwhelming light of better things to come

black bird, on the rise to reclaim the sky
he is set to make a stand
revelation is at hand
black bird, carry on, spread your wings and fly
songs of courage deep within
only few have dared to sing

as the wind is turning
they will watch him rise
and they will follow
with true passion in their eyes

black bird, time has come to reclaim the sky
he was born to make a stand
revelation is at hand
black bird, carry on, spread your wings and fly
songs of courage deep within
and he's the one to sing
he's the one to sing
yes, he's the one to sing
he's the one to sing

SCHWARZER VOGEL

dunkle Wolken in der Ferne
das Sternenlicht reflektiert im Schnabel
die Sirenen rufen nach ihm
um ihn daran zu erinnern, wonach er gesucht hat

die Klauen hielten sich fest an Erwartungen tief im Inneren
doch von nun an nicht mehr, denn der Rabe breitet seine
Flügel aus

Schwarzer Vogel, die Zeit ist reif den Himmel
zurückzuerobern
bist du bereit für einen Kampf?
die Offenbarung steht bevor

sie bedrohen ihn und üben Druck aus
sie legen ihm nahe nicht zu singen
und als sie noch mehr Gewicht auf seinen Flügeln
ablagern
regt sich eine Flamme in seinem Inneren

es gibt kein zurück, die Entwicklung nimmt ihren Lauf
ein überwältigendes Licht, ein Zeichen besserer Zeiten

Schwarzer Vogel, steig empor und erobere den Himmel
zurück
er ist bereit für einen Kampf
die Offenbarung steht bevor
Schwarzer Vogel, gib nicht auf, breite deine Flügel aus
und flieg'
Lieder über Mut tief im Inneren
nur die wenigsten haben je gewagt sie zu singen

und wenn der Wind sich dreht
werden sie ihn emporsteigen sehen
und sie werden ihm folgen
mit glühender Leidenschaft in ihren Augen

Schwarzer Vogel, die Zeit ist reif den Himmel
zurückzuerobern
er wurde geboren für den Kampf
die Offenbarung steht bevor
Schwarzer Vogel, gib nicht auf, breite deine Flügel aus
und flieg'
Lieder über Mut tief im Inneren
und er ist auserwählt sie zu singen
er ist auserwählt sie zu singen
er ist auserwählt sie zu singen
er ist auserwählt sie zu singen

DIE KRAFT DER GEGENWART

Nachdem sie den Besprechungsraum verlassen haben, steuert Mike direkt auf die Gaststube des Hirschs zu.

»Einen Doppelten«, ordert er, noch bevor er die Theke erreicht.

Die Bedienung, die zu dieser Uhrzeit eher Kaffee- oder Radlerbestellungen gewohnt ist, lässt sich nichts anmerken. »Selbstverständlich, was hätten wir denn gerne?«

»Schnaps.« Mike sinkt kraftlos auf den Barhocker und sieht Jack fragend an. Dieser nickt.

»Wir haben Bärwurz, Enzian, Haselnussschnaps ...«, beginnt sie aufzuzählen, ohne in der Karte nachsehen zu müssen.

»Fangen wir mit Bärwurz an. Zwei bitte.«

In der nächsten halben Stunde bestellen sie noch vier weitere Schnäpse, die sie schweigend in sich hineinkippen. In Gedanken geht Jack das Gespräch mit seinem Labelboss immer und immer wieder durch. Noch kann er es kaum fassen, was da eben passiert ist. Hat Viselsky ihm wirklich seine Hand darauf gegeben, dass er das Album so produzieren darf, wie er möchte? Mit allen Freiheiten? Er ist so sehr damit beschäftigt, diese unglaubliche Wendung der Dinge zu verarbeiten, dass er mit keiner Sekunde daran denkt, wie es Mike damit geht. Dieser ist in gewisser Weise ebenfalls fassungslos. Jedoch eher ungläubig – geschockt – fassungslos. Wie kann es sein, dass er von jetzt auf nachher nicht mehr das Zentrum der Band bildet? Er – Mike Wagner?

Trotz der fünf Schnäpse fühlt sich Jack nicht betrunken, was vermutlich an dem Adrenalin liegt, das in rauen Mengen durch seinen Körper pumpt. Dennoch ist er so vernünftig, den Bus stehen zu lassen und zu Fuß zu den Brandls zu gehen. Es ist Mike, der das Schweigen bricht, nachdem sie einige Meter zurückgelegt haben.

»Alter, du hast ganz schön auf dicke Hose gemacht!«

»Ich habe gefordert, was mir zusteht.«

»Komm schon, das war riskant. Um nicht zu sagen an der Grenze zum Wahnsinn. Wer predigt denn immer, dass wir von Platinum Records abhängig sind?«

»Sind wir auch. Das heißt aber nicht, dass wir krampfhaft daran festhalten müssen. Ich habe ihm nur gezeigt, dass es so nicht weitergeht.«

»Und wie geht es weiter?« Mike schiebt sich vor Jack und bringt ihn mit ausgestrecktem Arm zum Stehen, um seine uneingeschränkte Aufmerksamkeit zu erhalten. »Mir ist dermaßen die Düse gegangen da drin! Schon klar,

Verhandlungen mit dem Plattenlabel führt der Band-leader. Aber was hättest du getan, wenn er nicht zuge-stimmt hätte? Hm? Was?«

»Er hat aber zugestimmt, Mike.«

»Du hast gerade eben die Band aufs Spiel gesetzt. Fuck!« Mike reißt seine Sonnenbrille vom Kopf, schleudert sie wut-entbrannt auf den Gehweg und brüllt auf Jack ein. »Was für eine Egonummer soll das eigentlich sein, Jack? Musik ist dein Job! Wenn du dich unbedingt selbstverwirklichen möchtest, dann spiel in einer Hobbyband! Da redet dir nie-mand rein und es ist egal, ob es auf dem Markt ankommt oder nicht. Das hier«, Mike deutet zwischen ihnen beiden hin und her, »ist verdammt noch mal ernst. Hier geht es um Ver-kaufszahlen und nicht um Mimosenprobleme.«

»Hör auf, mich anzumachen! Ich reiß mir seit Jahren den Arsch auf für die Band. Eine Band, die maßgeschnei-derte Songs nach *Viselskys* Vorgaben produziert. In der ein Sänger singt, den *er* mir aufs Auge gedrückt hat und dem ich ständig in den Arsch treten muss. Diese Band ist nichts weiter als ein Abziehbildchen von Viselskys Vor-stellungen. Er würde uns ohne mit der Wimper zu zucken fallen lassen, wenn wir nicht mehr genügend Geld ein-bringen. Scheiße Mike, wach endlich auf! Ich bin ihm mit meiner Forderung einfach nur zuvorgekommen. Eben *weil* mir etwas an der Band liegt, *weil* ich sie retten möch-te.« Jack zögert, beschließt dann aber, dass es an der Zeit ist, die ganze Wahrheit auszusprechen. »Ich kann verste-hen, dass du Panik hast. Davor, den ach so bequemen Ses-sel zu verlassen, von wo aus du nur Mist baust und ich dir den Rücken freihalte.«

Mit verschränkten Armen baut sich Mike breitbeinig vor Jack auf und sieht ihn von oben herab an, als wolle er abschätzen, ob es sich lohnt, darauf zu antworten. Als er spricht, ist seine Stimme einigermaßen ruhig

»Du vergisst eines, Jack: Ich bin das Aushängeschild der Black Birds.«

»Nein, Mike. Dein Gesicht ist nur deshalb auf jedem Black Bird-Album im Mittelpunkt, weil du der Sänger bist.« Jack mustert Mike nun ebenfalls von oben herab, bevor er hinzufügt: »Aber Black Birds ist deutlich mehr als nur ihr Sänger.«

Mike spuckt angewidert auf den Boden. »Ohne mich wären die Black Birds nur halb so viel wert, Jack!«

»Ohne mich würden sie erst gar nicht existieren.«

Für einen Augenblick herrscht eisiges Schweigen. Sie starren sich herausfordernd an, bis Mike den Blickkontakt abbricht und seine Sonnenbrille aufhebt.

»Diese Sache hier«, Jack deutet mit dem Zeigefinger nun ebenfalls zwischen ihnen hin und her, »wurde ausnahmslos auf meinen Schultern ausgetragen. Jetzt ist der Zeitpunkt gekommen, an dem sich das Blatt wendet. Ich verlange nichts weiter, als einen fairen Deal mit Platinum Records.«

»Und wie genau willst du die Sache auf ein neues Level heben? Mit einem Automechaniker oder was? Kannst du plötzlich noch bessere Songs komponieren als bisher? Habe ich vielleicht irgendetwas verpasst, Jack?«

Jack wartet ein paar Sekunden, bevor er mit dem herausrückt, was ihn schon seit Längerem beschäftigt. »Bist du bereit, Kompromisse einzugehen, Mike?«

An diesem Abend gibt sich Mike beim Burschenvereinstreffen im Hirsch dermaßen die Kante, dass ihn Simon und Vossi schon vor zwölf nach Hause bringen müssen. Als sie ihn an der Haustür der Brandls abliefern, klopft ihm Simon lachend auf den Rücken. »Sieh zu, dass du bis Freitag wieder nüchtern bist, da eröffnet der Italiener. Das ist eine Pflichtveranstaltung.«

»Klaaa, bin selschdändich dabei«, lallt Mike, stolpert ins Treppenhaus und poltert sternhagelvoll die Treppe hinauf.

Den darauffolgenden Vormittag verbringt er kränkelnd im Bett. Sein Kopf scheint die Größe eines Kürbisses zu haben, während der Magen gegen alles rebelliert, was er zu sich nimmt, inklusive Kopfschmerztabletten. Dennoch kreisen Mikes Gedanken rast- und ergebnislos um Jacks Vorschlag. Mehrmals verfällt er in einen unruhigen Schlaf und wird von absurden Träumen geplagt. Er sieht Albumcover der Black Birds, auf denen er nur ganz schwach im Hintergrund zu erkennen ist. Auftritte, die er als Zuschauer vor der Bühne verfolgen muss. Er versucht zu singen, doch so sehr er sich auch anstrengt, aus seiner Kehle kommt kein einziger Ton, so dass am Ende Vossi in voller Kfz-Mechaniker-Montur das Mikro übernimmt und von der Menge jubelnd gefeiert wird. Immer wieder schiebt sich das Bild seines Vaters dazwischen, der mit seltsamer, weit entfernter Stimme predigt, er hätte es doch gleich gewusst, dass es so enden würde.

Am meisten quält ihn jedoch, wie einleuchtend Jacks Idee ist. Ein Album mit verschiedenen Sängern hat neutral betrachtet durchaus seinen Reiz. Würde es ihnen gelingen, die richtige Mischung an stimmlichen Klangfarben zusammenzustellen, wäre der Rest beinahe ein Kinderspiel. Jack würde eine seiner großen Stärken ausspielen und den einzelnen Sängern die Songs auf den Leib schreiben. Sie könnten verschiedene Musikstile anbieten und hätten dadurch eine deutlich größere Bandbreite als bisher. Mit Jack an der Gitarre würde das Album dennoch einen durchgängigen musikalischen Stil aufweisen. Die Sache hat nur einen Haken: Mike würde zurückstecken müssen. Er würde in Zukunft nicht mehr die Hauptrolle bei Black Birds spielen.

So schwer es ihm auch fällt, sich das einzugestehen, aber Jack hat recht. Wenn sie in der von festgefahrenen Strukturen geprägten Musikindustrie vorwärtskommen wollen, dann ist es notwendig, neue Wege zu gehen. Etwas zu erschaffen, das ihre Fans in der Form noch nicht kennen.

»Sieh es positiv«, meint Jack, als Mike ihm am Nachmittag zähneknirschend mitteilt, seinen Vorschlag anzunehmen, »vielleicht eröffnen sich dadurch auch für dich neue Wege. Es gibt genügend erfolgreiche Sänger, deren Name nicht an eine einzige Band gekoppelt ist. Michael Bormann oder Ronnie James Dio zum Beispiel.«

Mike lässt sich neben Jack auf das Sofa plumpsen. »Kann sein.«

»Jakob? Bist du hier?« Hedwigs herrische Stimme ertönt durch das gekippte Fenster.

»Oh Mann ...« Jack verdreht die Augen. »Wenn das mit dem Haus geregelt ist, sollten wir so schnell wie möglich nach Berlin zurück.«

»Ich muss mit dir reden. Es ist wegen der Versicherung«, schreit es wieder von draußen. »Ich bin extra vom Hirsch hierhergegangen. Zu Fuß! Trotz meiner Hühneraugen! Also komm gefälligst runter.«

»Warum läutest du nicht an der Haustür wie jeder andere Mensch auch?«

»Warum sollte ich, du hast mich ja gehört.«

Jack wirft Mike einen Blick zu, der so viel sagt wie: *Viselsky ist eine Sache, aber gegen die Argumente meiner Mutter kommst du einfach nicht an!*

»Was ist jetzt, muss ich die Brandls rausklingeln, damit du dich nach unten bewegst?«

»Ja, Mama. Ich komme gleich!«, ruft Jack, macht aber keine Anstalten, aufzustehen.

»Du hörst dich an wie ein Zehnjähriger, den die Mutter zum Essen ruft.« Mike zieht die Mundwinkel zu einem schadenfrohen Grinsen nach oben. Jetzt, wo die Entscheidung offiziell gefallen ist, fühlt er sich besser, fast schon erleichtert. Dieselbe Erfahrung hat er auch damals gemacht, als er vor der Wahl stand Studium oder Musik. Am energieraubendsten sind die Momente, in denen man abwägt, was richtig ist. Versucht, keinen Fehler zu machen. Angst hat, etwas zu tun, was man nachher bereuen würde. Hat man erst mal einen Entschluss gefasst, gibt es ein Ziel, auf das man zugehen kann.

»Der Zehnjährige freut sich auf jeden Fall, dass du einverstanden bist. Ich hätte dich ungern als Sänger verloren.«

»Wer weiß, vielleicht ist es sogar besser, einen neuen Weg einzuschlagen und nicht von einer einzigen Band abhängig zu sein«, meint Mike nachdenklich und fügt in Gedanken hinzu: *Vor allem, wenn man gerade die Tochter des Chefs flachgelegt hat.*

»Das ist es ganz bestimmt.« Jack klopft Mike auf den Oberschenkel und steht von der Couch auf. »Außerdem wirst du ja trotzdem am kommenden High-Budget-Album der Black Birds beteiligt sein. Das wird dir einige Türen öffnen.«

»Ich werde an zwei oder drei Songs beteiligt sein. Und du an allen, Jack.«

»Ich komponiere auch alle, verhandle mit Viselsky und werde mich ab sofort mit vier oder mehr von deiner Sorte rumärgern müssen.« Jack holt grinsend Mikes Tabakbeutel aus der Hosentasche und wirft ihn ihm zu. »Hab ich heute Morgen auf dem Klo gefunden.«

Mike fängt ihn etwas tollpatschig auf und erinnert sich schwach daran, dass er gestern am Klofenster noch eine rauchen wollte, aber zu betrunken war, um sie zu drehen.

»Nenne es lieber *koordinieren*, statt *rumärgern*«, schlägt Mike zwinkernd vor. »Hört sich irgendwie professioneller an.«

»Jakob, ich warte!«

»Ja, Mama, bin unterwegs!« Jack verdreht die Augen und schlurft zur Wohnungstür.

»Kopf hoch, Alter«, gibt Mike ihm mit auf den Weg. »Wer es mit einem Hai wie Viselsky aufnimmt, schafft es auch mit Hedwig.«

»Da wäre ich mir nicht so sicher, Frauen kämpfen mit anderen Mitteln. Mitteln, von denen wir Männer nicht mal ahnen, dass sie existieren.«

Natürlich ist auch Sepp und Geli nicht entgangen, dass Hedwig in ihrer Hofeinfahrt steht. Als Jack die Haustür öffnet, trifft er auf eine munter plappernde Rentnerrunde, deren Gespräch um das Thema Nummer eins kreist: dem Brand und dessen Folgen.

Geli: »Ein Albtraum! Wenn ich mir vorstelle, dass ich alles renovieren müsste! Ich mag gar nicht daran denken.«

Sepp: »Bei uns passiert so etwas erst gar nicht.«

Geli (lacht auf): »Sag das nicht! Die beiden Brandstifter wohnen jetzt schließlich unter unserem Dach.«

Hedwig: »Die *beiden*? Wer wohnt denn außer Jakob noch bei euch?«

Jack: »Da bin ich, Mama. Hat sich die Versicherung bei dir gemeldet?«

Hedwig: »Jakob Schwarzvogel! Sag bloß, du wohnst zusammen mit diesem aufgebrezelten, ungezogenen –«

»Mama!«, unterbricht Jack seine Mutter forsch, bevor sie noch weitere Beleidigungen von sich geben kann.

Geli: »Also Hedwig, entschuldige bitte. Das äußere Erscheinungsbild mag für Katzbrücker Verhältnisse zwar ein wenig exzentrisch sein, aber ansonsten könnte ich mich nicht beschweren.«

»Nicht beschweren?« Hedwig starrt Geli mit weit aufgerissenen Augen an. Sie greift sich mit der rechten Hand theatralisch an die Brust und schnappt übertrieben nach Luft, bevor sie weiterspricht. »Dass *du* dich nicht beschweren kannst, ist mir schon klar, Geli. Schließlich ist es auch nicht dein Sohn, der mit jedem dahergelaufenen ...« Hedwig beißt sich auf die Lippen, als ihr klar wird, was sie soeben gesagt hat. »Die Franzi ist da natürlich eine absolute Ausnahme. Bei der hätte er bleiben sollen, das habe ich schon immer gesagt.«

Geli: »Die Franzi ist sehr, sehr glücklich mit ihrem Sebastian!«

Sepp: »Rasenmähen könnte er schon etwas öfter. Aber was willst du von einem Stadtmenschen schon erwarten, der hat einfach kein Auge dafür.«

Jack: »Mama, wollen wir nicht über das Haus reden?«

Hedwig: »Du meinst das Haus, das ihr bei eurem romantischen Kerzenabend niedergebrannt habt? Wahrscheinlich wart ihr so miteinander beschäftigt, dass es euch egal war, ob ihr mein Eigentum in Schutt und Asche legt oder nicht.«

Sepp: »Ich hab's ja schon immer gewusst!«

Geli: »Was?«

Sepp: »Dass Jakob schwul ist. Schau ihn dir nur mal an: Lange Haare und ständig am Wegrennen. Wie ein Weib!«

Hedwig und Geli starren Sepp entsetzt an. »Schwul?«

Sepp: »Ja ist der Michl, mit dem du zusammenwohnst, jetzt dein Freund, oder nicht?«

Jack: »Jetzt mal für alle zum Mitschreiben: Mike ist mein Sänger, ich bin nicht schwul und mit Cora, die du wohl mit *aufgebrezelt* und *ungezogen* meinst, Mama, bin ich auch nicht zusammen.«

Hedwig: »Mike Wagner war auch in meinem Haus?" Ich bin davon ausgegangen, dass nur *du* dort wohnst und nicht sämtliche Musiker, die du kennst.

Jack: »Mama! Du hast mich gezwungen, auf dein Haus aufzupassen. Ich muss schließlich irgendwie weiterarbeiten. Wie soll ich ein Album aufnehmen ohne Sänger?"

Geli: »Der Michael ist wirklich ein ganz netter Kerl, Hedwig. Mach dir da mal keine Gedanken.«

Hedwig: »Dieser nette Kerl hat mein Haus angezündet!«

Geli: »Aber doch nicht absichtlich.«

Hedwig: »Absichtlich oder nicht, die Konsequenzen sind dieselben: Ich stehe am Rande des Ruins!«

Jack: »Also zahlt die Versicherung nicht?«

Hedwig: »Doch.«

Jack schnauft erleichtert aus.

Hedwig: »Zahlen kann man viel, aber wieder gutmachen lässt sich der Schaden mit Geld nicht.« Sie fuchtelt mit den Armen in Richtung ihres Grundstückes. »Sieh dir nur mal den Garten an. Den kann ich komplett neu anlegen. Von den unbequemen Betten im Hirsch möchte ich gar nicht erst anfangen. Du weißt doch, wie schlecht ich auswärts schlafe, Jakob. Mein Rücken ist schließlich auch nicht mehr der Jüngste! Wer weiß, wie lange ich noch in diesem Hotel hausen muss, bis ich wieder zurück kann.«

Sepp: »Wolltest du nicht eine Weltreise machen? Da schläfst du doch auch nicht im eigenen Bett.«

Hedwig: »Das ist etwas völlig anderes. Komm Jakob, wir gehen jetzt. Wir müssen noch eine Unmenge an Formularen ausfüllen. Das machen wir am besten bei mir auf der Terrasse, damit wir die Brandls nicht weiter stören.«

Jack wirft Geli einen entschuldigenden Blick zu, bevor er seiner Mutter folgt. *Hedwig — was soll ich machen?* Geli versteht ihn, ohne dass auch nur ein einziges Wort fällt.

Am nächsten Tag gibt es im Dorf kein anderes Thema als die Eröffnung des Italieners, selbst im Frühstücksraum des Hirschs liegen Flyer aus.

»Ja mei, hier halten die Leute eben noch zusammen«, meint Rüdiger Hirsch schulterzuckend, als ihn Viselsky darauf anspricht.

»Seltsame Einstellung, wenn man für die Konkurrenz Werbung macht.« *Lieber würde ich mir eine Hand abhacken, als für eine Band Werbung zu machen, die bei einem anderen Label unter Vertrag ist.*

»Er macht Lasagne und Pizza, bei mir gibt's Knödel, Schweinsbraten und Schnitzel.« Als ob das an Erklärung ausreichen würde, wendet sich der Wirt wieder seinem Computer zu. »Ich nehme an, Sie bleiben noch zum Fest?«

Viselsky starrt nachdenklich aus dem Fenster. Einerseits ist für heute Nachmittag ein Flug nach Berlin gebucht, andererseits hat er nicht das Gefühl, hier schon fertig zu sein. Er hat dieser Frau, die sich am Telefon so abfällig über ihn geäußert hat, immer noch nicht in die Augen gesehen.

»Ich bleibe noch eine Nacht«, sagt er entschlossen. »Es gibt noch etwas zu klären.«

»Wunderbar, eine gute Entscheidung. Heute Abend wird das ganze Dorf dort versammelt sein. Bei einem Großereignis wie diesem ist es quasi Pflicht, auf mindestens eine Halbe vorbeizuschauen.«

Nun, das würde die Sache um einiges leichter machen. Viselsky holt sein Handy hervor und schickt eine Nachricht an seine Sekretärin:

»Bleibe bis morgen. Flug umbuchen.« Nach kurzem Zögern fügt er hinzu: »Danke.«

Dass bereits am frühen Nachmittag so gut wie alle Plätze im Biergarten des Italieners besetzt sind, überrascht

Viselsky dennoch. Allein zwei große Tische werden von jungen Männern in einheitlichen T-Shirts besetzt. *Burschenverein Katzbrück* steht in großen Lettern auf dem Rücken. Auch Cora, Jack und Mike sitzen dabei.

»Die Quinte unter dem Leadgesang würde ich vielleicht nur ganz leise dazufahren oder sogar ganz weglassen. Sie macht die Bridge etwas schwer, findest du nicht?« Mike hat bis vor einer halben Stunde noch intensiv an einem Song gearbeitet und möchte nun Jacks Meinung dazu hören.

»Immer mit dem Kopf bei der Musik, das gefällt mir!«

Die beiden Musiker fahren erschrocken herum, als sie Viselskys Stimme hinter sich hören.

»Rob? Ich habe nicht damit gerechnet, dass du noch hier bist.« Jack steht die Überraschung deutlich ins Gesicht geschrieben.

»Ich nehme mir eine kleine Auszeit.«

Cora beäugt ihren Vater kritisch. »Machst du das normalerweise nicht in luxuriösen Wellnesstempeln oder angesagten Jet Set Hot Spots?«

»Der Charme der Katzbrücker Dorfidylle hat mich gefangen genommen.« Viselsky zuckt lässig mit den Schultern und dreht beide Handflächen nach vorne, als wolle er sagen: *Dagegen bin ich machtlos.* »Ihr entschuldigt mich kurz, ich muss mit Herrn –« Er deutet auf Sepp, der am Nachbartisch sitzt, während er Jack fragend ansieht.

»Brandl«

»... mit Herrn Brandl noch etwas klären. Bestellt euch schon mal eine Runde auf meine Rechnung.«

»Sie meinen Franzi? Das ist meine Tochter.« Sepp nimmt beiläufig einen Schluck von seinem Bier, dann deutet er auf Viselsky. »Trinkst du nichts?«

»Später«, winkt dieser ungeduldig ab und ignoriert das in seinen Augen völlig deplatzierte *du*.

»Ah geh, später, so ein Schmarrn! Kathi?« Sepp winkt der jungen Bedienung, die mit ein paar leeren Gläsern auf dem Weg zur Theke ist. »Bring dem ...« Er richtet sich an Viselsky: »Wie heißt du eigentlich?«

»Viselsky.«

»Bring dem Willi auch ein Bier!«

»Mein Name ist Robert Viselsky, Herr Brandl!«, korrigiert Viselsky nachdrücklich, doch Sepp reagiert nicht darauf. Für ihn würde dieser blasierte Stadtmensch ab sofort *der Willi* sein.

»Du kennst dich doch mit Musik aus. Hast du den Proberaum schon gesehen? Ihr müsst unbedingt mal ein Lied mit dem Blasorchester zusammen aufnehmen. Beim Katzbrücker Jugendnachwuchs sind Eins-a-Musikanten dabei, Willi.«

»Herr Brandl«, setzt Viselsky leicht genervt an, »ich bin ganz sicher nicht nach Katzbrück gekommen, um mir Volksmusik anzuhören.«

»So? Warum denn dann?«

Bevor er antworten kann, stellt Kathi ein Bier auf den Tisch und zieht eine große, schwarze Geldbörse aus der Kellnerschürze. »Dreivierzig, bitte.«

Viselsky drückt ihr mit einem *stimmt so* einen Fünf-Euro-Schein in die Hand. »Ich bin aus verschiedenen Gründen hier. Einer ist Ihre Tochter. Ist sie auch auf dem Fest?«

»Denk schon. Wo soll sie heute sonst sein?«, meint Sepp schulterzuckend und hält ihm sein Bierglas über den Tisch entgegen. »Prost, Willi!«

Der Chef von Platinum Records stößt widerwillig mit ihm an, stellt das Glas jedoch ohne zu trinken wieder auf dem Tisch ab. »Würden Sie mir freundlicherweise sagen, wer von den vielen Besuchern hier diese Franzi ist?«

Sepp starrt überrascht auf Viselskys unberührtes Getränk. »Das ist ein Kneitinger! Sowas Gutes habt ihr in

Berlin bestimmt nicht, probier's mal. Wirst sehen, danach magst kein anders Bier mehr.«

Viselsky stöhnt auf. Erst Blackbird und jetzt noch dieser Brandl!

Jack, der die Szene aus dem Augenwinkel beobachtet, kann sich beim besten Willen keinen Reim darauf machen.

»Was hat das zu bedeuten?«, zischt er Mike halblaut zu und zeigt mit dem Daumen zum Nachbartisch. »Die beiden haben doch überhaupt keine Berührungspunkte!«

Mike runzelt kurz die Stirn. »Hast du nicht erzählt, dass Sepp an dein Handy gegangen ist und mit Viselsky telefoniert hat? Oder verwechsle ich das jetzt mit deiner Mutter?«

»Beide«, antwortet Jack resigniert. »Er hat mit beiden telefoniert. Weder Viselsky noch meine Mutter wären jetzt hier, wenn sich Sepp nicht eingemischt hätte.«

»Das heißt, du solltest Sepp dankbar sein.«

»Dankbar? Wofür denn?«

»Ohne Sepp würden wir immer noch versuchen, das Album in Rekordgeschwindigkeit fertigzustellen, um es pünktlich an Mauerbach zu schicken.« Etwas verbittert fügt er hinzu: »Mit mir als Hauptsänger.«

Jack kratzt sich nachdenklich am Kinn, während er weiterhin Sepp beobachtet, der sich suchend umsieht und schließlich auf einen Punkt hinter Jacks Rücken deutet.

»Kann sein. Ohne Sepp hätte das Gespräch mit Viselsky in dieser Form vielleicht nie stattgefunden.« Jack greift nach seinem Bier und prostet Mike zu. »Du kommst doch klar mit dem Deal, oder?«

»Wenn ich ehrlich bin, fällt es mir leichter als gedacht, mich mit dem Gedanken anzufreunden, meine Fühler außerhalb der Black Birds auszustrecken.«

»Die neue Situation wird dir zugutekommen, wirst sehen, Mike.«

»Eigentlich unglaublich, was in den paar Tagen alles passiert ist, seit wir hier sind.«

»Der Hausbrand, du hast meine Harley geklaut und Viselsky stellt uns ein riesiges Werbebudget zur Verfügung.«

»Ernsthaft? Du nennst deine Harley in einem Atemzug mit dem Brand?«

Jack zuckt mit den Schultern. »Sie ist mir eben sehr wichtig. Wo wart ihr eigentlich damit, du und Cora?«

Mike grinst schelmisch. »Ist doch egal, wo wir waren. Hauptsache wir haben jetzt ein kühles Bier vor uns stehen.«

»Cora?« Jack ruft quer über den Tisch, um ihre Aufmerksamkeit zu erlangen. Sie ist in ein Gespräch mit Vossi vertieft und wendet sich ihm nur widerwillig zu.

»Was habt ihr gemacht, als ihr mit der Harley unterwegs wart?«

»Sag's ihm nicht!«, grätscht Mike dazwischen, doch Cora greift bereits nach ihrem Handy.

»Ich schicke dir ein Video, dann weißt du's.«

Während Jack mit echtem Entsetzen dabei zusehen muss, wie Mike seine Harley durch eine Feuerstelle jagt, vertiefen sich Cora und Vossi wieder in ihr Gespräch.

»Ich habe mit meinem Vater ein ernstes Wort geredet. *Entweder du überschreibst mir den Laden und es läuft ab sofort nach meinen Regeln, oder du behältst ihn und ich sehe mich woanders um*, hab ich zu ihm gesagt. Er war erst dagegen, aber ich habe auf meine Forderung beharrt. Nach einigem Hin und Her hat er tatsächlich zugestimmt. Ist das nicht der Wahnsinn?«

»Glückwunsch, Vossi! Ich freue mich für dich, ehrlich.« Das ist nicht gelogen. Die Begeisterung und Energie, mit der er darüber spricht, beeindruckt Cora. Und bedrückt sie gleichermaßen.

»Das habe ich hauptsächlich Jack zu verdanken. Er hat mir die Augen geöffnet.« Mit einem Seitenblick zu Mike fügt er hinzu: »Er und Mike. Ich habe auch schon Ideen, was ich alles ändern möchte. Als erstes baue ich eine Homepage auf, so dass man Termine auch online buchen kann.«

»Es muss schön sein, Wünsche und Ziele in greifbarer Nähe zu haben. Seit ich vor ein paar Jahren mein Studium geschmissen habe, lebe ich mehr oder weniger in den Tag hinein. Das ist auf Dauer nicht sehr erfüllend.«

Vossi hebt fragend die Augenbrauen. Damit hatte er nicht gerechnet. »Du bist wunderschön, reich und vermutlich auch intelligent. Es ist doch absurd, dass dir das nicht ausreicht.«

Cora kratzt mit ihrem langen Fingernagel nachdenklich an einer kleinen Delle im Tisch. Sie kennt Vossis Reaktion. Immer und immer wieder hört sie von anderen, wie gut sie es doch hat, wie glücklich sie sein müsste.

»Gerade, wenn man privilegiert ist, ist es schwer ...« Sie beendet den Satz nicht und seufzt stattdessen erschöpft auf. »Ich bin auch nur ein ganz normaler Mensch mit Höhen und Tiefen. Nur, weil ich vom Leben bevorzugt bin, heißt es nicht, dass ich automatisch glücklich bin. Es fällt mir unglaublich schwer, mir selbst einzugestehen, dass es mir nicht gut geht. Weil ich ja keinen offensichtlichen Grund dafür habe, unglücklich zu sein.«

Vossi, der nicht recht weiß, was er dazu sagen soll, spielt verlegen an dem Henkel seines Bierkruges. Als Jack die Aufmerksamkeit auf sich zieht, weil er Mike zornig anplärrt, atmet Vossi fast schon dankbar auf.

»Alter, wenn die Maschine auch nur einen Kratzer hat, dann bist du fällig!«

»Zieh's mir von den Tantiemen ab, Boss. Ich geh jetzt erst mal Bier wegbringen. Wo sind hier die Toiletten?«

Vossi deutet Richtung Eingang. »Geradeaus und dann links.« In der Hoffnung, nicht weiter auf Coras Luxusprobleme eingehen zu müssen, wendet er sich Jack zu. »Wenn irgendetwas mit deinem Motorrad ist, bring es mir vorbei. Ich repariere es kostenlos. Ohne dich hätte ich nie mit meinem Vater gesprochen!«

Jack winkt ab. Vossis offensichtliche Dankesbekundungen sind ihm etwas unangenehm. Schließlich hat auch er den Nachmittag sehr genossen und einiges an Energie daraus geschöpft. »Wirst du weiterhin singen?«, wechselt er deshalb das Thema und schaut Vossi fragend an.

»Ich weiß nicht, vielleicht. Warum?«

»Der Song, den wir vorgestern aufgenommen haben. Würdest du ihn noch mal einsingen wollen? So richtig, in Studioqualität?«

Vossis Augen weiten sich ungläubig. »In Studioqualität einsingen?«

»Er ist gut. Ich habe ihn mir noch mal angehört, Vossi. Diese unbändige Energie, die du da hineingelegt hast, hat was. Ich könnte mir vorstellen, ihn auf mein nächstes Album zu nehmen. Eine Prise Punk Rock hat noch niemandem geschadet.«

Vossis Kinnlade klappt vor Erstaunen nach unten. Mit offenem Mund sitzt er da und bekommt keinen Ton heraus. Simon, der das Gespräch mitgehört hat, ist ebenfalls überrascht.

»Du kannst singen? Das wusste ich gar nicht.«

»Doch, doch, und wie!«, bekräftigt Jack und amüsiert sich innerlich über Vossis Reaktion.

Wenn der Junge wüsste, wie gut er ist!

»Dann ab auf die Bühne, ich will es hören!« Simon deutet auf eine kleine Holzplattform am Rande des Biergartens, die von zwei Lautsprechern auf Stativen flankiert wird. Doch Vossi wehrt sofort ab.

»Wir werden ja sehen.« Jack zwinkert ihm zu und nimmt sich vor, nach dem Bier noch mal kurz zum Proberaum zu fahren. Er würde vorsichtshalber seine Gitarre, den Verstärker und das Mikro holen. Wer weiß, was der Abend noch bringt und die Gäste des Italieners würden zu einem spontanen Eröffnungskonzert bestimmt nicht nein sagen.

»Das ist der Willi«, stellt Sepp den Head of Platinum Records seiner Tochter vor. »Setz dich doch ein bisschen zu uns! Wo ist denn der Sebastian?« Er rutscht ein Stück zur Seite, so dass seine Tochter neben ihm Platz nehmen kann. Franzi lächelt freundlich aufgesetzt, während sie den für Katzbrücker Verhältnisse etwas zu gepflegt wirkenden Mann beäugt. Gebleachte Zähne, akkurat hipper Haarschnitt, manikürte Hände.

»Sebastian kommt mit den Kindern vielleicht später nach. Sie wollten lieber im Pool planschen, als hier bei den langweiligen Erwachsenen rumsitzen.« Franzi verschweigt, dass der Pool ihre Idee war. Sie weiß nicht, wieso, aber ein Zusammentreffen zwischen Jack und Sebastian ist nichts, was sie herbeisehnt. Wenn sie Glück hat, ist Sebastian später zu faul, um sich und die Kinder nach dem anstrengenden Badenachmittag anständig anzuziehen. Sie hat ihnen extra eine Nudelpfanne vorbereitet, die er nur noch aufwärmen würde müssen. Vielleicht, so Franzis Hoffnung, macht er es sich dann heute Abend lieber daheim bequem.

»Sie sind also die Frau, die mich ein Riesenarschloch, einen Idioten und Sklaventreiber nennt?«

Franzi starrt Viselsky erschrocken an. Auf diesen Angriff ist sie nicht vorbereitet.

»Darf ich fragen, wer Sie sind?« Obwohl Franzi ahnt, wen sie vor sich hat, erscheint ihr diese Frage die einzig logische Reaktion.

»Mein Name ist Viselsky. Ich bin Produzent und Geldgeber der Black Birds.«

»Ach. Sie sind das also.« Sie spricht es lässig aus, mit einem Hauch Abfälligkeit. Gleichzeitig beginnt ihr Herz wild zu pochen.

Viselsky schiebt sein Bier, das er nie bestellt hat, beiseite, lehnt sich ein wenig nach vorne und mustert erst Franzi, dann Sepp.

»Jetzt hören Sie mir mal beide ganz genau zu. Ich habe aus dem Nichts eine der erfolgreichsten Plattenfirmen Deutschlands aufgebaut. Jack Blackbird kann sich dankbar schätzen, dass er von mir produziert wird. Niemand – und ich wiederhole: Niemand! Hat auch nur ansatzweise das Recht, so über mich zu urteilen, wie Sie es getan haben.«

»Ah geh, jetzt reg dich mal nicht so auf, Willi.« Sepp schiebt den Bierkrug wieder zurück, was Viselsky mit einem gewissen Unmut registriert.

»Herr Brandl, Ihnen ist schon klar, dass ich mir von niemandem etwas vorschreiben lasse, schon gar nicht von so einem dahergelaufenen Bauern wie Ihnen!«

»Ich sag doch gar nichts«, verteidigt sich Sepp, während Franzi spürt, wie sich eine Welle der Wut in ihr zusammenbraut. Was bildet sich dieser Lackaffe eigentlich ein? Taucht plötzlich in Katzbrück auf und bezeichnet ihren Vater als dahergelaufenen Bauern!

»Herr Viselsky«, fängt sie mit rot geflecktem Gesicht an, ihrer Empörung freien Lauf zu lassen, »ich habe keine Ahnung, woher Sie sich das Recht rausnehmen, so mit uns zu sprechen. Aber die Art und Weise, wie Sie sich verhalten, zeigt doch eindeutig, dass ein wahrer Kern in meiner Vermutung liegt. Sie scheinen tatsächlich ein Riesenarschloch zu sein.«

»Sind Sie eines von Jacks Betthäschen?«

»Bitte, was?«

Viselsky lehnt sich triumphierend in seinem Stuhl zurück und mustert Franzi abschätzig. Ihre Reaktion zeigt ihm, dass er in der richtigen Wunde bohrt.

»Sie haben mich schon verstanden. Sitzen Sie hier in Ihrem bayerischen Kuhdorf und schmachten die Jungs der Black Birds an?«

»Geht's eigentlich noch?«

»Hat er Sie schon flachgelegt oder stehen Sie noch in der Warteschlange?«

»Sie sind doch nicht mehr ganz dicht!« Franzi springt entrüstet auf und marschiert fluchtartig Richtung Ausgang. Betthäschen! Anschmachten! So ein Idiot!

Jack bekommt von alldem nichts mit. Er hat die Musikinstrumente aus dem Proberaum geholt und biegt gerade wieder auf den Parkplatz des Italieners ein, als er eine tränenüberströmte Franzi weglaufen sieht.

»Franzi, was ist passiert?« Schnell zieht er den Schlüssel ab, springt aus dem Fahrzeug und läuft ihr hinterher. Sein erster Impuls ist, sie in den Arm zu nehmen, was sie nur widerwillig geschehen lässt.

»Viselsky ist ein Arschloch!«, platzt es aus ihr heraus. »Er hat mich mit deinen Betthäschen verglichen.«

»Betthäschen? Wovon sprichst du? Weshalb hat Viselsky – wie kommt er überhaupt dazu?« Jack nimmt ihr Gesicht in beide Hände und zwingt sie, ihm in die Augen zu sehen. »Franzi, erzähl mir bitte, was passiert ist.«

Franzi schüttelt stumm den Kopf. Sie strahlt eine Zerbrechlichkeit aus, die Jack nicht von ihr erwartet hätte.

»Doch. Rede mit mir! Was hat Viselsky gesagt, das dich so verletzt hat?« Er sieht sie fragend an, während sie sich von ihm loslöst und sich mit beiden Händen die Tränen aus dem Gesicht wischt.

»Eigentlich ist es halb so wild. Es war nur … er hat mich überrascht. Ich habe ihn neulich, als Papa mit ihm telefoniert hat, einen Sklaventreiber genannt und er hat es wohl gehört. Jetzt habe ich die Retourkutsche bekommen.«

Irgendwie klar, dass wieder mal Sepp Auslöser der ganzen Tragödie ist.

»Franzi, auch wenn das jetzt wahrscheinlich nur ein schwacher Trost für dich ist, aber Viselsky kann das ab. Es schadet nicht, dass er mal den Spiegel vorgehalten bekommt. Er ist ein Typ ohne Gewissen, der Menschen benutzt und manipuliert.«

Franzi wendet verlegen ihren Blick ab. »Darum geht es nicht, Jakob. Er hat gesagt, ich wäre eines deiner Betthäschen. Eines deiner – Mehrzahl – Betthäschen.«

»Aber …« Langsam, sehr langsam, dämmert es Jack, worum es wirklich geht. »Du bist eifersüchtig? Auf Betthäschen, die es überhaupt nicht gibt?«

Franzi zuckt kraftlos mit den Schultern. Jetzt ist eh schon alles egal. »Es sieht ganz danach aus, Jack Blackbird.«

»Franzi«, flüstert Jack. »Du bist doch … verheiratet.«

»Ich weiß«, murmelt sie erstickt zurück. »Ich weiß, Jakob.«

Sanft legt Jack seine Hand auf ihren unteren Rücken. Es ist keine Umarmung, aber dennoch eine beinahe intime Berührung. Sein Herz klopft heftig in seiner Brust und er spürt, wie vertraute Gefühle in ihm aufkeimen, die er jedoch nur teilweise zu fassen bekommt. Vielleicht geht es ihr ähnlich?

Als er nach Berlin ist, war Franzi mit der Zeit zu einem unklaren Nebel der Vergangenheit geworden. Doch jetzt, wo sie sich gegenüberstehen, ist ein großer Teil der alten Vertrautheit wieder da. Und sie scheint ihn magisch anzuziehen.

»Vielleicht liegt es daran, dass wir damals so vieles im Unklaren gelassen haben, Franzi.«

Sie starrt auf den Boden, während erneut Tränen in ihr aufsteigen. »Du bist einfach abgehauen, warst von heute auf morgen weg.«

»Ich dachte, du kommst nach, ich dachte, ...« Jack bricht mitten im Satz ab. Doch dann holt er tief Luft und spricht weiter. »Warum bist du mir nicht nach Berlin gefolgt? Wir hätten es schaffen können. Wir beide.«

Franzi hebt ihren Kopf und sieht ihn mit traurigen Augen an. »Ach Jakob«, seufzt sie, »weshalb hätte ich einem Kerl folgen sollen, der mich einfach zurücklässt? Dem die Musik wichtiger ist als die Liebe?«

Jack muss sich beherrschen, nicht aufzustöhnen. Das ewige Thema. *Du und deine Musik. Heirate doch deine Gitarre! Was ist dir wichtiger? Ich oder sie?* Wie oft hat er sich das in den letzten Jahren anhören müssen? Es gibt durchaus Gründe, weshalb er mit Anfang vierzig Single ist.

»Ich kann nicht ohne Musik leben, Franzi. Sie bedeutet mir alles. Sie ist mein Anker, mein Zufluchtsort. Wenn ich Musik mache, bin ich ...«

»Hör auf, Jakob!«, unterbricht ihn Franzi barsch. »Das hast du mir schon oft genug vorgebetet.«

Jack verstummt. Ja. Sie hat recht. Das hat er.

»Ich habe keine Betthäschen, Franzi«, flüstert er schließlich. »Ich hatte zwei längere Beziehungen, hin und wieder auch mal unbedeutende Geschichten. Aber nicht so, wie es Viselsky darstellt.«

»Du bist mir keine Rechenschaft schuldig, Jakob. Aber –« Franzi sieht Jack an, sie lächelt kaum merklich, als sie weiterspricht. »Schön von dir, dass du es sagst. Es tut gut zu wissen, dass du dich nicht komplett verändert hast. Dass du nicht so einer geworden bist.«

»So einer?«

Sie presst kurz ihre Lippen zusammen und legt ihren Kopf schief. »Nun ja, so ein typischer Star eben. Einer, der es ausnutzt, dass ihm die Frauen zu Füßen liegen, nur weil er berühmt ist. Du weißt doch, was ich meine: Sobald jemand auf einer Bühne steht, umgibt ihn diese gewisse Aura. Man sieht ihn mit anderen Augen.«

»Hier seid ihr!« Sepp marschiert mit vom Alkohol leicht gerötetem Gesicht auf sie zu. Keiner der beiden hatte bemerkt, dass er aus der Gastwirtschaft gekommen ist. »Ich hab mir schon Sorgen gemacht.«

Jack und Franzi starren ihn genervt an, während beide derselbe Gedanken durchfährt:

Muss er ausgerechnet jetzt auftauchen?

Doch Sepp merkt entweder nicht, dass er gerade unerwünscht ist, oder er ignoriert es sehr gekonnt.

»Rennst einfach raus, ohne ein Wort zu sagen. Nur wegen dem blöden Gerede vom Willi? Nimm dir doch nicht immer alles so zu Herzen, da kommst du nicht weit im Leben.«

»Ich unterhalte mich mit Jakob, Papa.«

»Das könnt ihr drinnen auch.« Er lässt seinen Blick über den Parkplatz schweifen. »Dass so viele mit dem Auto da sind, hätte ich auch nicht gedacht. Lauter Flatschinger Kennzeichen. Also, was ist jetzt? Kommt ihr mit rein?«

»Wir kommen gleich, Sepp«, versucht nun auch Jack, ihn schnell, aber höflich wieder loszuwerden.

»Jakob, wie wär's, spiel doch mal einen auf. Zeig den Katzbrückern, was du kannst! Eine Schande, dass wir so berühmte Musiker hier haben und sich keiner von ihnen auf die Bühne traut.«

»Darf ich dir ein Geheimnis verraten, Sepp?« Jack deutet zu seinem Bus. »Ich war gerade im Proberaum und habe die Gitarre geholt.«

»Sauber! Hoffentlich spielst du was, das ich kenne.«

»Blasmusik wird's nicht.«

Sepp stemmt die Hände in die Hüften und wippt auf den Fußsohlen vor und zurück, als überlege er, was er mit dieser Information anfangen soll. »Dann muss eben Franzi mit auf die Bühne. Du hast doch als Kind so schön bei den Katzbrückern Dreiklangmädels mitgesungen, sowas verlernt man schließlich nicht.«

»Spinnst du jetzt ganz? So weit kommt's noch!«, entrüstet sich Franzi, die mit Grauen an die Zeit zurückdenkt, als sie in Dirndl und mit geflochtenen Zöpfen zur Pausenunterhaltung bei der Weihnachtsfeier des Katzbrücker Trachtenvereins herhalten musste.

»Wieso denn nicht?« Jacks Augen beginnen zu leuchten. Er packt Franzi links und rechts an den Oberarmen, als könnte er ihre Entscheidung dadurch beeinflussen. »Lass uns einen unserer alten Songs spielen, so wie früher. Nur einen, komm schon, der alten Zeiten zuliebe«, redet er eindringlich auf sie ein. »Bitte Franzi.« Er sieht sie flehentlich an. Die Sekunden verstreichen, während in Franzis Kopf zwei mögliche Szenarien miteinander kämpfen.

- Entweder auf der Stelle umdrehen und nach Hause flüchten. Jacks vergangene Romanzen haben sie weitaus mehr getroffen, als sie es dürften. Abstand zu ihm wäre die vernünftigste Entscheidung.
- Oder zurück in den Biergarten und noch mehr Zeit mit Jack verbringen. Womöglich mit ihm gemeinsam auf der Bühne stehen. Bei dem Gedanken daran verspürt sie ein leichtes Kribbeln auf der Haut. Sie würde wirklich gerne wieder mit ihm zusammen Musik machen. Seit sie das Feuerstuntvideo angesehen haben, hat sich eine wehmütige Sehnsucht nach *damals* in ihr breit gemacht. Und dann? Würden sie

sich verabschieden und jeder seiner Wege gehen, als wäre nichts gewesen?

»Nur einen Song«, flüstert Jack und drück dabei seine Hände fester an sie. »Nur einen einzigen Song, Franzi. Bitte. Erinnerst du dich noch an *The Power Of Now*?« Natürlich tut sie das. Es ist eines ihrer nie fertig gestellten Demos.

»Dann sag ich dem Wirt schon mal Bescheid, dass gleich Stimmung gemacht wird.« Sepp reibt sich die Hände, während er von einem Ohr bis zum anderen grinst. Zum Glück hat er die Sache mit der Musik in die Hand genommen, dafür springt sicher die ein oder andere Gratispizza für ihn raus. Fröhlich pfeifend marschiert er zurück zum Eingang, um den Inhaber über seinen wertvollen Beitrag zur Eröffnung zu informieren.

»Papa, warte! Ich weiß nicht, ob ich singe.«

»Stell dich doch nicht immer so an, Franzi«, ruft Sepp, ohne sich umzudrehen. »Natürlich singst du. Und der Michl auch.«

Eine Stunde später ist der Verstärker angeschlossen, das Mikro aufgebaut und Jack und Mike betreten die Bühne. Wobei Bühne vielleicht eine etwas übertriebene Bezeichnung für die kleine Holzplattform am Ende des Biergartens ist. Mike lässt seinen Blick über das Publikum schweifen. Breitbeinig steht er da, mit Sonnenbrille und nach oben gerecktem Kinn, während Jack sich das Mikro schnappt, um etwas zu sagen.

»Servus Katzbrück! Wir wurden gebeten, für ein bisschen Stimmung zu sorgen.« Die nächsten Worte schreit er ins Mikrofon: »Seid ihr bereit für Rock 'n' Roll?«

Der Burschenverein klatscht und grölt kollektiv, während Jack bereits den ersten Akkord auf seiner roten

E-Gitarre anschlägt und ihn lange ausklingen lässt. »Okay, let's go!«, ruft er und spielt das Eröffnungsriff.

Bei der von Mikes rauchiger Stimme getragenen Version von *You Can't Kill Rock 'n' Roll* dauert es nicht lange, bis die ersten Zuschauer auf seine Aufforderung hin den Refrain mitsingen. Antreiber sind vor allem die vollbesetzten Tische des Burschenvereins. Die Jungs befinden sich schnell im Konzertmodus und stecken mit ihrer ausgelassenen Begeisterung auch die anderen Besucher an, die sich über die überraschende Wendung des Abends zu freuen scheinen. Jack und Mike lassen den Song nahtlos in den nächsten übergehen und ziehen so die Zuschauer noch mehr in ihren Bann. Bereits während der ersten Zeilen von *Small Town Rebel* können sich die ersten Gäste nicht mehr auf den Stühlen halten. Sie bilden kleine Gruppen vor oder neben den Tischen, manch Mutiger wagt sich auch ein paar Schritte Richtung Bühne vor. Jack genießt es, in seiner alten Heimat zu spielen und auch Mike scheint es nichts auszumachen, dass das Konzertpublikum bei dem Wort »Lederhose« in erster Linie an Tracht denkt und nicht an Bikerhosen. Viselsky beäugt währenddessen interessiert die Reaktion auf die Band. Wird es Zeit, die Jungs mal wieder auf Tour zu schicken?

Nach einer guten halben Stunde, in der sie nicht nur alte, sondern auch neue, noch unveröffentlichte Songs gespielt haben, verkündet Mike, dass sie eine Pause einlegen. Der Burschenverein skandiert erbarmungslos »Zugabe«, doch Mike schüttelt lachend den Kopf und verlässt die Bühne.

»Meine Kehle ist trocken, ihr habt alle ein Bier vor euch stehen, das kann ich mir nicht länger ansehen.«

Jack, der auf der Holzplattform stehen geblieben ist, schnappt sich das Mikro.

»Es gibt zwei begnadete Sänger unter euch Katz-brückern, die heute unbedingt auf diese Bühne müssen!«

Einzelne Rufe und Klatschen vom Publikum, aber auch einige erstaunte Gesichter.

»Ihr könnt euch sicher denken, dass ich von Franzi spreche, mit der ich früher zusammen Musik gemacht habe. Mit ihr bin ich meine ersten musikalischen Schritte gegangen. Sie wird nachher einen Song performen, den wir vor langer Zeit zusammen komponiert haben.«

Applaus brandet auf und so ziemlich jeder dreht sich nach Franzi um, die sich verlegen die Hände vors Gesicht schlägt. Dass der Burschenverein *Auf geht's Franzi, sing ein Lied! Sing ein Lied! Sing ein Li – iiied* skandiert, macht es ihr nicht unbedingt leichter.

Jack lächelt schief und zieht beide Schultern nach oben, als wäre er völlig unschuldig an der Situation.

»Wie du siehst, bin ich nicht der Einzige, der dich auf der Bühne sehen will. Du wirst also keine andere Wahl haben.« Er zwinkert ihr zu, macht eine Pause und sieht sich um, bis er denjenigen entdeckt, den er nun nach vorne holen möchte.

»Um Franzi noch ein wenig Zeit zu geben, sich mit der Situation anzufreunden, möchte ich zuerst einen anderen Sänger auf die Bühne bitten. Ich habe ihn diese Woche zum ersten Mal singen hören und er hat mich wirklich umgehauen! Falls er sich weigert, tragt ihn notfalls hier-her. Bitte freut euch mit mir zusammen auf the one and only Oliver Voss!«

Noch während er diese Worte ausspricht, brandet er-neut schallender Jubel auf. Begleitet von fordernden *Vossi! Vossi! Vossi!*-Rufen wird Vossi Richtung Bühne ge-schoben. Auch viele verwunderte Blicke folgen ihm, die alle die gleiche Frage zu stellen scheinen: Der Voss-Bub singt?

Oliver Voss selbst ist nicht ganz so euphorisch, doch er hat zum Glück keine Möglichkeit, sich mit dem Schock auseinanderzusetzen. Die Menge drängt ihn innerhalb kürzester Zeit nach vorne, bis er schließlich neben Jack auf der Bühne steht.

»Bist du wahnsinnig, Jack? Ich kann das nicht!«, zischt er. Sein Herz schlägt ihm bis zum Hals. Zu seinem Erstaunen ist es jedoch kein ängstlicher Herzschlag, nein. Er verspürt Aufregung, Vorfreude, Spannung.

»Du kannst das, glaub mir. Mach die Augen zu, atme ganz tief durch und dann leg los. Und vor allem: Genieß es.«

Vossi schüttelt ungläubig den Kopf und lässt seinen Blick über den Biergarten schweifen. Vor ihm steht der Burschenverein, bei dem er eines der stilleren Mitglieder ist. Halb Katzbrück sitzt da und wartet darauf, dass er, der Voss-Bub, singen würde. Im Publikum wird es nach und nach ruhiger, bis es irgendwann mucksmäuschenstill ist. Alle sehen gespannt zu ihm auf.

Vossi schluckt schwer.

Wenn ich mich jetzt blamiere?

Er schließt kurz die Augen und denkt an Mittwoch, daran, wie gut es ihm tat, all seine Emotionen hinauszuschreien.

Jack hätte mich nicht nach vorne geholt, wenn er nicht von mir überzeugt wäre.

Entschlossen greift der Kfz-Mechaniker mit beiden Händen nach dem Mikro und macht sich bereit. Als Jack die ersten Takte anschlägt, wippt Vossi mit dem Fuß mit, holt tief Luft und legt los. Bereits nach den ersten drei, vier Zeilen werfen sich die meisten Zuschauer erstaunte Blicke zu. Niemand hätte ihm das jemals zugetraut! Beim Refrain legt er noch mal eine Schippe drauf und singt sich seinen Song förmlich von der Seele.

let me go, let me go
let me go my dear father
I need to find my way home
need to find it in my own

lass mich gehen, lass mich gehen
lass mich gehen mein lieber Vater
ich muss meinen Weg nach Hause finden
und ich muss ihn selbst finden

Tosender Applaus und begeisterte Pfiffe branden auf, als das Lied zu Ende ist. Vossi reckt seinen rechten Arm in den Himmel und strahlt glücklich ins Publikum, als Jack auch schon den zweiten Song anspielt. Er ist lauter und schneller als der erste. Wie ein Wirbelwind fegt er förmlich durch die Köpfe des Publikums. Ein paar Jungs vom Burschenverein beginnen vor der Bühne ungezügelt Pogo zu tanzen, was Vossi kurz aus dem Konzept zu bringen droht. Als er Simon und die anderen mitgrölen hört, wird ihm mit aller Macht bewusst, dass er tatsächlich mit einem Mikro in der Hand neben Jack Blackbird auf der Bühne steht! Er ist so überwältigt davon, dass es ihm kurz die Stimme verschlägt. Doch dann reißt er sich zusammen, konzentriert sich auf seinen Einsatz, holt mit geschlossenen Augen Luft und singt.

little boy won't take anymore
don't disturb as I am spreading my wings
let me settle the score
from a boy to man
from a man to a king

der kleine Junge wird sich von nun an nichts mehr gefallen lassen
bitte nicht stören! Ich breite gerade meine Flügel aus
um ein für alle Mal diese eine letzte Rechnung zu begleichen
vom Jungen zum Mann, vom Mann zum König

Als er in den wenigen instrumentalen Takten vor dem Gitarrensolo mit stolzgeschwellter Brust *Ladies and Gentlemen! Mister Jack Blackbird* ins Mikro brüllt, gibt es endgültig kein Halten mehr. Die Eröffnungsfeier des Italieners verwandelt sich unter Jacks Solo in das reinste Tollhaus. Den anschließenden donnernden Applaus genießt Vossi mit glasigen Augen. Völlig überwältigt verlässt er die Bühne.

Während der Burschenverein ihren Vossi noch wie einen Helden feiert, legt Jack seine Gitarre ab, marschiert schnurstracks auf Franzi zu und greift nach ihrer Hand. »Franzi, ich bitte dich um einen Song. Tu mir den Gefallen.«

Franzis erster Impuls ist, sitzen zu bleiben, sich herauszureden, irgendetwas zu sagen wie: *Ich habe schon so lange nicht mehr gesungen.* Doch als sie das Flehen in Jacks Augen erkennt, steht sie auf und lässt sich von ihm nach vorne führen. Die Gäste des Biergartens spenden ermutigenden Applaus, als ob sie spüren würden, dass hier etwas in der Luft liegt. Genau wie bei Vossi pocht ihr Herz bis zum Hals, als sie das Mikro aus der Halterung nimmt. Aber nicht so sehr, weil sie auf einer Bühne ist – dieses Gefühl kennt sie von früher. Es ist etwas anderes, was ihren Pulsschlag nach oben treibt: Die Erinnerung an alte Zeiten, als sie, genau wie jetzt, neben Jakob stand und darauf wartete, dass er den ersten Ton anschlägt. Wie früher kontrolliert Franzi ihre Atmung, baut Körperspannung auf, fokussiert sich auf den Moment, während das Publikum gebannt darauf wartet, was nun kommt. Nach ein paar ersten Akkorden beginnt sie die Eröffnungsstrophe von *The Power Of Now* zu singen, einem alten Jackzie Demosong von vor über 20 Jahren. Die erstaunten, zum Teil sogar ungläubigen Blicke der anwesenden Gäste folgen jedem einzelnen ihrer tonal astrein gesungenen Worte. Sie lässt sich von Jacks satten Akkorden tragen und bereits nach den ersten vier Zeilen klingt ihre Stimme kraftvoll und sattelfest wie eh und je. Gegen Ende des Prechorus erhebt sie ihre Stimme und geht lächelnd in den Refrain über.

feel the power of now
the power of now, now, now
no need to trust in miracles, they still happen anyhow
that is the power of now

spüre die Kraft der Gegenwart
die Kraft der Gegenwart
es ist nicht notwendig an Wunder zu glauben, sie passieren ohnehin
das ist die Kraft der Gegenwart

Sie strahlt Jack überglücklich an, als der Song zu Ende ist. Das Publikum klatscht und pfeift, vereinzelt sind Franzi-Rufe zu hören. Der Einzige, der mit verschränkten Armen dasitzt und die Szene mit verhaltenem Gesichtsausdruck beobachtet, ist Robert »Willi« Viselsky. Dieser verdammte Blackbird! Das, was er soeben abgeliefert hat, war gemessen an der Publikumsreaktion und der Energie, die das Duo auf der Bühne versprüht, ohne jegliche Frage ein Hit! War es möglich, dass es neben dem Duo Jack und Mike vielleicht ein noch viel besseres gibt? Der Plattenboss in ihm möchte diesen Song unbedingt auf dem nächsten Album haben, während sein gekränktes Ego damit ringt, mit der Tochter dieses unmöglichen Sepp Brandl zusammenzuarbeiten. Da Viselsky ein Mann schneller Entscheidungen und noch dazu Geschäftsmann ist, beschließt er nach kurzer Überlegung, seine privaten Befindlichkeiten hintenanzustellen. Er würde die Gestaltung des Albums wie vereinbart Jack Blackbird überlassen. Wenn er diese Franzi darauf singen lassen will, dann ist das Jacks Angelegenheit, nicht seine. Ein Handschlag bei dem man sich in die Augen schaut, gilt für Viselsky genauso viel wie eine Unterschrift. Selbst dann, wenn er im Hinterzimmer einer drittklassigen Dorfherberge getätigt wurde.

Er steht auf, verabschiedet sich von Cora und drückt ihr dabei einen Fünfzig-Euro-Schein in die Hand. Zu seinem großen Erstaunen nimmt sie ihn nicht an.

»Ich brauche dein Geld ab sofort nicht mehr, Papa.« Cora zieht ihre MasterCard aus der Geldbörse und reicht sie ihm mit ernstem Gesicht.

»Und wie willst du über die Runden kommen? Mit halbnackten Modeljobs?«

»Ich werde studieren und nebenher in Kneipen und Cafés arbeiten. Kellnern eben, wie alle anderen auch.«

Viselsky schüttelt fassungslos den Kopf.

»Was ist mit diesem verdammten Dorf los? Dreht denn jeder durch, der mehr als ein paar Stunden hier verbringt?«

»Ganz im Gegenteil, Papa. Zum ersten Mal seit Langem sehe ich endlich klar!« Cora meint es ernst. Zumindest sieht es ganz danach aus.

Viselsky blickt einen Moment lang abschätzig zwischen Cora und dem Jungen vom Dorf hin und her. »Wie du meinst, Coraschätzchen.« Er schiebt den Geldschein ein, lässt die Kreditkarte aber auf dem Tisch zurück und geht.

Kurz vor Mitternacht verstaut Jack sein Equipment im Bus, als Franzi neben ihm auftaucht.

»Ich pack's dann langsam, Jakob.«

»Du willst gehen?« Jack klingt überrascht. Er hatte gehofft, noch ein bisschen Zeit mit ihr verbringen zu können, nachdem er den ganzen Abend keine Gelegenheit mehr dazu hatte. Mike und er haben bis zum Schluss gespielt.

»Ja, ich … es war ein aufregender Tag heute. Mir wird das alles zu viel, die ganzen Leute, jeder quatscht mich an, gibt seinen Kommentar zu meinem Auftritt ab. Ich würde gerne etwas allein sein.«

»Oh.« Jacks Gesicht spiegelt ehrliche Enttäuschung wider, auch wenn er Franzi verstehen kann.

»Vielleicht setze ich mich noch an den Waldsee.« Sie senkt ihren Blick, bevor sie weiterspricht. »Wenn du magst, komm gerne vorbei.«

»Zum Waldsee? Jetzt?« Jack lässt das Kabel auf den Beifahrersitz fallen und geht einen Schritt auf Franzi zu, so dass nur noch wenige Zentimeter zwischen ihnen sind. Er wischt sich fahrig über das Gesicht, schließt kurz die Augen und atmet tief aus.

»Franzi …« Jacks Stimme ist nur ein leises Flüstern. Er legt eine Hand auf ihre Wange, während sie ihren Blick hebt und ihn offen ansieht. »Du hast dein Leben, darin habe ich keinen Platz.«

Franzi schluckt. Auch wenn er recht hat, seine Worte schmerzen sie. »Ach komm«, lacht sie deshalb und versucht, die Situation herabzuspielen. »Zwei alte Freunde, die wieder gemeinsam auf der Bühne standen. Es spricht doch nichts dagegen, dass wir den Abend noch mal Revue passieren lassen, oder?«

»Ich wünsche mir nichts mehr, als dass wir Freunde werden, Franzi. Dass die Verbindung, die zwischen uns besteht, an Stärke und Widerstandskraft gewinnt.«

Jack presst die Lippen aufeinander, sein Gesicht ist nur noch wenige Zentimeter von ihrem entfernt. Er wagt es kaum zu atmen, während die Sekunden verstreichen. Dann flüstert er so leise, dass sie es kaum versteht: »Dazu muss ich allerdings aufhören mir vorzustellen, wie es wäre, dich zu küssen.«

Franzi berührt ihn sanft am Arm. »In der Vorstellung ist alles erlaubt, Jakob.« Sie löst sich von ihm, geht ein paar Schritte rückwärts, ohne den Blick von ihm abzuwenden und verschwindet schließlich in der Nacht.

Jack schließt die Beifahrertür und lehnt sich gegen den Bus. Was soll er nur tun? Mehr als alles andere würde er Franzi gerne folgen, neben ihr sitzen, mit ihr reden. Soll er wirklich versuchen, ihre Freundschaft zu vertiefen? Wäre es nicht wunderbar, wenn sie auf dem Album wäre und sie gemeinsam Musik machen könnten? Doch wie sollen sie mit den Gefühlen, die ohne Zweifel noch vorhanden sind, umgehen? Ein einziger Kuss, ein Fehltritt hat die Macht, alles zu zerstören. Ist es vielleicht besser, wenn er so schnell wie möglich nach Berlin zurückfährt?

Jack stößt sich vom Bus ab und marschiert in den Biergarten, um sich von Mike und den anderen zu verabschieden. Ihm bleibt nicht viel Zeit, er würde Katzbrück in Kürze verlassen.

Franzi lehnt an einem Baum, beide Hände in den Hosentaschen und betrachtet die Sterne, als Jack zu ihr kommt.

»Was wäre, wenn ich damals nicht gegangen wäre?«, fragt er unvermittelt. Sie antwortet, ohne ihren Blick vom Himmel abzuwenden.

»Dann wärst du eben ein Jahr später gegangen.«

»Vermutlich.« Jack lehnt sich neben sie.

»Am Ende wäre es so gekommen, wie es sowieso gekommen ist, Jakob. Das Schicksal kannst du nicht beeinflussen.«

Er nickt stumm. Vermutlich hat Franzi recht mit dem, was sie sagt. Er wäre so oder so von Katzbrück weggegangen. Genauso, wie er es jetzt auch wieder tun wird.

»Ich gehe wieder zurück nach Berlin. Schon bald.«

»Verstehe.« Obwohl sich seine Worte wie ein Stich in ihr Herz anfühlen, will sich Franzi die Enttäuschung nicht anmerken lassen. Jakob würde wieder aus ihrem Leben verschwinden.

»Du hältst es also keine weitere Woche bei meinem Vater aus?«, versucht sie zu scherzen. Doch das leichte Zittern in ihrer Stimme verrät, wie es wirklich in ihr aussieht.

»Du hattest recht. Ich habe ihn unterschätzt. Aber das ist nicht der Grund.«

»Sondern?«

»Ich brauche Abstand.«

»Abstand von was? Dem Dorfleben?«

»Von vielem. Meiner Mutter. Dem improvisierten Probe-raum. Ich möchte endlich wieder in meinem Bett schlafen, in einer Sepp-freien Wohnung aufwachen.«

»Verstehe.«

Jack zögert. Er würde Franzi gerne in den Arm nehmen, an sich ziehen und ihren Körper an seinem spüren. Und ge-nau das ist es, was ihn irritiert.

»Es gibt noch etwas, von dem ich Abstand brauche, Franzi.«

Sie sagt nichts. Wartet ab. Ihr Herz pocht bis zum Hals und Jack fällt es sichtlich schwer, weiterzusprechen.

»Wenn ich nicht irgendwann den Fehler machen möch-te, etwas Verbotenes zu tun, dann muss ich auch Abstand von dir nehmen, Franzi.«

Franzi blickt auf und sieht ihn offen an. Dann greift sie nach seiner Hand und geht einen Schritt auf ihn zu. Sie steht nun so dicht vor ihm, dass er beinahe ihren Atem auf seiner Haut spüren kann.

Jack starrt sie ungläubig an. »Franzi?«, stammelt er überrascht. »Du ... du spielst mit dem Feuer.«

»Habe ich das nicht immer getan, Jack?« Ihre Stimme ist nicht mehr als ein Flüstern. »Feuer, das Element, das uns beide verbindet, oder?«

Jack schluckt. »Der Feuerstunt.«

»Der Brand vor ein paar Tagen. Die Nacht, als sich unsere Wege wieder gekreuzt haben.« Sie streicht mit ihrem Daumen sanft an seiner Hand entlang. Jack ist wie elektrisiert. Passiert das hier gerade wirklich? Er umgreift zärtlich ihren Hinterkopf, bereit sie noch näher zu sich heran zu ziehen.

»Jakob.« flüstert sie.

Lebe für den Moment! Ist es nicht das, was sie ihm erst vor ein paar Tagen geraten hat?

»Du bist mir noch einen Abschiedskuss schuldig, Franziska Brandl.«

once again there's this look in your eyes
a sudden flash, like a burst of passion right out of the blue
you say »come on and sing me a song
nothing forbidden about it, just a dream that's coming
true«

again you hit me unprepared
so I say »no, please no!«
you say that you don't really care
so come on let's go

and feel the power of now
the power of now, now, now
no need to trust in miracles, they still happen anyhow
that is the power of now

audience is dancing to the beat of the song
the fire's on, the heat is rising with each chord that we play
I realize that I forgot how that felt
it's like a burst of passion that got preserved back in the day

your lyrics ask me questions
it's stuff like »where do we go?«
I think that I don't really mind
I'm just back in the flow

to feel the power of now
the power of now, now, now
no need to trust in miracles, they still happen anyhow
that is the power of now

with each string that you bend
each moment's getting stronger
please make it last a little longer

the power of now, the power of now
no need to trust in miracles, they still happen anyhow
that is the power of now
the power of now, now, now

no need to trust in miracles, they still happen anyhow
that is the power of now
the power of now
oh, oh, oh, oh

so this is how the story ends
but is this really how it ends?
so this is how the story ends
but is this really how it ends?
well, this is how it ends for »now«

wieder einmal hast du diesen Blick in deinen Augen
ein plötzlicher Blitz aus dem Nichts heraus, ein Feuerstoß
der Leidenschaft
du sagst »Los! Sing mir ein Lied!
Nichts daran ist verboten. Es ist doch nur ein Traum, der
wahr wird«

wieder einmal triffst du mich komplett unvorbereitet
alles was ich herausbringe ist »Nein, bitte nicht!«
du sagst, es sei doch völlig egal
also gut, dann los

spüre die Kraft der Gegenwart
die Kraft der Gegenwart
es ist nicht notwendig an Wunder zu glauben, sie
passieren ohnehin
das ist die Kraft der Gegenwart

das Publikum tanzt zum Rhythmus der Musik
ein Feuer brennt, mit jedem Akkord, den wir spielen, wird
es ein bisschen heißer im Raum
mir wird klar, dass ich komplett vergessen hatte wie sich
das anfühlt
ein Feuerstoß der Leidenschaft aus längst vergangenen
Zeiten, erhalten bis zum heutigen Tag

deine Songtexte stellen mir Fragen
so Sachen wie »in welche Richtung sollen wir gehen«
ich glaube, im Moment ist mir jede Richtung recht
ich bin zurück im Flow

spüre die Kraft der Gegenwart
die Kraft der Gegenwart
es ist nicht notwendig an Wunder zu glauben, sie
passieren ohnehin
das ist die Kraft der Gegenwart

mit jeder Saite, die du ziehst
wird jeder Moment noch ein wenig intensiver
bitte mach, dass das noch ein bisschen länger so bleibt

spüre die Kraft der Gegenwart
die Kraft der Gegenwart
es ist nicht notwendig an Wunder zu glauben, sie
passieren ohnehin
das ist die Kraft der Gegenwart

so endet die Geschichte also
aber endet sie auch wirklich so?
so endet die Geschichte also
aber endet sie auch wirklich so?
nun, so endet sie. Für's erste.

NACHWORT

Wenn einen beim Schreiben die Realität einholt ...

Für mich als Autorin ist es sehr bewegend, dass meinen Charakteren eine musikalische Stimme verliehen wurde und die zwölf Kapitel meines Romans von je einem Lied zum Leben erweckt werden. **DrahtseilTakt** und **Black Bird** bilden eine perfekte Symbiose aus Geschichte und emotionalem Hörerlebnis. In jedem einzelnen Song spüre ich die Probleme, die Leidenschaft und Freude, mit denen Jack, Franzi, Mike oder Vossi konfrontiert werden.

Vier Protagonisten, vier Sänger. So verleiht zum Beispiel Michael Bormann seine rockige Stimme dem Rebell Mike Wagner und singt sich damit in die Herzen derjenigen, die sich nicht unbedingt anpassen wollen, die in einer Aufbruchstimmung leben und so wie Mike von sich und ihrem Lebensweg überzeugt sind. Oliver Hartmans kraftvoller, warmer Gesang verkörpert den im Grunde seines Herzens tiefgründigen Jack. Man spürt die

Leidenschaft, mit der Jack für seine Musik brennt, aber auch die Entscheidungen und Zweifel, mit denen er sich in seinem Leben auseinandersetzen muss. Ich empfehle: Kopfhörer aufsetzen, Augen schließen und genießen.

»The sweet sound of rock 'n' roll« textet Daniel Gumo Reiss in Back To You. Und genau das ist es, was er mit dem Album **Black Bird** erschaffen hat. Ihm ist es gelungen, meinen Roman in sechsundvierzig Minuten Musik zu erzählen.

Er hat nicht nur die Stimmung der einzelnen Kapitel eingefangen, sondern auch den verschiedenen Sängern die Songs gekonnt auf den Leib geschrieben. Daraus entstand eine unglaublich hohe musikalische Bandbreite von Unplugged-Rock über Reggae bis hin zu Punk. Das verbindende Element über das gesamte Album hinweg ist die Akustikgitarre, auch wenn es sich um kein reines unplugged Album handelt.

Eine detaillierte Auflistung aller an der Albumproduktion beteiligten Musiker und Künstler gibt es im Booklet zur CD.

Nun zur Frage, wieviel Wahrheit in Jack Blackbird steckt. Meine ehrliche Antwort lautet: So viel Wahrheit, dass es tatsächlich so passiert sein könnte.

Warum? Die Wirklichkeit hat uns beim Schreiben eingeholt. Während Jack Blackbird mit Viselsky kämpft, erhält Daniel Gumo Reiss das Angebot einer großen Plattenfirma mit der Auflage:

Du schreibst diese Art von Songs, verkörperst jenes Image und wir zahlen.

Wer zahlt, schafft an.

Das reale Musikbusiness ist erschreckenderweise meist genauso, wie es Jack Blackbird in **DrahtseilTakt** erlebt. Musik ist Passion. Aber zum großen Teil auch reines Geldgeschäft und Terminsache.

Zum Glück hat Daniel Gumo Reiss das Angebot abgelehnt, ist zu seinen musikalischen Wurzeln zurückgekehrt und hat stattdessen die Solo EP *The Force Within* und anschließend das **Black Bird**-Album komponiert.

Vielen herzlichen Dank an Silke Boger vom pinguletta Verlag, die außerhalb eingefahrener Bahnen denkt und dadurch die Verschmelzung von Wort und Musik ermöglicht hat. Menschen, die neue Wege gehen – das ist es, was die Welt braucht!

Wie hat dir **DrahtseilTakt** gefallen? Über eine Rezension freuen wir uns sehr.

ANTONIA VITZ

DIESES BUCH IST ROCK 'N' ROLL!

Das Musikalbum **Black Bird** von Songwriter und Gitarrist Daniel Gumo Reiss wurde eigens für **DrahtseilTakt** komponiert und begleitet den Leser auf seiner emotionalen Reise durch das Buch. Namhafte Sänger verkörpern die Stimmen der Protagonisten in halbakustischer Rock- und Popmusik, die keine Gnade vor dem Ohrwurm kennt.

DIE CD ZUM BUCH

DANIEL GUMO REISS
»BLACK BIRD«

ISBN 978-3-948063-34-4

DIE SONGS AUF »BLACK BIRD«

1 **How Much Longer (feat. Oliver Hartmann)**
   akustik/unplugged Pop Ballade

2 **Small Town Rebel (feat. Michael Bormann)**
   akustik/unplugged Rock Ballade

3 **Like Father Like Son (feat. Hubi Hofmann)**
   Folk Rock/Folk Halbballade

4 **I Didn't Know (feat. Ina Morgan)**
   Reggae Pop

5 **You Can't Kill Rock 'n' Roll (feat. Michael Bormann)**
   akustik/unplugged Blues Rock

6 **Skyfall (feat. Oliver Hartmann)**
   Rock Ballade/Power Ballade

7 **Out Of The Fire (feat. Ina Morgan)**
   akustik/unplugged Rock

8 **Back To You (feat. Oliver Hartmann)**
   akustik/unplugged Pop

9 **Only A Game (feat. Michael Bormann)**
   langsamer akustik/unplugged Pop/Rock Shuffle

10 **Boy to Man (Man To King) (feat. Hubi Hofmann)**
   Punk Rock

11 **Black Bird (feat. Oliver Hartmann)**
   Rock Ballade

12 **The Power Of Now (feat. Ina Morgan)**
   Pop Rock

Musik & Text: Daniel Gumo Reiss
Produktion:
Hubi Hofmann & Daniel Gumo Reiss

DIE CD ZUM BUCH

DANIEL GUMO REISS
»BLACK BIRD«

ISBN 978-3-948063-34-4

MEHR VON
ANTONIA VITZ

SCHLAMASSEL IN KATZBRÜCK

Eine Leiche im Hinterhof, mitten im Dorf! Haben Franzis besserwisserischer Vater Sepp und Dauersingle Feichti etwa versehentlich eine Katastrophe ausgelöst? Schließlich sind sie die unfähigsten selbst ernannten Frauenversteher, die Franzi je gesehen hat. Fest steht: Die Leiche muss weg – und zwar sofort und möglichst unauffällig. Doch als zwischen einer neu entflammten Liebe, einer alten Fehde und einer Dose Cannabiskeksen auch noch die Polizei in Katzbrück auftaucht, nimmt das Schlamassel unaufhaltsam seinen Lauf.

Die #1 Kindle Humor Autorin begeistert mit einem außergewöhnlich feinen Gespür für die kleinen Dinge des Alltags.

»Man kann es nicht anders sagen: Antonia Vitz brilliert mit ihren bayerisch humorigen Romanen.« (Publicmagazin)

Schlamassel: schwierige, (zunächst) ausweglos scheinende Situation, in die jemand wegen eines leidigen Missgeschicks gerät. Eine unangenehme, verfahrene Lage.

ANTONIA VITZ. Schlamassel in Katzbrück

 Taschen-buch    eBook    antoniavitz.de

SERVUS ALEIKUM

ISBN 978-3-949448-00-3

»Ich hätte die Ruhe gerne einen Moment genossen. Aber wir haben ja Papa dabei.«

Die Schwestern Franzi und Betti fahren ohne ihre Ehemänner in den Sommerurlaub. Erholung beim Campen in Tirol? Nicht, wenn Vater Sepp mitkommt und versehentlich eine Dating-App nutzt, während das spießige Rentnerehepaar von nebenan ständig ungefragt Erziehungstipps gibt. Und erst recht nicht, wenn zwei gut aussehende und äußerst unspießige Marokkaner ihre Zelte auf dem Nachbarplatz aufschlagen, bei denen sich Sepp als interkultureller Vermittler versucht. Dann auch noch Franzis Ehekrise mit Sebastian. Die Nerven liegen blank!

Amazon #1 Kindle Bestseller in mehreren Kategorien.

#1 Kindle Humor Autorin Antonia Vitz nimmt mit markantem Humor und gekonntem Sprachwitz den Charme typisch menschlicher Schwächen ins Visier. Die Autorin schafft es mit Leichtigkeit, Figuren und Situationen auf den Punkt zu bringen. Ein Buch, das schnell begeistert. Unbedingt lesenswert!

ANTONIA VITZ. Servus Aleikum

 Taschenbuch

 eBook

 Hörbuch

NERVENTEE

ISBN 978-2-496700-36-7

In der kleinbürgerlichen Idylle eines bayerischen Dorfes kämpft Franzi mit dem alltäglichen Wahnsinn zwischen Kindern, Ehemann, Teilzeitjob und ihren anstrengenden Eltern. Der Beruhigungstee von Tante Hilde kommt da wie gerufen. Selbst angebaut, blüht er im Gewächshaus, dass es eine wahre Pracht ist. Auch wenn Franzi klar ist, dass Tante Hilde ahnungslos Cannabis züchtet, der Nerventee ist viel zu schade, um nicht gelegentlich damit zu entspannen. Als plötzlich die Polizei vor der Tür steht, muss Franzi dringend eingreifen, aber das Chaos hat längst seinen Lauf genommen.

Mit scharfem Blick und feinem Humor erzählt Antonia Vitz von kleinen und großen Katastrophen, Verzweiflungstaten und der lieben Verwandtschaft.

ANTONIA VITZ. Nerventee

 Taschenbuch

 eBook

 Hörbuch

HALLO.

Wir sind pinguletta.

pinguletta

Mehr Lesestoff
von
 pinguletta

Als ich aus der Zeit fiel

Jens Jüttners Weg durch die paranoide Schizophrenie. Zehn Jahre Albtraum. Zehn Jahre voller Ängste. Eine Krankheit, bei der das ganze Leben aus den Fugen gerät. Die Diagnose Schizophrenie verbreitet gemeinhin Schrecken, und das nicht ohne Grund. Jens Jüttner berichtet aus eigener langer Erfahrung über seine paranoide Schizophrenie. Offen erzählt er über seinen langen Weg mit vielen Tiefen, und wie er es am Ende geschafft hat, aus der Krankheit herauszufinden. Das Buch klärt auf, wirbt um Verständnis und will anderen Betroffenen und deren Umfeld eine Hilfestellung sein und Mut machen – informativ, emotional, spannend, authentisch geschrieben.

JENS JÜTTNER. Autobiografisches Sachbuch

Taschen-buch 138 Seiten	eBook	 Hörbuch 181 Minuten

Auch in englischer Sprache als eBook erhältlich:
When I Fell Out Of Time

![Sei tapfer im Leben! Die Spuren der Kriegskinder – LEBEN. Bewegend und echt.](image)

Foto Pinguin: © mana5280 / unsplash.com

Sei tapfer im Leben!

Beginn der Reihe ›Die Spuren der Kriegskinder‹. Schauplatz Ludwigshafen/Rhein: Im Mai 1939 kommt Ilse Oehler zur Welt. Ihre ersten Lebensjahre: geprägt von Bombenangriffen, Fliegeralarm und Nächten im Bunker. Ihr Elternhaus: pflicht-beflissen und schweigsam. Und so beginnt für die lebenslustige junge Frau ein verzweifelter Kampf um Liebe, Anerkennung, Selbstbestimmung und ein bisschen Freiheit. Bis Ilse um sich herum eine Mauer aus Schweigen baut und die Katastrophe sich anbahnt. Ein beeindruckender historischer Roman, hervorragend recherchiert, mit vielen Originalunterlagen und Zeitungsberichten aus Ludwigshafen und Mannheim. Ein Schicksal, das exemplarisch ist für viele Kriegskinder und ihren traurigen Lebensweg. Und immer offen bleibt die Frage nach der Verantwortung.

KARIN LASSEN. Roman

 Taschen-
buch
408 Seiten

 eBook

 Hörbuch
in Kürze
erhältlich

Elf Tage und ein Jahr

Als die 91-jährige Josefine erfährt, dass die Ärzte nichts mehr für sie tun können, ist ihr das recht. Jahrelange Pflegebedürftigkeit hat die einst so tatkräftige Frau an ihre Grenzen gebracht. Zufrieden schließt sie ihr Leben ab, begleitet von Familie und Freunden. Ihre Tochter Marianne beschreibt diese letzte Phase mit Humor, viel Liebe und einem zärtlichen, aber auch kritischen Blick auf den gemeinsamen Lebensweg und die nicht immer nur einfache Mutter-Tochter-Beziehung. Und stellt dabei fest: Bis zuletzt ist noch so viel Heilung möglich. Am Ende ist es ein gnädiges, versöhntes Sterben für »Fine« und auch Marianne geht gestärkt hervor. Ein tröstlicher, sehr persönlicher Ratgeber einer Psychologin über den Tod mit wissenswerten Fakten rund um die Themen Palliativversorgung, Sterbeprozess, Bestattung, Trauer.

MARIANNE NOLDE. Autobiografisches Sachbuch

 Taschen-
buch
232 Seiten

 eBook

 pinguletta.de

Wintertöchter. Die Kinder

Band 2 der Forstau Trilogie. Die Forstau-Saga geht weiter. Eine Familie, zwei Höfe, drei Frauen. Liebe, Verlust und – unendlich viel Schweigen. Die Ehe der melancholischen Marie mit Roman Wojtek ist längst gescheitert. Hilflos muss Barbara Sittler zusehen, wie ihre Nichte Anna zusehends in seinen Bannkreis gerät. Dann tritt Roman Wojtek auch ihr zu nahe und Barbara fasst einen entsetzlichen Entschluss. Die geheimnisvolle Gabe, das Erbe der Frauen ihrer Familie, erscheint als einziger Ausweg – doch sie hat ihren Preis ...

MIGNON KLEINBEK. Roman-Trilogie

 Taschen-
buch
342 Seiten

 eBook

 Hörbuch
687 Minuten

TIPP: Die Gesamtausgabe im edlen Schuber!

pínguletta

Welle ermittelt

DÜSTER.
Tödliche Immobilie.

Claudia Konrad
SCHWARZE VILLA
Kriminalroman

Foto Pinguin: © Eamonn Maguire / unsplash.com

Schwarze Villa

Schwarze Villa

Der zweite Regionalkrimi mit Sonderermittler Wellendorf-Renz.
Schwarz – komplett schwarz: Wände, Treppe, Türen, Fenster, Dach.
Die schwarze Villa – umstrittenes Kunstobjekt im Nobelviertel von
Pforzheim. Doch nicht nur das Äußere der Jugendstilvilla ist schwarz,
auch ihre Geschichte ist mehr als düster. Kai Sander, Immobilien-
makler und Aktionskünstler, bekommt das als Erster ganz hautnah zu
spüren. Und einmal aufgeschreckt finden die Geister der Vergangenheit keine Ruhe mehr. Und ziehen alle, die mit dem Haus in
Berührung kommen, tief und tiefer hinein in den Strudel der
schaurigen Ereignisse …

CLAUDIA KONRAD. Kriminalroman

 Taschen-
buch
240 Seiten

 eBook

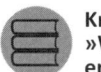 Krimi-Reihe
»Welle
ermittelt»

TIPP: Doppelte Spannung bietet der »Welle-Pack«.

pinguletta

GEHEIM.

Mysteriös schön.

Das geheime
Kapitel.

Das geheime Kapitel

Manche Bücher bergen tödliche Geheimnisse! Die unglücklich verheiratete Anna experimentiert mit den magischen Rezepten aus dem Buch vom Dachboden. Die Zauber scheinen zu wirken und sie schafft sich ein Problem nach dem anderen vom Hals. Einer der Hofbewohner liegt plötzlich tot im Bett. Anna wird panisch: Hat sie ihren Schwager versehentlich vergiftet?

Ein Mann, zwei Frauen, zwei Perspektiven, ein Zauberbuch, ein fränkischer Hof und ein Mord sind die Zutaten, aus denen Mara Winter einen tödlichen Cocktail voller Überraschungen mixt.

MARA WINTER. Roman

Taschen-
buch
223 Seiten

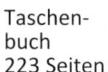
eBook

pinguletta.de

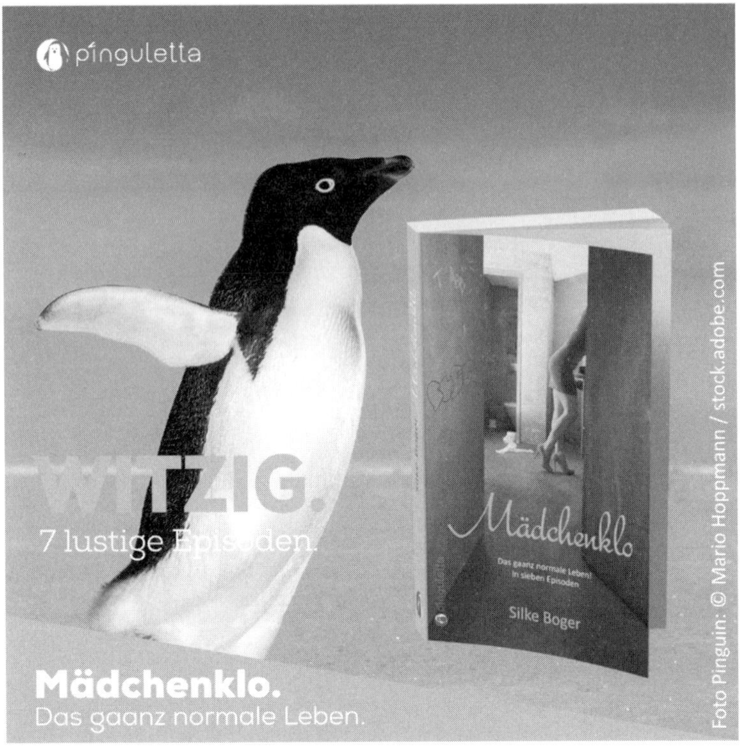

Mädchenklo

Vom Bücherportal Leserkanone.de zur ›Indie-Perle des Monats‹ gekürt. Was passiert hinter den Türen mit dem großen ›D‹, fragt sich der männliche Teil der Menschheit. Was erleben andere Frauen hinter den ›Ladies‹-Türen rund um den Globus, fragt sich die weibliche Hälfte. Das Buch ›Mädchenklo‹ mit dem klangvollen Untertitel ›Das gaanz normale Leben!‹ gibt in sieben vergnüglichen Episoden die höchst amüsante Antwort.

SILKE BOGER. Komödie

Taschenbuch 279 Seiten

eBook

pinguletta.de

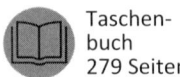

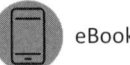

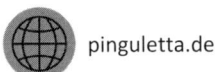

Der Pinguin.
Sympathischer Bewohner
der Südhalbkugel.
Unser Maskottchen.

[ˈpɪŋgu]

pínguletta

[lɛˈta]

La lettera
Italienisch für Buchstabe
oder Schreiben.
Unsere Leidenschaft.

**BUCHstaben
zum Anhören.**

**QR-Code einscannen.
Und ab geht's
zum pingu-Podcast.**